Eine ungehobelte Gesellschaft

ECON Krimi

Zum Buch

Die smarte Brokerin Finny Aletter fühlt sich völlig ausgebrannt, und dieses Burnout hat Konsequenzen. Sie zieht sich aus der Welt der Broker zurück und restauriert nun Möbel. Doch ausgerechnet auf der Party, die organisiert wurde, um ihr geschäftlich auf die Beine zu helfen, wird der bekannte Richter William Sarandon umgebracht, und Finnys beste Freundin Twee gesteht den Mord... Zusammen mit ihrem Lebensgefährten, Lieutenant Chris Barelli, beginnt sie nachzuforschen und kommt mit kriminalistischem Spürsinn, Witz und Unverfrorenheit einigen Leuten auf die Spur, die den Richter lieber gestern als heute unter der Erde gesehen hätten.

Die Autorin

Yvonne Montgomery stammt aus Boulder, Colorado, und hat an der University of Colorado studiert. Sie war Vizepräsidentin der *Mystery Writers of America* für den Bezirk Rocky Mountains und war auch Jurorin bei *Edgar Allen Poe Award*-Verleihungen. Sie ist Mitglied der *Sisters in Crime*, der *Rocky Mountain Fiction Writers* und der *Colorado Authors' League*.
Heute lebt sie in Denver mit ihrem Mann Bob Ewegen, ihren beiden Kindern, einem Dackel und drei Katzen.

Yvonne Montgomery

Eine ungehobelte Gesellschaft

Ein Finny Aletter-Krimi

Aus dem Amerikanischen
von Dr. Eva Malsch

ECON Taschenbuch Verlag

Ökologisch handeln:
Dieses Buch ist gedruckt auf 100 % Recyclingpapier, chlorfrei gebleicht

Deutsche Erstausgabe

First published in the United States of America
Titel des amerikanischen Originals: *Obstacle Course*
Aus dem Amerikanischen übersetzt von Dr. Eva Malsch
Umschlaggestaltung: Molesch/Niedertubbesing, Bielefeld
Titelabbildung: Reiner Tintel
Lektorat: Bettina Foulon
Gesetzt aus der Baskerville
Satz: Formsatz GmbH, Diepholz
Druck und Bindearbeiten: Ebner Ulm
Printed in Germany
ISBN 3-612-25027-2

Für Betsy Cox und Pat Doi:

als Erinnerung an den Weg
durch das Dickicht.

Das Essen auf dem Buffet hätte genügt, um eine hungernde Kompanie satt zu bekommen – was nicht heißt, daß das eine solche ausgemergelte Masse alles hätte verdauen können. *Escargots embrouillés* und Trüffeln, Knoblauch und Gruyère verlangten geübte Mägen: Nur übersättigte durften sich daran wagen.

Finny Aletter ließ ihre Finger durch die kunstvoll angerichteten Häppchen streifen. Melonenbälle – groß genug für eine Schneeballschlacht – schmückten eine aus Eis geformte Stockente. Radieschenrosen und eine unglaubliche Blütenfülle aus Staudensellerie und Möhrenstäbchen standen zwischen in Speckscheiben gewickelten Wasserkastanien sowie Käse aller Art, die man nie für Käse gehalten hätte. Obstklümpchen und rosa Shrimps waren effektvoll auf Edelstahlspießen mit Griffen aus Rosenholz drappiert worden.

»Wer manikürt denn Ihre Nägel?«

Finny schaute von ihren Zimmermannshänden zur Quelle der hellen, unverschämten Stimme und begegnete dem Blick einer jungen Frau mit blondem, krauegal. Bosheit war mindestens ebenso wie Estée Lauder für den nichtssagenden Ausdruck dieses Gesichts verantwortlich.

»Black & Decker«, entgegnete Finny.

»Der neue Laden in Cherry Creek? Hoffentlich haben Sie kein Trinkgeld gegeben.« Langeweile besiegte die Bosheit, und die Blondine schlenderte zu der Gesellschaft zurück, wobei das trägerlose schwarze Cocktailkleid die moralischen Gesetze genauso herausforderte wie die physikalischen.

Eines dieser Gesetze besagt, dachte Finny, daß sich immer jemand auf meine schwachen Stellen stürzt wie ein Hai, der Blut gerochen hat. Stets hatte sie Tüchtigkeit über Schönheit gestellt – verständlicherweise, da sie eher über bescheidene äußere Vorzüge verfügte: kurzes schwarzes Haar statt dieses langen, gestylten blonden Zeugs; und Gesichtszüge, die Attribute wie »lebendig« und »attraktiv« verdienten. Bei ihrer Ankunft hatte sie sofort erkannt, daß sie zu einfach gekleidet war. Die angekündigte lässige Party hatte sich zu einer dezenten Modenschau entwickelt. Durch die Schleiervorhänge der Glastüren schimmerte der Swimmingpool, wirkte so fern wie das tropische Meer, nach dessen Vorbild er entworfen worden war, und so unnahbar wie die eleganten, selbstzufriedenen »Eingeborenen«.

»Wer zum Teufel war denn das?« Chris Barelli tauchte neben ihr auf, groß, schlank und sehr konservativ in seinem hellgrauen Anzug, mit schneeweißem Hemd und gestreifter Krawatte. Sein Trip zur Bar hatte keine Spuren hinterlassen. Das dichte schwarze Haar fiel ihm in die Stirn, die markanten Züge waren undurchdringlich, die randvollen Weingläser hatte er sicher im Griff. Seine Augen, denen nichts entging, hatten sich angesichts des

Hüftschwungs der Blondine in wissenschaftlichem Interesse verdunkelt.

»Wir hatten keine Zeit, uns miteinander bekannt zu machen, bevor sie das Feuer eröffnete.« Es war schon lange her, daß man Finny das letzte Mal in den geheiligten Hallen der High-Society von Denver gesehen hatte. Die Einladungen, die sie als aufstrebende Börsenmaklerin gewohnt war, blieben aus, nachdem sie sich im Vorjahr an den Ermittlungen in einem Mordfall beteiligt hatte. Dieselben Leute, die vor nichts zurückschreckten, um in den Gesellschaftskolumnen erwähnt zu werden, unterzogen sich sofort einer Image-Korrektur, wenn ein Name aus ihren Kreisen im Polizeiregister auftauchte.

Finny nippte an ihrem Wein und sah sich im Wohnzimmer des Hauses um, das man »Klein-Tara« getauft hatte. Der Raum besaß in etwa die Proportionen einer Basketballhalle, roch aber besser. Die hohen milchkaffeefarbenen Wände trugen ihre Gemälde und Kupferstiche wie die Bourgeoisie, die sich vor einer Audienz bei der Queen mit Schmuck behängt: zuviel war nie genug.

Von breiten Marmorpfaden führten an allen vier Seiten Stufen im römischen Stil zum Zentrum des Saals hinab. Ein dicker buttergelber Teppichboden durchzog die ganz treffend so benannte »Konversationsbörse«, lag unter weich geformten Möbeln und den Füßen hartgesottener Leute. Die einzelnen Unterhaltungen waren sorgsam gedämpft, doch der Gesamteffekt war ohrenbetäubend. Gesprächspausen wurden mit den blutarmen musikalischen Darbietungen eines schlappen Streichquartetts übertüncht, das in einer Ecke am anderen Ende des Raums saß.

Finny erkannte ein paar Leute in der Menge. Die beiden dreiteiligen Anzüge, die ein S-förmiges Sofa nahe dem Streichquartett okkupierten, hatten früher zu ihren Klienten gezählt, ein Banker und ein Jungunternehmer. Drei Leute – ein nervöser Mann, eingeklemmt zwischen zwei Frauen, alles Börsenmakler von konkurrierenden Firmen, trugen ihr Lächeln wie einen Schutzschild, die Ohren gespitzt, um kleine Happen der Insider-Infos aufzuschnappen, die über die Konversation gestreut waren wie Gewürze über ein Ragout. Der beträchtliche Alkoholkonsum verriet die angestrengte Konzentration der drei, um den Wert aller ausgesprochenen und – noch wichtiger – aller unausgesprochenen Worte einzuschätzen. Die Schizophrenie des Dow Jones hatte ihre Gesichter gezeichnet wie eine ätzende Säure.

Sie dachte daran, wie es ihr widerstrebt hatte, diese Party heute abend zu besuchen. Sie griff an Barelli vorbei nach einer dicken Jakobsmuschel, auf einen Zahnstocher mit Tülltutu gespießt.

»Finny, Darling!« Twee Garrett sprach in leisem, honigsüßen Ton, der die Leute veranlaßte, den Blick zu senken, in Erwartung einer kleinen, rundlichen Frau. Ihre gertenschlanke Walkürengestalt erregte Verblüffung, insbesondere, wenn sie so wie an diesem Abend in Rüschen gehüllt war, die zur zarten Stimme paßten. »Du bist zu spät gekommen, schlimmes Mädchen. Alle anderen sind schon mindestens eine Stunde da.«

»Tut mir leid«, entschuldigte sich Finny, den Mund randvoll mit der Jacobsmuschel, »ich mußte warten, bis…«

»Bloß keine langen Erklärungen!« Twees lebhafte grüne Augen musterten sie eingehend. »Du siehst umwerfend aus, wie immer. Wenn auch nur die geringste Chance bestünde, daß ich in diesen traumhaften himbeerroten Seidenfummel passen könnte, ich würde ihn dir sofort vom Leib reißen. Oh, warum wurde ich nicht als zierliche Brünette geboren?«

»Dieser alte Fetzen?« Finny lachte leichthin und blickte auf ihr Kunstseidenhemd, das sie lässig über einem passenden Glockenrock trug. Beides hatte sie am vergangenen Nachmittag bei einem Räumungsverkauf im Stein Mart erstanden.

Twee schüttelte ihren aufgebauschten lavendelgrauen Kopf. »Du solltest dich unters Volk mischen, Liebes, und all diesen stinkreichen reizenden Engeln klarmachen, daß sie ohne deine Dienste nicht *leben* können.« Sie schenkte Barelli ein stroboskopisch schillerndes Lächeln, worauf er sicherheitshalber einen Schritt zurückwich. »Wer ist denn dieser bezaubernde Mann?«

»Twee, ich möchte dir meinen Freund Chris Barelli vorstellen«, sagte Finny. »Chris, das ist unsere Gastgeberin, Twee Garrett.«

»Wie schön, Sie endlich kennenzulernen!« Twee umklammerte Barellis Hand mit langen, spitzen Fingern. »Sie sind also Finnys *guter* Freund? Der Polizist?« Als er nickte, vertiefte sich das Faltennetz um ihr Lächeln. »Sie waren ja so *gut* zu dem Kind! Bei diesen schrecklichen Typen von *L and F* ist sie fast vertrocknet. Und sie war schon immer viel zu kreativ, um sich als Börsenmaklerin wohl zu fühlen. Meinen Sie nicht auch?«

Barellis reservierte Miene schmolz zu einem Lächeln, während er in die grünen Augen schaute, die sich auf gleicher Höhe befanden wie seine eigenen. »Allerdings...«, begann er, dann verstummte er, als das Partygeschwätz von einem Krach am anderen Ende des Raums durchschnitten wurde wie Satin von einer Schwertklinge.

»Ach, du meine Güte!« Twees diamantenüberladene Hand preßte sich auf Barellis Schulter. »Das neue Dienstmädchen hat einfach keine Ahnung, wie man ein Tablett balanciert. Entschuldigt mich, ich bin *gleich* wieder da.«

»Großer Gott!« seufzte Barelli, als Twee sich einen Weg durch die Menge bahnte.

»Genau.« Finny leerte ihr Glas. »Verstehst du jetzt, warum ich herkommen mußte?«

»Entweder diese Party – oder ein Flug nach Rio. Wo um Himmels willen hast du sie kennengelernt?«

»Sie war eine meiner ersten Klientinnen.«

»Und du hast sie den Geldgeiern von *L and F* überlassen?«

»Gleich nach meiner Kündigung transferierte sie ihr Konto zu *Charton and Wells.*« Finny stellte ihr Glas zu den anderen, die den Sockel einer anatomisch korrekt geformten, aber exzentrisch arrangierten Skulptur von einem Mann, einer Frau und einem wallenden Cape dekorierten. »Aber sie brachte mich fast um, als ich von *L and F* wegging, und schwor, nie wieder mit mir zu reden.«

Barelli betrachtete Twees Version einer römischen Arena. »Aber…«

»Sie ist wirklich sehr nett, und jetzt bildet sie sich ein, alles wäre ihre Idee gewesen.«

»Deshalb gibt sie eine Party für dich…«

»…damit ich von ihren Freunden engagiert werde«, vollendete Finny den Satz. »Sie ölt sozusagen die Räder meines Erfolgs.«

»Eher die Gleitkufen.« Barellis Lippen verkniffen sich, als eine weitere Lachsalve von den Leuten unter ihnen heraufdrang, und er bemühte sich nicht, seine Stimme zu dämpfen. »Glaubst du, diese vertrottelten Gesellschaftslöwen werden dich...«

»Verzeihung.« Der Mann, der neben ihnen erschien, war schöner als die meisten Frauen im Saal. Das erkannte Finny sofort, als ihr Blick von tiefblauen Augen gefesselt wurde. Gebräunte Haut, slawische Backenknochen, eine feingeschnittene Nase – er war die Verkörperung der Perfektion in einem maisgelben Jackett über einem weitgeschnittenen marineblauen Hemd, in einer hafermehlfarbenen Hose mit Bundfalten, die so gut saß, daß sie in allen halbwegs vernünftigen Frauen den Wunsch wecken mußte, sie von den schmalen Hüften zu streifen...

Wenn Tom Selleck diesen Burschen jemals zu sehen bekäme, würden seine Grübchen erschlaffen, dachte Finny, gewann aber ihre Geistesgegenwart wieder, starrte kurz auf dieses markante, gespaltene Kinn und hob dann die Brauen, zu Barelli gewandt.

»Sie sind Finny Aletter, nicht wahr?« Das Lächeln des Fremden belohnte sie für ihre Weiblichkeit und Attraktivität und verhieß ungeahnte Freuden für den Fall, daß sie die Frage bejahen würde. Nachdem sie genickt hatte, fuhr er fort: »Ich bin Kit Landauer. Twee bat mich, Sie aufzusuchen und Ihnen zu sagen: ›Mutlose Herzen kriegen nichts renoviert.‹« Die breiten Schultern hoben sich lässig, und Finny kämpfte mit der Macht des ästhetischen Genusses, den ihr dieser Anblick verschaffte. »Können Sie sich vorstellen, wie sie das meint?«

»Grins' nicht so«, murmelte Barelli ihr ins Ohr.

Sie warf ihm einen vernichtenden Blick zu und riß sich zusammen. »Ich renoviere alte Häuser, und Twee beschloß, eh...«

»Sie zu fördern?« Das Interesse in Landauers Augen vertiefte sich. Er legte den Kopf schief, seine goldenen Locken schimmerten im sanften Licht der Kerzen, die auf dem Buffet standen. »Innenarchitektur, was? In dieser Branche bin ich auch tätig. Was haben Sie denn bisher gemacht?«

»Ich arbeite als Schreinerin.« Widerwillig löste sie ihren Blick von seinem Gesicht, als an ihrem Ärmel gezupft wurde. »Äh – das ist mein Freund, Chris Barelli.«

»Barelli.« Landauer streckte eine große braune Hand aus. Bei der Bewegung funkelten die dicken Glieder seines goldenen Armbands mit dem schwungvollen Monogramm. »Habe ich Sie nicht schon mal im Club gesehen?«

»Welchen Club meinen Sie?«

»Den Summit Club.« Der ungläubige Klang der etwas heiseren Baritonstimme verriet totale Verständnislosigkeit. Gab es denn noch andere Clubs?

»Nein, es sei denn, dort ist vor kurzem jemand umgebracht worden.« Die Verwirrung in den blauen Augen erregte Barellis Mitleid. »Ich bin ein Cop. Von der Mordkommission Denver.«

»Oh.« Landauers Miene wurde neutraler. »Dann können Sie natürlich nicht dort gewesen sein.« Er wandte sich wieder zu Finny, wobei er nicht mehr ganz so strahlend lächelte. »Hat mich sehr gefreut, Sie kennenzulernen. Vielleicht sehen wir uns wieder einmal.« Ohne eine Antwort auf die Höflichkeitsfloskeln abzuwarten, steuerte er auf die Bar zu.

Barelli schaute ihm nach und trat beiseite, um einen

Gast an die Shrimps heranzulassen. »Tut mir leid, daß ich dich gebremst habe, Baby.«

»Das ist mir gar nicht aufgefallen.«

Er zog die Brauen hoch. »Wisch' dir mal den Sabber vom Kinn.« Leise lachte er, als sie instinktiv eine Hand hob, dann wandte er sich ihr zu.

Lächelnd fletschte Finny die Zähne. »Noch bin ich nicht tot, Chris. Und es ist mir keineswegs entgangen, wie du die Blondine angegafft hast – die mit ...«

»...dem üppigen Busen.« Neben Barelli errötete eine magere Frau und ging dann hastig an den Melonenkugeln vorbei.

»Unter anderem«, ergänzte Finny.

Er nickte. »Aber ich hausiere ja nicht mit meiner Ware, Baby. Ein cooler feiner Pinkel und eine scharfe Puppe – du könntest ohne große Nebenkosten ans Ziel kommen, wenn ein Typ wie Landauer deine Spielchen finanziert.«

»Und was für ein Spielchen ist das?«

»Du versuchst doch, diese Bonzen hier rumzukriegen, damit sie dir aus der Hand fressen. Klimpere ein bißchen mit den Wimpern...«

»Und ich soll wohl auch mit dem Hintern wackeln?« Finny runzelte die Stirn. »Immerhin betreibe ich ein sehr würdevolles Handwerk – da habe ich keine albernen Tricks nötig. Hast du übrigens in letzter Zeit deinen Feierabend beim Sittendezernat verbracht?«

»Irgendwie begreifst du nicht, worum's geht, Baby. Wenn du was aus diesen großen Tieren rausbringen willst, mußt du überflüssigen Ballast abwerfen.«

»So schwer bist du ja noch gar nicht. Dabei bist du doch mein – nun du weißt schon, was ich meine.« Ihre Augen verengten sich. »Und was zum Teufel soll der

Quatsch von der ›Puppe‹? Du weißt, daß ich nicht gerade begeistert war, als ich heute abend hierherkommen mußte. Warum flippst du dann gleich aus, nur wenn ein komischer Kerl aufkreuzt?«

»Nenn' es gesunden Menschenverstand gepaart mit Lebenserfahrung«, erwiderte Barelli trocken. »Falls du dich klassenbewußt geben willst, passen Bullen nicht ins Bild...«

»Finny!« Twee rauschte in den magischen Kreis zurück. »Ich *erlaube dir* einfach nicht, hier bei den *Hors d'oeuvres* herumzustehen, während alle diese potentiellen Klienten ihre Runden drehen.« Nach ein paar Schritten drehte sie sich um. »Begleiten Sie uns nicht, Lieutenant?«

Barellis Lächeln war kaum zu sehen. »Ich unterhalte mich gerade so gut mit den *Hors d'oeuvres.*«

Verwegen grinste sie ihn an, dann zerrte sie Finny in einen lebhaften Wald aus Seide und Leinen, Jersey und Chiffon.

Finny fühlte sich wie auf dem Präsentierteller. Im Schlepptau der Gastgeberin, die wortreich wie ein Marktschreier die wundersame Wandlung von der Börsenmaklerin zur Schreinerin pries, trottete sie von einer Gruppe zur anderen. Unermüdlich wies Twee auf Finnys einzigartiges Talent hin, die Träume vom Umbau in die Tat umzusetzen. Viel zu lange habe sich dieses Genie in den Niederungen des Lebens herumgetrieben. Und während Finny den schwarzsilbernen Rüschen der Hausherrin durch ein Spalier aus höflich lächelnden Mündern und gelangweilten Augen folgte, fragte sie sich, ob sie auf diesem Jahrmarkt vielleicht die Sondervorstellung war.

»Les Trethalwyn vom *Denver Arts Consortium.*« Twee

zeigte auf einen untersetzten, bärtigen Mann, der dicht neben einem überschlanken Traum aus burgunderroter Seide stand.

Er beugte sich über Finnys ausgetreckte Hand und mimte über ihren Handknöcheln einen Kuß. Ein paar blonde Locken fielen in seine feuchte Stirn. »Ist mir ein Vergnügen.« In seiner Stimme schwang ein sattes Schnurren mit, das eindeutig Interesse bekundete.

»Hm ...« Finny wandte sich zu dem Traum in Burgunderrot.

»Und das ist mein Patenkind, Paige Dexter.« Twees Gesicht strahlte vor unbändigem Stolz. »Sie besitzt einen traumhaften englischen Garten, der geradezu nach einem Aussichtstürmchen *schreit.*«

Paige Dexter hatte ihre Konversation mit Trethalwyn nur widerwillig unterbrochen, um Twee zuzuhören. Nun drehte sie ihren glatten braunen Pagenkopf zu Finny, die mandelförmigen Augen völlig ausdruckslos. Als würde sie die Sekunden zählen, wartete sie, bis das Schweigen drückend wurde, dann verzog sie die Lippen zu einem angedeuteten Lächeln. »Noch ein Protegé, Twee?« fragte sie gedehnt. »Was ist denn aus diesem Gartengestalter geworden, José hieß er, nicht wahr?« Im Gegensatz zu der langsamen Sprechweise huschten die unergründlichen Augen blitzschnell über Finnys Gestalt, um sich ein präzises Urteil zu bilden.

Das Mädchen sollte Preiskalkulatorin werden, dachte Finny. In der High-Society verschwendet sie ihre Fähigkeiten.

Nicht daß Paige Dexter in den hohen Gesellschaftskreisen ein Mauerblümchendasein geführt hätte. Jeder kannte die langjährige Schutzheilige des Wohltätigkeitsfestes. Ihr Verein barmherziger Engel, der auf jeden gespendeten Dollar noch drei drauflegte, hatte neulich zwei überraschend nützliche Betätigungsfelder aufgetan: Sie bekämpften das Analphabetentum und betreuten Tiere, die in der City von Denver ausgesetzt worden waren. Gesellschaftsbeobachter von zynischem Kaliber hatten vorgeschlagen, beide Bereiche mit einem Aufwasch zu erledigen.

»Ich weiß wirklich nicht, ob ich bereit bin, ein Aussichtstürmchen in Erwägung zu ziehen, Twee.« Paiges Lächeln nahm die Röte zur Kenntnis, die in die Wangen der Gastgeberin stieg, dann nahm es einen spöttischen Ausdruck an, als die leeren Augen wieder Finnys begegneten. »Es sei denn, hier geht's um Leben und Tod. Wenn Sie das Geld *wirklich* brauchen...«

»Oh, bitte«, fiel Finny ihr ins Wort. »Ich verabscheue den Grundsatz *Adel verpflichtet*, weil er der Verdauung schadet.« So etwas Ähnliches hatte sie befürchtet, als Twee auf die Idee gekommen war, eine Party zu geben, um sie bekanntzumachen. Als Börsenmaklerin hatte sie für ein paar eingesessene Mitglieder der Denver-Society gearbeitet – genug, um zu wissen, wie peinlich es werden konnte, wenn sich Business und blaues Blut vermischten. Und ihr eigenes Blut war eindeutig rot. Ein paar Typen vom alten Geldadel lebten noch, aber es gab immer mehr junge Neureiche, die um jeden Preis die Distanz zu ihr wahren wollten.

Ehe Paige ihre pikierte Miene in Worte fassen konnte, stürzte sich Les Trethalwyn in den Kampf. »Ich soll also allen Ernstes glauben, ein so feminines Geschöpf wie Sie wäre ein Zimmermann?« Nun klang das sanfte Schnurren seines walisischen Akzents belustigt. »Ich muß schon sagen, ihr amerikanischen Frauen seid erstaunlich vielseitig.«

»Vor allem Finny«, versicherte Twee. »Die beste Börsenmaklerin, die ich jemals hatte. Sie konnte sogar meine *Gedanken* lesen.«

»Das hat Ihnen bei den Ermittlungen in diesem Mordfall sicherlich geholfen.« Paiges Kinn zeigte kurz in Les' Richtung. »Zusätzlich zu all ihren anderen Aktivitäten hat Miss Aletter nämlich auch noch einen Mordfall geklärt.« Wieder musterte sie Finny abschätzend. »Es verblüfft mich, daß Sie nicht weiter für die Polizei arbeiten.«

Dich würde ich liebend gern einsperren, dachte Finny. »Dafür habe ich nicht den Nerv. Es ist so deprimierend.«

»Man sollte meinen, die Herausforderung wäre geradezu unwiderstehlich.« Paige schenkte ihr wieder ein angedeutetes Lächeln. »Und die Lobeshymnen in den Zeitungen müssen Sie doch wirklich genossen haben.«

»Nein«, widersprach Finny. »Ich ziehe es vor, meine guten Taten für mich zu behalten. Sie doch auch, oder?«

Paiges schmale Wangen färbten sich dunkelrot. Letzte Woche waren in beiden Tageszeitungen von Denver ausführliche Artikel über sie erschienen und keineswegs zufällig.

»Nun, jetzt sollten wir weitergehen«, schlug Twee unbehaglich vor.

»Sic Transit Mayonnaise.« Finny nickte Les Trethalwyn zu. »Hat mich sehr gefreut, Sie kennenzulernen.« Als sie das Funkeln in seinen braunen Augen sah, wurde ihr höfliches Lächeln sogar aufrichtig. Dann nickte sie. »Mrs. Dexter.« Sie legte eine Hand auf Twees Arm, während sie sich der nächsten Gruppe näherten. »Jetzt brauche ich eine kurze Pause. Ich gehe mal auf die Toilette. Treffen wir uns hier?«

»Hm – ja.« Twees notorischer Überschwang war etwas

gedämpft worden. »Tut mir leid. Wegen Paige, weißt du. Manchmal kann sie ziemlich grob sein. Sicher hat sie es nicht so gemeint...«

»Mach' dir deshalb keine Sorgen. Vielleicht hat sie heute ihren freien Abend. Gleich bin ich wieder da.« Geschickt schlängelte sich Finny durch die Leute hindurch und steuerte die verlockende Toilettentür an. Sollte sich Twee doch ihren Illusionen hingeben. Paige Dexter würde ganz sicher niemanden engagieren. Höchstens einen PR-Manager, der von morgens bis abends nichts anderes zu tun hätte, als sie daran zu hindern, sich mit ihrer messerscharfen Zunge die Kehle durchzuschneiden.

Beinahe wäre Finny die Flucht gelungen, als eine Hand ihren Arm umklammerte. »Bei Gott! So wahr ich noch lebe und atme!« Die aalglatte Stimme ertönte so unvermutet wie eine Stickstoffbombenexplosion. »Finny Aletter, die Wunderfrau von der Seventeenth Street!«

Finny schaute in das Gesicht aus vergangenen Zeiten, ohne sich anmerken zu lassen, wie unwillkommen es war. »Hallo, Ty.« Ty Engelman erinnerte sie an eine besonders triste Sackgassenperiode ihres Lebens, wo nur der Job bei Lakin & Fulton sie daran gehindert hatte, in Suff und wahllosem Sex zu versinken. Auf der Party eines Bekannten, der sich in den Ruhestand zurückgezogen hatte, war sie Ty begegnet und sowohl von seinem Ehrgeiz als auch von seinem Flair beeindruckt gewesen. Denver betrachtete er nur als Durchgangsstation, und die Wallstreet würde Augen machen, wenn er dort ankam.

Aber es klappte nicht so, wie er sich das vorstellte. Er war der Typ Mann, der sich zur Selbstzerstörung hingezogen fühlt wie ein Blutegel zu warmem Menschenfleisch. In jenem Jahr, während es stetig bergab ging mit ihm, hatte er ihr von seinen Plänen erzählt, beharrlich wie ein Aasgeier, stets auf der Suche nach einer Verabredung zum Lunch, immer mit lockenden Konzertkarten in der Hinterhand oder mit einer Einladung in ein perfektes nächtliches Versteck. Und täglich stand er kurz vor dem einen magischen Deal, der seine Welt neu erschaffen und ihm die Tür zum Arbitragehimmel öffnen würde.

Sowie Finny ihr Haus gekauft hatte, war er verschwunden. Sie hatte lange gebraucht, um zu erkennen, daß sie sich jetzt nicht als Mitverschwörerin bei Tys Selbstsabotage nützlich machen konnte.

Es überraschte sie, wie gesund er aussah. Kein einziger Silberfaden durchzog das blauschwarze, wellig aus der niedrigen Stirn gekämmte Haar. Unter der hellen, immer noch glatten Haut lag eine stromlinienförmige Knochenstruktur. Die poetisch großen dunklen Augen glühten, als würden sie von inneren Flammen erleuchtet. Zwischen dieser Begegnung und der letzten hatte scheinbar die Zeit stillgestanden – vielleicht ein Pakt mit dem Teufel, dachte Finny, aber wahrscheinlich eher eine gute Beziehung zu einem talentierten Gesichtschirurgen.

»Ich habe gehört, daß du nicht mehr bei *L und F* arbeitest«, bemerkte Ty. »Hast du Twee mitgenommen, als du gegangen bist?«

»Niemand nimmt Twee irgendwohin mit.« Finny schaute sich nach einem der Tabletts mit den Drinks um, die von den Kellnern in regelmäßigen Abständen durch die Menge getragen wurden. »Sie hat beschlossen, mich zum letzten Schrei der Schreinerei hochzupuschen.«

»Schreinerei?« Tys Lippen kräuselten sich mit ungläubigem Vergnügen.

»Was ist denn das für ein Witz?«

»Kein Witz. Ich renoviere jetzt Häuser.«

»Das darf doch nicht wahr sein, Schätzchen.« Er lachte laut genug, um die Blicke der umstehenden

Leute auf sich zu ziehen. »Der Ehrgeiz ist dir doch geradezu aus den Ohren geflossen. Was war denn los? Haben sie dich gefeuert, als die Rezession in die vollen gegangen ist?«

»Du willst wissen, ob's mir so gegangen ist wie dir?« Triumphierend beobachtete sie, wie der Spott in seinen Augen von Wut verdrängt wurde. »Nein, dieser ewige Konkurrenzkampf hat mich mit der Zeit gelangweilt. Was für ein mieses Leben!« Warum mußte man immer dann solche Gespräche führen, wenn man kein gefülltes Glas in der Hand hielt? »Und Du? Was machst du jetzt?«

Tys gefurchte Stirn glättete sich wieder. »Dies und jenes. Die Wirtschaftslage hat uns wirklich übel mitgespielt, was? Aber die Aussichten sind ganz gut, wir müssen nur ein bißchen warten.«

»Du warst schon immer ein Überlebenskünstler. Allzu schlimm kann es für dich nicht gewesen sein.«

»Jedenfalls nicht so übel, daß ich in die Bauindustrie einsteigen müßte.«

Vielleicht hatte sie das verdient, aber sie brauchte nicht stehenzubleiben und sich noch mehr davon anzuhören. »Nun, das ist wenigstens etwas Reelles.« Um sich zu verabschieden, hielt sie ihm die Hand hin, nur um aus dem Weg geschoben zu werden, von Paige Dexter, die ebenfalls mit ausgestreckter Hand näher kam.

»Ty, wie schön, dich wiederzusehen!« Überrascht beobachtete Finny die Verwandlung, die mit der Frau vorging. Die Worte wirkten so förmlich wie die dargebotene Hand, aber das Nofretete-Profil war dahingeschmolzen, ersetzt von einem Frauengesicht, das die blasse Wärme einer Sonnenfinsternis ausstrahlte. Nun warf Paige einen schlecht gemimten erstaunten Blick über die Schulter. »Oh, gehen Sie immer noch mit ihren Dienstleistungen hausieren, Miss – *wie* war doch gleich der Name?«

»Nicht so wichtig.« Finny lächelte freundlich. »Sie dürfen Ihre kleinen grauen Zellen nicht überanstrengen.« Als sie Engelman anschaute, erlosch ihr Lächeln. Seine Augen fixierten Paige Dexter mit schmerzlicher Intensität. »Bis bald, Ty«, fügte sie hinzu. Er hörte sie nicht.

Wieder schlängelte sich Finny durch das Gegacker. »Verzeihen Sie... Oh, Pardon... Tut mir leid.« Wie ein Ball prallte sie von einer Gesprächsgruppe auf die nächste.

»...also, ich serviere direkt auf die äußere Ecke...«

»...Hermelin! Meine – du weißt schon wer! Sie kennt einfach nicht den Unterschied zwischen Hermelin und...«

»...zu sehr im Stil von Club Med, meine Liebe, und der Service war geradezu ein Schock...«

Lippen bewegten sich unter Augen, die den Raum wie Leuchtturmstrahler überwachten. Finny fing desinteressierte Blicke auf, die über sie hinwegglitten zur nächsten Szene. Welche Qualifikationen brauchte man, um ein Wiedererkennen in den Gesichtern zu lesen, ganz zu schweigen von einem erfreuten Lächeln? Welche auch immer es sein mochten, sie selbst besaß jedenfalls keine davon.

Der heutige Abend würde endgültig all die albernen, angenehmen Erinnerungen an das Leben auf der Überholspur abtöten, die sie in die Gegenwart hinüber gerettet hatte. Als sie in unmittelbarer Nähe Twees Honigstimme hörte, änderte sie schnell die Richtung und stieß gegen den erhobenen Arm eines silberhaarigen Nadelstreifenträgers. Rotwein spritzte einen Rorschachtest auf ein schneeweißes Hemd und bildete einen aggressiven Kontrast zum feinen Muschelmuster der hellgelben Krawatte.

»Oh, verdammt, tut mir leid!« Finny schaute in das Gesicht des Mannes, das in sekundenschnelle denselben Farbton annahm wie der verschüttete Wein. Hastig hielt sie nach einer Serviette Ausschau. »Vielleicht gibt's hier irgendwo Natron...«, begann sie.

»Ersparen Sie sich die Mühe. Ich bezweifle, daß Ihr Natron auch nur die geringste Wirkung auf reine Seide ausübt.« Wütend starrte er sie an. Die glatten rötlichbraunen Brauen, die genau zum dichten, konservativ geschnittenen Haar paßten, wetterleuchteten über stürmisch braunen Augen. Die Adlernase kräuselte sich, beleidigt vom Gestank infamer Ungeschicklichkeit. »Meine liebe junge Frau«, preßten die verkniffenen Lippen hervor, »im allgemeinen zählt es zu den guten Manieren, daß man darauf achtet, wohin man geht.«

»Dad, es war doch nur ein Versehen«, sagte die junge Frau an seiner Seite, in schlichter Eleganz gekleidet, das glatte kupferrote Haar um ein zartes Gesicht geschwungen, in einem weitgeschnittenen elfenbeinweißen Hemd, das in einem langen, gekreuselten, violetten Rock, mit Muster am Saum, steckte. Dann lächelte sie Finny an, und die Eleganz ging in mutwilligen Charme über. Bosheit lag in einem hochgezogenen Mundwinkel, Humor in den apfelkernbraunen Augen. »Ich bin Cuffy Sarandon, und das ist mein Vater, William Sarandon.«

»Mr. Sarandon...«

»Richter Sarandon!« Erbost zerrte er am Taschentuch, das sich in der Innentasche seines Jacketts vor ihm versteckte.

»Tut mir wirklich leid, daß ich Sie mit Wein begossen habe«, fuhr Finny in sanftem Ton fort. »Natürlich übernehme ich die Reinigungskosten.«

»Nicht nötig.« Erfolglos betupfte eine Hand den grellen Fleck. »Ich sehe keinen Grund, unsere Bekanntschaft zu vertiefen.« Er zwängte sich durch das Gedränge aus Anzügen und Designerklamotten, dann marschierte er zur Tür hinter dem Buffet.

Cuffy Sarandon schaute ihm verlegen und ungläubig nach. »Normalerweise ist er so stolz auf sein gutes Benehmen.«

»Dann fällt es ihm wohl um so schwerer, mit tolpatschigen Leuten zurechtzukommen.« Finny schaute auf den gelben Teppichboden hinunter – keine Flecken, Gott sei Dank. »Wenigstens kann ich sein Hemd ersetzen.«

»Rechnen Sie lieber nicht damit.« Cuffy lächelte gequält. »Ich glaube, diese Hemden läßt er sich aus Europa schicken – von österreichischen Seidenraupen speziell für ihn gesponnen oder so was Ähnliches.«

»Mist!« Finny schaute ihr in die Augen. »Was kann ich tun, um das wiedergutzumachen?«

»Keine Sorge, ein Hemd mehr oder weniger macht keinen Unterschied für ihn. Er hat so viel von diesen Dingern, daß sein Vorrat bis zum Jüngsten Tag reichen wird. Ah, der Erste-Hilfe-Trupp ist in Sicht.« Finny folgte dem Blick des Mädchens zu den Kellnern, die sich mit Champagnertabletts näherten. Rasch winkte Cuffy einen herbei, und sie vertauschten ihre leeren Gläser mit zwei vollen.

»Twees Partys werden immer bombastischer«, meinte Cuffy. »Ich weiß nicht, woher sie die Energie nimmt.«

Der Champagner half Finny, wieder zu lächeln. »Ich

war schon länger nicht mehr auf so einer Party. Wahrscheinlich ist Twee nur deshalb so begeistert von meiner neuen Karriere, weil ihr das als Vorwand dient, wieder mal alle von Rang und Namen um sich zu versammeln.«

Cuffy nickte wissend. »Sie sind der weibliche Zimmermann. Tut mir leid, ich habe Ihren Namen vergessen.«

»Finny Aletter. Vermutlich ist es besser, wenn Sie ihn gleich noch mal vergessen, nachdem ich mir den Zorn Ihres Vaters zugezogen habe.«

»Ihre Gewissensbisse sind wirklich unnötig. Über das Hemd regt er sich gar nicht so auf.« Cuffy nippte an ihrem Champagner. »Diese Woche ist er von den Zeitungs- und Fernsehreportern ganz schön in die Mangel genommen worden.«

Die Puzzleteilchen setzten sich zusammen. Richter William Sarandon hatte in den beiden letzten Monaten den Vorsitz in einem besonders abscheulichen Vergewaltigungsprozeß geführt. Eine junge Frau war von einem Triebtäter gefangengehalten worden, der kurz zuvor seinen zweiten Hafturlaub angetreten hatte. Drei Tage lang mißhandelte er sie sowohl sexuell als auch psychisch. Danach plädierte sein Anwalt für seine Unschuld, wegen vorübergehender Unzurechnungsfähigkeit. Nach wochenlangen leidenschaftlichen Aussagen der Zeugen beider Parteien erklärten ihn die bedauernswerten Geschworenen für schuldig in allen Punkten. Tagtäglich wurde in den Medien über die Themen diskutiert, die der Prozeß aufgeworfen hatte: die juristische Unzurechnungsfähigkeit, das Hafturlaubssystem, sogar die politische Schlacht um die Steuergelder, die für Gefängnisse ausgegeben wurden.

Nach dem Schuldspruch verwandelte sich die Erleichterung des rehabilitierten Opfers und seiner Familie in nacktes Entsetzen, als Richter Sarandon das Strafmaß bekanntgab. Er betonte, die junge Frau habe nicht versucht, aus dem Apartment zu fliehen, in dem sie gefangengehalten worden sei, und sich deshalb mitschuldig gemacht. Daraufhin verhängte er die Mindeststrafe. Der Wirbel, der nach dieser Verspottung aller sokratischen Weisheiten losgebrochen war, hatte an die Lynchjustiz der frühen Geschichte Colorados erinnert.

»Der Elena-Parmetter-Fall«, sagte Finny. Wie schade, daß ihr kein Weinfaß zur Verfügung gestanden hatte. Liebend gern hätte sie den Richter hineingetaucht.

»Hm.« Mit einstudierter Unbefangenheit erwiderte Cuffy ihren Blick. »Das ist jetzt Ihr Stichwort. Wenn Sie wollen, können Sie gehen. Wenn jemand in einer neuen Branche Fuß fassen will, ist es nicht gerade die beste Strategie, sich mit einer Sarandon abzugeben.«

»Sie sind nicht Ihr Vater. Warum sollte ich Ihnen etwas verübeln, was er getan hat?«

»Sie würden staunen, wie viele Leute glauben, sie könnten mich benutzen, um ihm eins auszuwischen.« Cuffys Lächeln wirkte leicht verzerrt.

»Manche Menschen glauben, man wäre ihr Eigentum, wenn man auf irgendeine Weise berühmt geworden ist. Selbst wenn es nicht Ihre eigene Berühmtheit ist. Diese Typen meinen, sie wären ihnen was schuldig, weil sie ihre Aufmerksamkeit erregt haben.«

Cuffy seufzte schmerzlich. »Und man sollte besser nicht zögern, die Schuld zu begleichen.«

»Bleiben Sie lieber erst mal im Hintergrund. Gerade solche Leute haben ein sehr kurzes Gedächtnis. Lassen Sie Gras über die Sache wachsen.«

»Haben Sie das getan, als Elliot Fulton ermordet worden ist?«

»Daran erinnern Sie sich? Ja, genau das habe ich getan.« Finny schaute auf die beiden leeren Gläser. »Möchten Sie noch Champagner?«

»Klar, ich hole ihn.«

»Ich mach das schon.« Finny nahm Cuffy das Glas aus der Hand. »Warten Sie hier, sonst trinke ich alles alleine aus.«

»Abgemacht.«

Fallstrick

Sie umklammerte die winzige weiße Schürze über dem schwarzen Kleid, die zerknittert ihre Taille umspannte. Mühsam rang sie nach Luft. Seine Hand packte ihren Arm, getrieben von der Kraft nackter Angst. »*Bianca! Was zum Teufel ist passiert?*«

Das Mädchen preßte zitternd die Hand auf ihr Herz. »Er faßte mich an... Meine Brüste!« Hörbar schluckte sie in der Stille. »Das gefällt mir nicht, Miguel.«

»Verdammt, darum geht's doch. Er mußte irgendwas tun, sonst wären die Fotos reine Scheiße gewesen.«

»*Comprendo*«, antwortete sie mit leiser Stimme, »aber...« Nach einer Weile beruhigten sich ihre Atemzüge, und sie bemerkte, daß er seine Hände aneinanderrieb. »Bist du verletzt worden, als du ihn niedergeschlagen hast?«

»Ja, aber das war's wert.« Beide schauten wieder auf den Mann hinab, der vor ihren Füßen lag. Das Flüstern eines Geräusches erklang, und Bianca blickte rasch über ihre Schulter zur Hintertür. Matt sah sie das Metall schimmern, aber da stand niemand. Niemand beobachtete sie. Ein Schauer rann ihr über den Rücken, und sie war dankbar für die dichten Schatten, die sich um den grünen Schimmer des Pools ballten. »Glaubst du, er hat dich gesehen?« fragte sie leise.

»Das bezweifle ich.« Seine Augen irrten durch den Garten. »Jetzt sollten wir verschwinden.«

Sie berührte seinen Arm. »Was machen wir jetzt?«

»Am liebsten würde ich den *Cabron* umbringen.«

»Miguel!«

»Zumindest das verdient er für alles, was er Elena angetan hat.« Er holte tief Atem. »Gehen wir. Im Augenblick können wir keine Bilder schießen. Lassen wir den Scheißkerl erst mal zu sich kommen.«

»Glaubst du, es gibt Ärger, wenn er aufwacht?«

»Der wird sich nicht einmal an dein Gesicht erinnern können.« Er drängte sie den gepflasterten Weg entlang und die Verandatreppe hinauf, bückte sich, um die Kamera aufzuheben, die er auf die oberste Stufe gelegt hatte, dann schob er Bianca zur Tür der offenen Küche. »Für diese Leute bist du doch nur ein Möbelstück. Die wissen gar nicht, daß du lebst.«

»Señora Garrett ist nicht so...« Ihre Stimmen verschmolzen mit dem Partylärm, der aus dem Wohnzimmer herüberdrang.

Das leise Plätschern des Pools begleitete das philosophische Zirpen der Grillen. Nach einer Weile löste sich eine dunkle Gestalt aus dem Schatten, den das Haus warf, und huschte über den Rasenteppich. Das verschwommene Licht auf dem Grund des Pools spiegelte sich im Metallglanz des Spießes, der wie ein Pendel an der Seite des Schattens hin und her schwang.

Die Kellner machten sich so rar, als stünden sie auf der Liste der vom Aussterben bedrohten Tierarten. Finny umfaßte die Gläser noch fester, schob sich durch eine schwatzende Gruppe und peilte die Bar an. Eigentlich war Cuffy viel zu nett für die Tochter eines Neandertalers wie William Sarandon. Seufzend schnitt sie eine Grimasse. Die Sünden der Väter und so weiter. Wie eine Sardine wand sie sich durch die dichtgedrängten Leiber hindurch, der Lärm wirkte jetzt fast greifbar. Der beißende Geruch des blauen Dunstes konkurrierte mit Duftwolken aus Poison, Opium und Calvin Klein.

Ein blechernes Lachen erregte Finnys Aufmerksamkeit. Ausgelassenheit herrschte zwischen den beiden Paaren, die sich aufführten, als würden sie ein Übungsprogramm auf der Schauspielschule absolvieren. »O Timmy, du bist ja so *bösartig.*« Die Brünette mit dem gefiederten Haar beglückte ihren Begleiter mit einem verführerischen Schmollmund.

Timmy wechselte mit seinem hochgewachsenen Freund einen Blick von Mann zu Mann. Der andere drückte sich fest an eine magersüchtige Blondine, deren metallisch blaues Kleid ebenso fest an ihrem Körper klebte.

Das kubistische Gemälde hinter den vieren, das fast vom Boden bis zur Decke reichte, schien die Possen mit geometrischer Ruhe zu beobachten. Finnys Lippen verzogen sich zu einem wohlwollenden Lächeln, bis sie das schiefe phallische Gebilde sah, auf das Timmy unter allgemeinem Gelächter zeigte.

Ein paar Schritte entfernt knipste ein Fotograf die anzügliche kleine Szene, und das Blitzlicht ließ Finny zusammenzucken. Der Mann senkte seine Kamera, die schrägen Brauen über den tiefliegenden Augen verächtlich zusammengezogen.

Finny ging weiter. Hätte sie nicht versprochen, Cuffy einen Drink zu bringen, wäre sie zu Chris geflohen und verschwunden. Ihr Blick fiel auf Twees flatternde Finger, die ihr vom anderen Ende des Raums zuwinkten, wo sie gerade einen schlanken weißgekleideten Mann bearbeitete. Mit einer lahmen Geste winkte Finny zurück. Sicher betrachtete die Gastgeberin ihr gutes Werk inzwischen als vollbracht.

Rasch stieg Finny die Marmorstufen hinauf, schaute sich um und entdeckte Barelli an der Bar, neben einer kleinen rothaarigen Frau.

Bei Finnys Anblick sagte er etwas zu der Rothaarigen, die sich zu ihr wandte, das Haar über die Schultern werfend, das dunkelgrüne Kleid anmutig an eine hinreißende Figur geschmiegt. »Sie sind also der Ehrengast heute abend. Ich hab' mich schon gewundert.« Die schwüle Stimme hätte genügt, um das eher dürre Colorado in eine tropische Zone zu verwandeln.

»Das ist Abigail Hunter«, stellte Barelli seine Gesprächspartnerin vor, »die Gesellschaftsreporterin von der *Post,* also paß auf, was du redest.«

»Sie wollen mich zitieren? So ausgehungert können Sie doch gar nicht sein.« Finny stellte die beiden leeren Gläser auf die Theke, und nach einem kurzen Wortwechsel mit dem Barkeeper wandte sie sich wieder an die Journalistin. »Freut mich, Sie kennenzulernen. Aber ich finde es erstaunlich, daß eine solche Veranstaltung Ihr berufliches Interesse erregt.«

Abigail Hunter lachte leichthin. »Sie kennen doch Twee. Die war fest entschlossen, alle ihre früheren Feste zu übertreffen, und das reichte mir, um mal vorbeizuschauen.«

»Vielleicht lohnt sich's wirklich.« Finny schaute sich im lärmerfüllten Saal um. »Twee muß fast alle Leute eingeladen haben, die ihr jemals über den Weg gelaufen sind.«

»Nein, nur die wichtigen.« Abigails umschattete Augen verengten sich ein wenig. »In welcher Beziehung stehen Sie zu ihr?«

»Wir sind Freundinnen. Warum?«

Das grüne Kleid schimmerte, als Abigail die Schultern zuckte. »Ich hätte geschworen, daß einige Gäste sich nur hier blicken lassen, weil sie erpreßt worden sind. Twee liebt es nun mal, Leute auf die Zehen zu treten und ihnen zu suggerieren, sie wären ganz entzückt darüber.«

Finny nahm die vollen Champagnergläser von der Theke. »Das können Sie mir nicht beweisen. Es sei denn, Sie glauben, Twee würde mich benutzen, um auf diese Zehen zu treten. Oder sie hat Sie erpreßt, damit Sie hier aufkreuzen.«

Der trockene Unterton in Finnys Stimme veranlaßte Abigail, den Kopf zu schütteln. »Mißverstehen Sie mich nicht. Twee ist ein Schatz, eine echte Oase in der Szene. Ich war nur neugierig.«

»Sicher eine Berufskrankheit.« Finny schaute an ihr vorbei auf Barelli. »Ich liefere nur rasch diesen Drink ab, dann können wir gehen. Bist du bereit?«

»Klar.«

Finny verließ Chris und Abigail, um sich noch einmal durch das Gewühl zu kämpfen. Wenig später spürte sie Cuffys kupferroten Kopf auf. »Entschuldigen Sie mich.« Sie quetschte sich zwischen zwei Männern hindurch, die versuchten, wie amtlich zugelassene Wirtschaftsprüfer auszusehen. »Nehmen Sie eins, bevor ich noch mehr Schaden anrichte«, bat sie und hielt ihrer neuen Bekannten ein Glas hin.

»Danke.« Cuffy griff danach. »Ich dachte schon, Sie hätten...« Das mutwillige Lächeln erstarb, und ihr Blick fixierte schmerzlich irgend etwas hinter Finny, die sich verwundert umdrehte.

»Wie lange bist du schon hier?« Kit Landauers safirblaue Augen funkelten vor Zorn. »Ich habe nicht bemerkt, daß du hereingekommen bist.«

Cuffy zuckte die Achseln und hob ihr Glas an die Lippen. Ihre zitternde Hand wirbelte die Champagnerperlen hoch. »Warum solltest du auch«, entgegnete sie mit farbloser Stimme.

»Verdammt, Cuffy, du hast versprochen, mir Bescheid zu geben, wenn du...«

»Ich habe dir niemals irgend etwas versprochen.« Herausfordernd starrte sie ihn an. »Du hast dir nur was *eingebildet*, so wie immer.«

»Moment mal...«, begann Kit hitzig.

»Um Himmels willen, sprich nicht so laut!« Cuffy warf Finny einen kurzen Blick zu. »Tut mir leid. Zwischen Kit und mir gibt es einiges zu klären. Würden Sie uns entschuldigen?«

»Natürlich.« Finny drehte sich um und prallte gegen die gerüschte Vorderfront von Twee Garrett. Champagner schwappte über den Rand ihres Glases. »Da bist du ja!« Twee packte ihre Schultern und wirbelte sie in die Richtung der Menge, aus der sie soeben aufgetaucht war. Als sie zurückschaute, beobachtete sie, wie Kit Landauer Cuffys Handgelenk umklammerte. »Volle zehn Minuten lang habe ich den ehemaligen Polizeipräsidenten Nielsson festgenagelt«, fuhr die Gastgeberin fort. »Wir unterhielten uns über die Vitrinen, die er in seinem Arbeitszimmer für seine Trophäen einbauen lassen will. Weißt du, er ist ein begeisterter Tontaubenschütze.« Einen Arm fest um Finnys Taille gelegt, winkte sie mit der anderen fröhlich einem kahlköpfigen Mann, der sich mühsam vom Buffet entfernte. »Mein Anwalt, ein himmlischer Mann.« Ungeduldig gab sie Finny einen Schubs. »Nun mach' schon, solange Nielssons Enthusiasmus noch anhält. Er ist furchtbar vergeßlich.«

Ermattet wandte sich Finny ihrer Freundin zu. Twees Gesicht zeigte grimmige Entschlossenheit, feine Schweißperlen auf der Stirn und verkniffene Lippen. »Ich glaube, ich sollte jetzt nach Hause fahren.«

»Sei nicht albern, Darling. Du hast noch gar nicht alle kennengelernt. Und vergiß nicht, die ganze Party findet nur deinetwegen statt.«

»Aber wenn ich mich nicht ein bißchen ausruhe, werde ich gar nicht fähig sein, all diese Chancen beim Schopf zu packen.« Finny blieb stehen. »Ich mein's ernst, Twee. Morgen muß ich um sechs aus den Federn.«

»Oh, meine Liebe, ich hatte ja keine Ahnung«, rief

Twee besorgt. »Das hättest du mir sagen sollen. Es wäre doch kein Problem gewesen…«

Zum zweitenmal klirrten Glas und Metall durch den Partylärm.

»Ach, du lieber Himmel«, stöhnte Twee, »wenn das schon wieder das neue Mädchen ist…«

Ein grauenhafter Schrei verschluckte ihre Worte.

»Guten Morgen, Denver, Big Chuck Harroldson meldet sich an diesem herrlichen Coloradotag! Willkommen bei der KGBY's Sendung ›Sprechen Sie's aus‹. Was hast du an diesem strahlenden Montagmorgen auf dem Herzen, Denver? Ruf mich unter der Nummer 999 an und rede! Ah, jetzt haben wir Genevieve in der Leitung. Guten Morgen, Genevieve, Sie sind auf Sendung.«

»Hallo, Chuck! Ich finde Sie einfach großartig, und ich wollte Ihnen nur sagen, daß meine ganze Nachbarschaft Ihnen täglich zuhört.«

»Vielen Dank, Genevieve. Und was haben Sie heute morgen auf dem Herzen?«

»Also, es geht um diesen Richter, der letzte Nacht ermordet wurde, Jack. Sie wissen doch, das stand diesen Morgen in der Zeitung. Also ich rede ja nicht gern schlecht von den Toten, aber ich glaube, er hat gekriegt, was er verdient. Wo er doch ein paar ganz böse Leute frei herumlaufen ließ! Ich glaube, es war ein Gottesurteil, daß er jetzt selber umgebracht wurde...«

Ruckartig bewegte Finnys Kopf das Kissen, als sie eine

Hand ausstreckte, um den Radiowecker auszuschalten. Die klagende Stimme verstummte. »O Gott!« Sie öffnete die Augen weit genug, um die goldenen Ränder rings um die Jalousien auszumachen. Sechs Uhr. Also hatte sie nur drei Stunden geschlafen. Und Corinne Danovich wartete auf ihren neuen Wäscheschrank.

Als Finny aus der Duschkabine stieg, kam Barelli gerade nach Hause. Er sank aufs Bett, und sein Gesicht spiegelte jedes einzelne seiner vierundvierzig Jahre wider – trübe, rote Augen, der Mund verkniffen vor Müdigkeit, dunkles Haar, das in alle Richtungen vom Kopf abstand. Das zerknitterte Jackett umspannte Schultern, die erschöpft vornüberhingen.

Finny durchquerte das Zimmer und blieb vor ihm stehen. Für einen Moment trafen sich ihre Augen, dann strich ihre Hand über seinen Nacken, und er neigte sich zu ihr. »Du siehst gräßlich aus.«

»So schlimm, wie ich mich fühle, kann ich gar nicht aussehen.« Seine Stimme klang heiser. »Die letzte Nacht war so ätzend wie Abbeizmittel auf dem alten, dünnen Firnis der Zivilisation. Da hat es schon einige größere Krawalle gegeben, die mir mehr Spaß gemacht haben.« Er begann sich aus seinem Jackett zu schälen, und sie half ihm, es über Schultern und Armen abzustreifen. »Nachdem du gegangen warst, mußten wir noch mit einem halben Dutzend Partygästen reden. Ihre Anwälte liebten das geradezu. Sobald sich die Neuigkeit herumgesprochen hatte, schwirrten sie heran wie die Wespen. Ganz zu schweigen von den Typen, die selber Anwälte sind. Und dann die Presse...« Mit beiden Händen strich er über sein Gesicht. »Schick' ein paar Anwälte gegen eine Reporterschar ins Feld, und du kannst sogar einem Pazifisten die Neutronenbombe verkaufen.«

Finny knöpfte sein Hemd auf. »Wann mußt du wieder zurück?«

»Bald«, erwiderte er gähnend. »Zu Mittag soll ich wieder da sein.« Er legte sich auf das zerknüllte Bettzeug. »Dann muß ich Landauer verhören. Ohne sein Sprachrohr wollte er kein einziges Wort sagen. Außerdem kreischte eine alte Schachtel so laut wie eine Nonne, die in den Hintern gezwickt wurde. Und der Anwalt unserer guten alten Twee will noch mal mit mir reden...« Seine Stimme erlosch. Finny zerrte die dünne Decke unter ihm hervor und breitete sie über seine langen Beine. Dann hob sie sanft seinen Kopf hoch und schob ein Kissen darunter. »Hm.« Barelli kuschelte sich ins weiche kühle Leinen.

Finny schlüpfte in Jeans und ein T-Shirt, suchte in einer Schublade nach Socken, während Chris etwas Unverständliches murmelte und sich auf dem Bett umherwälzte. Ihre Turnschuhe in der Hand, stieg sie die Treppe hinab. Die Küche leuchtete im goldenen Sonnenlicht des neuen Tages, das durch das Ostfenster hereinströmte. Die Fenster des Gewächshauses an der Westseite starrten in den Garten hinaus, den immer noch hartnäckig nächtliche Schatten füllten, die allmählich dem träumerisch leuchtenden Morgen wichen.

Sie stellte die Schuhe auf einen Korbstuhl und tappte barfuß auf kalten Fließen zum Kühlschrank. Wenn sie Kaffee trank – einen richtigen, in dem der Löffel steckenblieb – würde sie's vielleicht schaffen, die Augenlider auf Halbmast zu heben. Das Ritual des Kaffeekochens verlief automatisch mit festgelegten Bewegungen wie im Kabuki-Theater. Sie füllte eine Tasse und stellte die Kanne auf die heiße Platte zurück. Ihre Gedanken kehrten zu Twees Party zurück.

Dem Krach der zerspringenden Gläser war ein Schrei gefolgt und hatte das Partygeschwätz so abrupt beendet, wie eine Fabriksirene alle Arbeit erlahmen läßt. Reglose Stille war eingetreten. Dann schluchzte eine gebrochene Stimme: »Er ist tot, er ist tot«, und alles geriet wieder in Bewegung. Die schockierten Gäste prallten zusammen wie die Rinder in einer Herde und fragten einander: »Was ist passiert?« Finny sah das dunkle, von Grauen verzerrte Gesicht des Dienstmädchens, das nach unten starrte, und kämpfte sich durch die Menge. Jenseits der gaffenden Schar kniete die Blondine im trägerlosen Kleid zwischen verstreuten Scherben, Gabeln und Messern. Sie weinte verzweifelt.

Die vagen Gesten ihrer Hand entgingen Finny nicht, und sie eilte in den Flur, der zur Küche und zur Gartentür führte. Hinter ihr keuchte Twee und jammerte leise.

Der Flur und die Küche waren leer.

»Draußen«, hörte sie jemanden rufen, als sie in den Korridor zurückkehrte, wo sich die Leute nun zum offenen Hinterausgang drängten. Finny postierte sich hinter Les Trethalwyn und überließ es ihm, sich einen Weg zu bahnen. Sie traten in die Nacht hinaus. Ein klarer Sternenhimmel wölbte sich schützend über den Sommerdüften und dem leisen Plätschern des Pools, dessen Wasser von einer Brise gekräuselt wurde. Die Füße der Gäste trommelten auf dem Rotholzboden der Veranda und hielten plötzlich inne.

Über Les Schulter sah Finny etwas auf den Fliesen der Beckenumrandung liegen. Was es war, verbargen die Schatten, die das gedämpfte Licht des Pools verbreitete.

Sie stieg die Stufen hinab, ging an den Leuten vorbei, die zwischen ihr und dem Schwimmbecken standen. »Wer ist das?« fragte jemand. »Was ist passiert?«

Als Finny sich der verkrümmten Gestalt näherte, flammten an den Hausecken Scheinwerfer auf. Hinter ihr erklang ein halberstickter Schrei, und sie warf einen Blick über die Schulter. Paige Dexter, geisterhaft blaß in der grellen Beleuchtung, umklammerte Ty Engelmans Arm wie eine Rettungsleine.

Beim ersten Anblick von Richter Sarandon, der auf den Fliesen lag, dachte sie eine verrückte Sekunde lang, es müsse ein Irrtum sein. Wie albern würden sie sich alle fühlen, wenn sie merkten, daß er in Ohnmacht gefallen war und die Flecken auf seinem Hemd und der Krawatte von dem Burgunder stammten, mit dem sie ihn begossen hatte. Und dann schob sich die Realität in den Vordergrund. Selbst wenn ihr intensives Wunschdenken das Blut für Wein halten mochte – es hätte einer allzu blühenden Phantasie bedurft, den Rosenholzspieß, der aus Sarandons Brust ragte, in die Haltestange einer Schwimmbadleiter zu verwandeln.

»Oh, mein Gott!« klagte Twee mit hoher, dünner Stimme.

Finny ignorierte sie ebenso wie die drängelnden Gestalten hinter ihrem Rücken und trat vor, um neben dem Richter niederzuknien. Das Stimmengemurmel schwoll an, als sie ihre Fingerspitzen an Sarandons Hals legte. Sie spürte keinen Puls. Barelli bahnte sich seinen Weg durch die Menschenmenge, die eine Mauer bildete, und kniete sich zu ihr. »Laß mich mal sehen.« Er wiederholte, was sie getan hatte, dann sagte er: »Ruf' das Revier an, die sollen eine Ambulanz herschicken.« Als sie ihn erstaunt ansah, fügte er leise hinzu: »Für die Leiche.«

Bei diesen Worten stieg der Lärmpegel noch höher. William Sarandon hatte seine Strafe im Schnellverfahren erhalten, und jeder wollte darüber reden.

Finny stand auf und schob sich durch die Menge zur Tür. Sie hielt nach Cuffy Ausschau, die ließ sich nicht blicken im Meer der Gesichter, die wie Luftballons über dem Toten schwebten. Sie hörte Barellis Stimme Anordnungen rufen, sich von der Leiche fernzuhalten. Danach glitt der Abend in eine illusorische Atmosphäre und schleppte sich dahin; es war ein ständiges Kommen und Gehen der Polizei, der Leichenbeschauer, von erbosten oder resignierten Partygästen, die zusammengescheucht oder getrennt identifiziert oder verhört wurden. Telefone schrillten, und die Türglocke läutete ununterbrochen. Sie untermalten das vereitelte Bemühen der Reporter, vor dem Redaktionsschluß für die morgige Ausgabe Informationsmaterial zu sammeln.

Finny saß zusammengesunken im Schaukelstuhl neben dem großen alten Kamin in der Küche, als Twee sie aufspürte. Es war nach Mitternacht.

Die Stunden waren unfreundlich zu Twee gewesen, hatten den Panzer ihres Make-ups zerbrochen, die schwarzen Rüschen ihres Kleides welken lassen. Waschbrettfalten durchfurchten ihr Gesicht, das violette Haar hing beängstigend schlaff hinab. »Du mußt mit deinem Lieutenant reden«, erklärte sie energisch und ragte vor Finny empor wie ein Wesen aus der Mythologie. »Er hat Cuffy und Paige einfach verboten, nach Hause zu fahren.«

Finny blinzelte verständnislos. »Was?«

»Dein Lieutenant läßt sie nicht gehen. Das ist unfair. Warum müssen sie so etwas durchmachen?«

»Himmel noch mal, Twee!« Mit beiden Händen rieb sich Finny die Augen. »Ganz sicher will er niemanden aus reiner Bosheit quälen, er versucht nur herauszufinden, wer den Richter ermordet hat.«

»Das weiß ich.« Twees Gesicht verzerrte sich, Tränen sammelten sich in den Augenwinkeln. »Aber man kann wirklich nicht von ihr erwarten, noch länger hierzubleiben. Die Trennung war bitter, doch das bedeutet keineswegs, daß das alles spurlos an Paige vorübergeht. Und Cuffy ist ganz still geworden, so als wäre sie gar nicht mehr da.«

Ein paar Sekunden schwirrten die Worte ohne Zusammenhang in Finnys Gehirn herum, bis sie einen gewissen Sinn ergaben. »Was für eine Trennung?«

»Natürlich meine ich William und Paige.« Twees Lippen bebten. »Nur weil die Ehe gescheitert ist, heißt das noch lange nicht, daß sein Tod sie kalt läßt. Sie ist kein Roboter.«

»Paige Dexter war mit Richter Sarandon verheiratet?« Glasig schaute Finny ihre Freundin an und fragte sich halb und halb, ob sie ihren Ohren trauen sollte. »Du meinst, sie ist Cuffys...«

»Ihre Mutter. Klar, Cuffy ist viel stärker als sie, aber jetzt steht auch sie kurz vor dem Zusammenbruch. Was für ein Schock...«

»Wem sagst du das!« Finny schüttelte den Kopf. »Warum hat Paige einen anderen Namen, Dexter und nicht Sarandon?«

»In der Öffentlichkeit hat sie Williams Namen niemals benutzt«, erwiderte Twee mit dumpfer Stimme. »Vor der Hochzeit besaß sie ihre eigene Identität – ›Die kleine Dexter-Prinzessin‹.« Ärgerlich fügte sie hinzu: »Aber was macht das für einen Unterschied? Willst du jetzt mit deinem Polizistenfreund reden?«

Beschwichtigend hob Finny eine Hand. »Okay, ich werde sehen, was ich tun kann.« Sie stemmte sich aus dem Schaukelstuhl hoch. »Wo ist Chris jetzt?«

»Im Familienzimmer.« Twee preßte das Taschentuch, das sie mit einer Hand umklammerte, an den Mund. »Familienzimmer – was für ein alberner Name für einen Raum. Nur Herbert und ich – o Gott, ich wünschte, er wäre hier.« Ihre Stimme drohte zu versagen.

Finny zögerte, dann nahm sie Twee in die Arme und fühlte, wie die große Frau am ganzen Körper zitterte. »Das muß grauenvoll für dich sein. Tut mir leid, daß es ausgerechnet hier passieren mußte.«

Nachdem sich Twee aus der Umarmung befreit hatte, preßte sie das zusammengeknüllte Taschentuch erst auf ein Auge, dann aufs andere. »Hilf mir einfach nur, die Dinge zu beschleunigen. Das kannst du doch? Sicher wird dein Lieutenant auf dich hören.«

»Mal sehen.«

»Tu's einfach, Finny«, brachte Twee mühsam hervor, aber es klang trotzdem gebieterisch. »Tu's für mich.«

Finny nickte.

Die Stille des Wohnzimmers bildete einen krassen Kontrast zum Partygetümmel des vergangenen Abends. In dieser gewaltigen Leere schienen die Bilder und Skulpturen einer anderen Welt zu entstammen, ihre künstlerischen Botschaften verloren sich aufgrund der Abwesenheit von Betrachtern. Finnys Absätze klickten auf dem Marmorboden, und das Geräusch wurde langsam vom Stimmengewirr ertränkt, das durch den Torbogen am anderen Ende des Raums dröhnte.

Les Trethalwyn kam durch die Tür und stieß beinahe mit Finny zusammen. Automatisch streckte er eine Hand aus, um sie festzuhalten, das Gesicht kreidebleich, die Augen umschattet vom Grauen der nächtlichen Ereignisse. »Sind Sie okay?«

»Ja. Und Sie?«

»Großer Gott, welch ein Alptraum!« Mit langen, bebenden Fingern strich er über seinen Mund. »Jetzt könnte ich einen Drink vertragen, einen doppelten – irgendwo, bloß nicht hier. Wollen Sie mitkommen?«

Tapfer widerstand sie der Versuchung. »Danke, besser nicht.«

»Dann bis später.« Er ging an ihr vorbei, und mit jedem Schritt beschleunigte er sein Tempo.

Finny betrat das Familienzimmer und blieb stehen. Während der öffentliche Teil des Hauses das Ambiente einer Kunstgalerie besaß, so hatte Twee diesen Raum hier viel persönlicher gestaltet. Ein dicker Tweedteppich und eine knorrige Kiefernholztäfelung erwärmten die Atmosphäre. Weiche bunte Kissen türmten sich auf einem grauen abgenutzten Sofa. Ein massiver Schreibtisch unterbrach die Regale, die eine ganze Wand einnahmen, mit Büchern und Zeitschriften beladen. Die gegenüberliegende Wand wurde von einem großen Fernsehbildschirm beherrscht, über dem hellorangene Wimpel des Bronco-Teams hingen. Vor dem Fernseher standen zwei Lehnstühle, neben dem einen häuften sich auf einem Beistelltischchen Bücher und Zeitungen, im zweiten saß ein überdimensionaler Teddybär und fixierte die Mattscheibe.

Barelli lehnte an der Bar am anderen Ende des Zimmers, einen Telefonhörer zwischen Hals und Schulter geklemmt. Er hatte seine Krawatte gelockert und den Hemdkragen aufgeknöpft. Kurz erwiderte er Finnys Blick, wandte sich aber ab, als sein Telefonat lebhaftere Züge annahm.

Eddie Apodaca, sein Partner, führte ein leises Gespräch mit einem der Dreiteiler von der Party, einem bleichen jungen Mann, dessen feuchte Augen von dicken Gläsern in Schildpattfassung umrahmt wurden. In regelmäßigen Abständen nahm er die Brille ab und setzte sie wieder auf, was seine nervöse Tenorstimme hervorhob. Eddie trug seine übliche Tarnkleidung, ein weißes Hemd mit aufgeknöpftem Kragen und eine dezent gestreifte Krawatte zu einem dunkelgestreiften Anzug, der verkündete: Ich bin nur ein einfacher Staatsdiener. Unter dem kurzgeschnittenen, an manchen Stellen ergrauten schwarzen Haar zogen sich tiefe Falten durch die Stirn. Und seine fleischige Nase wirkte an den Flügeln etwas verkniffen. Die müden Augen mit den dunklen Ringen verrieten Ungeduld.

»Entschuldigen Sie mich.« Finny wurde von einem Wirbelwind in Grün beiseite geschoben, der auf Barelli zueilte. Abigail Hunters dichtes rotes Haar wippte bei jedem entschlossenen Schritt. Mit der Subtilität einer Dampfwalze überquerte sie den Teppich. »Lieutenant!« rief sie mit klirrender Stimme.

Barelli nickte ihr zu, dann telefonierte er weiter.

»Lieutenant!« Noch viel lauter.

Jetzt legte er eine Hand über die Sprechmuschel und schaute an seiner geraden, scharf geschnittenen Nase auf sie herunter, und seine Augen verengten sich.

»Einer Ihrer Spießgesellen hat mir soeben erklärt, ich dürfe nicht telefonieren. Stimmt das?«

»Allerdings, Miss Hunter. Vorerst dürfen keine Telefongespräche geführt werden.«

Ihre hellen Hände mit den rotlackierten Fingernägeln stemmten sich in die Hüften. »Das ist verfassungswidrig.«

»Scheiße!« Irritiert trat er von einem Fuß auf den anderen.

»Hören Sie mal, Sie werden Ihre Story schon kriegen. Aber jetzt noch nicht. Sie müssen mich entschuldigen.« Er widmete sich wieder seinem Telefonat.

Schockiert riß Abigail die Augen auf. »Ich werde dafür sorgen, daß Ihre Vorgesetzten das erfahren, Lieutenant«, fauchte sie. »Nachdem sich der Chief so bemüht hat, das öffentliche Image der Polizei zu verbessern, wird er Ihren Kopf zum Lunch verspeisen.«

»Er ißt nicht italienisch.« Barelli zeigte ihr die kalte Schulter.

»Sie Bastard! Das werden Sie mir büßen!« Sie fuhr herum und stelzte davon. Ihre Augen funkelten vor Zorn, die Nasenflügel vibrierten. Sie warf Finny einen kurzen Blick zu, dann hob sie die Nase noch etwas höher und stürmte zur Tür hinaus.

Wo zum Teufel nimmt sie in den frühen Morgenstunden noch soviel Energie her, fragte sich Finny mißgelaunt. Barelli legte den Hörer auf und schlenderte durchs Zimmer, im Gefolge der Furie. »Wie geht's, Baby? Du siehst ziemlich mitgenommen aus.«

»Danke.« Sie zeigte zur Tür. »Die gute alte Abigail scheint ein bißchen auszuflippen.«

»Sie möchte mit aller Macht den Pulitzerpreis gewinnen.« Seine breiten Lippen dehnten sich zu einem Lächeln. »›*Ich-war-dabei*‹ und dieser ganze Quatsch.«

»Warum habe ich das Gefühl, daß sie dich nicht gerade in freundlichem Ton erwähnen wird?«

Er schlang einen Arm um ihre Schulter und führte sie zur Bar. »Wen kümmert das schon? Sie hat zu lange mit den Polospielern rumgehangen und glaubt nun, sie wäre einer von ihnen.« Er rückte ihr einen Hocker zurecht und drückte sie darauf. »Gerade wollte ich dich suchen. Bist du bereit, dich ausquetschen zu lassen?«

»Eigentlich bin ich reif fürs Bett.« Finny stützte ihren Kopf in eine Hand. »Worüber willst du mich ausquetschen?«

»Über alles, was du gesehen hast, über deine Gespräche während der Party, die vielleicht irgendwelche Anhaltspunkte liefern.«

»Oh, du forderst also den Profi in mir heraus?«

Er zog einen weiteren Hocker heran und setzte sich zu ihr. »Zum Teufel, ja, erzähl' mir alles, was du weißt.«

In knappen Worten berichtete Finny, wie sie den Wein auf das Hemd des Richters gegossen hatte, dann die unterbrochene Unterhaltung mit Cuffy, deren spannungsgeladener Wortwechsel mit Kit Landauer, und schließlich erwähnte sie ihre Begegnung mit Paige Dexter, die sich offensichtlich für Ty Engelman interessierte. »Und als ich den Schrei hörte... Wer war das überhaupt? Das Dienstmädchen oder die Blondine?«

»Die Blondine«, erwiderte Barelli, »eine gewisse Simms Bainbridge. Sie stolperte über Sarandon, rannte ins Haus zurück und stieß mit dem Mädchen zusammen.«

»Und du bist sicher, daß sie ihn nicht getötet hat?«

Müde zuckte er die Achseln. »Vorerst steht noch gar nichts fest. Sie sagte ebenso wie der Bursche mit dem Akzent aus, sie seien miteinander hinausgegangen, um ein bißchen die Zweisamkeit zu genießen.«

»Meinst du den Typ, der gerade verschwunden ist? Les Trethalwyn?«

»Genau. Also erzähl' mir, was du weißt.«

»Ich war mit Twee zusammen«, begann Finny. »Als ich Les Trethalwyn nach draußen folgte, blieb sie mir auf den Fersen. Auch Ty und Paige waren hinter mir.« Nach einer kurzen Pause fügte sie hinzu: »Mal sehen –

heute nacht bin ich etwa einer halben Million Leute begegnet, also habe ich mir nicht alle Namen gemerkt. Ich saß dicht an der Bar, und da redete Twee gerade mit einem kleinen grauhaarigen Kerl. Der war einer der ersten, die zum Pool hinausliefen.«

»Der ehemalige Polizeipräsident Nielsson.« Respektvoll schaute er sie an. »Hast du schon rausgefunden, wer's getan hat?«

Finny runzelte die Stirn. »Nein, aber wenn ich der Wettleidenschaft verfallen wäre, würde ich auf Paige Dexter setzen.«

»Warum?«

»Weil sie der Prototyp eines Biests ist, und es verschafft mir immer eine besondere Genugtuung, solche Leute kaltzustellen.«

»Das gottverdammte Gericht wird etwas stichhaltigere Verdachtsmomente verlangen.« Barelli stand auf und straffte die Schultern. »Soll dich jemand nach Hause fahren?«

»Wie lange wirst du noch brauchen?« Gähnend dehnte Finny ihre Kinnladen.

»Weiß der Himmel. Wahrscheinlich wird's bis zum Morgengrauen dauern, bis wir mit jeder Person wenigstens einmal gesprochen haben.«

Sie schaute sich im nicht allzu dichtbesetzten Zimmer um. »Mit *jeder*?«

»Cleary hat eine ziemlich große Gästeschar im Untergeschoß zusammengetrommelt«, erwiderte Barelli seufzend, »im ›Schwiegermutterapartment‹, wie es irgendein Immobilienmakler genannt hat. Möchtest du Kaffee? Da unten bekommst du eine Tasse.«

Finny schüttelte den Kopf. »Wahrscheinlich brauchst du das Auto.« Als er nickte, gähnte sie wieder. »Dann lasse ich mich lieber heimbringen. Morgen soll ich einen Wäscheschrank zimmern.« Er strich über ihr Gesicht, und sie schmiegte es sekundenlang in seine Hand.

»Sobald ich kann, komme ich nach Hause.« Er wollte sich abwenden, aber sie hielt seinen Arm fest.

»Twee hat mich gebeten, dich zu becircen, damit du Paige Dexter nach Hause gehen läßt. Weil sie mal mit Sarandon verheiratet war.«

»Vor zehn Minuten habe ich sie weggeschickt mitsamt ihrer Tochter.«

»Ich mag Cuffy. Und nun werde ich keine Gelegenheit mehr finden, um ihr zu sagen, wie leid es mir tut. Es muß schrecklich sein, auf diese Weise den Vater zu verlieren. Sie war ohnehin schon so deprimiert nach der wenig schmeichelhaften Publicity, die ihm der Parmetter-Fall eingebracht hat.«

»Das verstehe ich.«

Seine tonlose Stimme veranlaßte sie, ihm in die Augen zu schauen. »Wir unterhielten uns fast die ganze Zeit, während ihr Vater allem Anschein nach den Weinfleck aus seinem Hemd zu entfernen versuchte, den ich verursacht hatte.«

»Komm' schon, Finny, du weißt doch, wie dieses Spiel läuft. Im Augenblick kann ich gar nichts sagen.«

»Sie ist ein gutes Mädchen, Chris.«

»Hm.« Er zog sie vom Hocker. »Ich bringe dich jetzt zu einem Auto hinaus.«

Ein wortkarger Streifenpolizist hatte sie nach Hause gefahren, und um zwei Uhr war sie ins Bett gefallen. Wer konnte es ungewöhnlich finden, wenn sie den Eindruck gewonnen hatte, die Ereignisse dieser Nacht hätten sie bis drei Uhr nachts wach gehalten? Wann immer sie die Augen schloß, schwebten die Gesichter an ihr vorbei, die einzelnen Szenen: die Angst in Cuffys Blick, während sie über den fragwürdigen Ruhm als Tochter ihres Vaters gesprochen hatte; die knisternde Spannung, die in der Luft lag während der Begegnung von Paige Dexter und Ty Engelman; das Grauen, das Twee Garrett um ihre sonst so unbesiegbare Contenance gebracht hatte.

Oh, verdammt, und die Party ist für mich gegeben worden, dachte Finny. Sie klappte ein Sandwich mit Erdnußbutter zusammen, das sie auf der Fahrt zur Arbeit essen wollte. Dann griff sie nach der Thermoskanne, die auf dem Kopf im Geschirrständer trocknete, füllte sie mit Kaffee, drehte den Stöpsel fest, stellte sie auf die Theke. Ein Joghurtbecher und ein Apfel landeten in einer Tüte. Nun würde sie einen schönen, anmutigen Schrank für Corinne Danovich bauen. Wenigstens hatte sie etwas zu tun.

Es war Barellis Job, die verschlungenen Fäden von Tatmotiven zu entwirren. Zusammen mit Eddie und den anderen Beamten würde er seine Schlüsse ziehen und den Fall aufklären. Die Gerechtigkeit würde triumphieren, und ein neuer Schrank würde kostbares Leinen enthalten. Der Allmächtige würde weiter im Himmel leben. Und William Sarandon würde immer noch tot sein.

Das Lunchpaket und die Thermoskanne unter einem Arm, ergriff Finny auf dem Weg nach draußen ihre Handtasche und schloß die Tür hinter sich. Ihr Lieferwagen sprang schon beim ersten Versuch an, und sie fuhr im Rückwärtsgang in die Seitengasse. Hell schien die Sonne auf die stille Straße herab. Irgendwo bellte ein Hund. Sie schlug die Richtung zum dreistöckigen Dinosaurier-Gebäude an der Westside ein, das Corinne

Danovich bewohnte. Müde und traurig fuhr sie auf die Berge zu, unfähig, die Erinnerung an jene verzweifelten Gesichter zu verdrängen.

Das glänzende Sägeblatt durchschnitt die Birkenleiste. Finny schaltete das Gerät aus und stellte es auf den Boden. Als sie das Sägemehl wegblies, erfüllte sauberer intensiver Holzgeruch die Luft wie Sonnenlicht. Geistesabwesend pfiff sie durch die Zähne, während sie die Trittleiter hinaufstieg, bis sie die obere Kante des Wäscheschranks erreichte. In etwa dreieckig geformt, schmiegte er sich in die Nordwestecke des Flurs in der zweiten Etage, der vier Schlafzimmer verband – ursprünglich für die Töchter Arnold Kenstons eingerichtet, einer bedeutenden Persönlichkeit aus Denvers Wirtschaftsgeschichte. Laut Corinne Danovich, der derzeitigen Besitzerin des Hauses, hatte zumindest eine von Arnolds Töchtern die ökonomischen Interessen ihres Vaters rückhaltlos geteilt und sich selbst als erstklassige Ware betrachtet. Finny strich mit einem Bleistift über die hintere Kante, dann stieg sie die Leiter hinab. Sie suchte zwischen ihren Werkzeugen nach der Laubsäge. Das kronenförmige Gebilde am Schrankrand wiederholte ein Muster, das im ganzen Haus zu finden war, vor allem in der Speisekammer neben der Küche.

Gerade bohrte sie Nagellöcher in die Leiste, als Corinnes schrille Stimme aus dem Erdgeschoß heraufdrang. »Ein Anruf für Sie, Finny!«

»Ich komme gleich hinunter.« Auf mehreren Stufen verrutschte der Orientläufer unter Finnys Füßen, und sie nahm sich vor, ihn festzunageln.

»Es ist ein Mann, aber er nannte seinen Namen nicht«, murmelte Corinne, als Finny die Küche betrat. Sie zerlegte gerade ein Huhn auf der Schiefertheke, und ihr kleines faltiges Gesicht zuckte vor Neugier.

Finny nickte und ergriff den Hörer. »Finny Aletter.«

»Setz' dich lieber hin, meine Süße.« Barelli war eindeutig hellwach und ziemlich nervös, nach dem brüsken Klang seiner Stimme zu schließen. »Twee Garrett hat den Mord an William Sarandon gestanden.«

»Was?« Bei diesem Schreckensschrei wandte sich Corinne zu ihr.

»Vor etwa einer Stunde kam sie mit ihrem Anwalt hierher.«

»Du machst Witze!« Vor Finnys geistigem Auge schwirrten Bilder aus der vergangenen Nacht. »Verdammt, Chris, *das glaube ich einfach nicht.*«

»Nimm's nicht so tragisch. Mir fällt es auch ein bißchen schwer, das zu schlucken. Moment mal.« Er hatte seine Hand über die Sprechmuschel gelegt, wie sie aus den gedämpften Geräuschen folgerte. Dann meldete er sich wieder. »Die Bezirksstaatsanwaltschaft überschlägt sich fast. Johnny Seavers ist nicht gerade begeistert, in der County Club-Szene Ermittlungen durchführen zu müssen.«

»Aber warum, Chris? Was könnte sie zu diesem Mord veranlaßt haben?«

»Richter Sarandon hat Herbert Garrett offensichtlich vor ein paar Jahren übel mitgespielt. Er stieg aus einem Deal aus, und deshalb steckte Garrett ganz tief in der Scheiße ohne hohe Stiefel, wie Twee sich ausdrückte. Seavers grinst so breit, daß er bald einen Sonnenbrand auf dem Zahnfleisch kriegen wird.«

»Das ist doch Quatsch. Twee bringt es nicht einmal fertig, auf eine Spinne zu treten – es sei denn, das Tierchen würde einen ihrer Lieblinge bedrohen.«

»War der alte Herr vielleicht ein besonderer Liebling?«

Corinne richtete den Blick fest auf das Messer, das Hühnerknorpel durchtrennte, und die schmalen Schultern verkrampften sich vor lauter Mühe, nonchalant zu wirken. Finny kehrte ihr den Rücken und senkte ihre Stimme. »Du denkst also an einen grandiosen Racheakt? Erstens – sie ist ebensowenig eine Mörderin wie Daisy Duck. Zweitens – wäre sie entschlossen gewesen, Sarandon zu töten, hätte sie es verdammt noch mal nicht auf einer Party in ihrem eigenen Haus getan. Sie ist weder dumm noch verrückt, Chris.«

»Dumm jedenfalls nicht. Mir ist auch nicht ganz wohl dabei, Baby, aber Seavers liebt nun mal große Geschenke, verpackt mit schönen Schleifen. Twee hat ihm dieses Geschenk überreicht und sogar für ihn ausgewickelt.«

»Augenblick mal, ich war da, erinnerst du dich?« Fieberhaft dachte Finny nach. »Twee und ich trennten uns, als ich davonrannte, um mich in der Toilette zu verstecken. Dann redete ich mit Ty, und Paige kam zu uns.«

»Finny…«

»Nur noch eine Sekunde. Mit Ty unterhielt ich mich ungefähr zehn Minuten, dann rempelte ich den Richter an. Er beschimpfte mich, das Ganze dauerte etwa fünf Minuten, dann verschwand er, um die Weinflecken aus seinem Hemd zu entfernen. Inzwischen redete ich mit Cuffy.«

»Ich muß jetzt gehen.«

Die Rekonstruktion des Abends verlieh Finnys Stimme einen abstrakten Klang. »Als ich zur Bar ging, um die Gläser nachfüllen zu lassen, sah ich Twee. Da warst du gerade in ein Gespräch mit Abigail Hunter vertieft. Ich kehrte mit den Gläsern zu Cuffy zurück, und da erschien Kit. Mal sehen – kurz danach lauerte Twee mir auf. Sie hatte mit dem ehemaligen Polizeipräsidenten Soundso geredet... Wann zum Teufel konnte sie Sarandon ermordet haben? Dafür hatte sie gar keine Zeit, Chris. Ich bin mir fast sicher.«

»Warum behauptet sie dann, daß sie's getan hat?« fragte Barelli ungeduldig.

»Und warum sollte sie's sagen, wenn sie's wirklich war?« konterte Finny blitzschnell.

»Das weiß ich nicht«, erwiderte er merklich gehetzt. »Jetzt kann ich nicht mehr mit dir reden, ich muß gehen.«

Ein dumpfer Krach kam von der Theke herüber, und Finny blickte über ihre Schultern. Sie sah, wie Corinne das Huhn mit einem kleinen Hackbeil halbierte. »Chris, wie sieht's mit dem Beweismaterial aus – Fingerabdrücke und der ganze Kram?«

»Der Spieß wurde abgewischt, bei der Leiche wurde nichts gefunden, und angesichts der siebzehntausend Fußabdrücke rund um den Pool waren wir erstaunt, daß Sarandon an einer Stichwunde starb. Jetzt muß ich los...«

»Warte! Was ist mit dem Dinner?«

»Sieht so aus, als hätte ich einen langen Tag vor mir.

Wenn ich's nicht schaffe, rufe ich an. Ich habe ein Huhn in den Kühlschrank gelegt.«

»Großartig.« Sie wandte ihren Blick von Corinne, die ihr geflügeltes Opfer auseinandernahm.

»Ich weiß, es ist hart für dich! Heute abend reden wir weiter. Bis dann.«

Finny legte den Hörer auf.

»Gibt's ein Problem?« Corinnes milchig blaue Augen funkelten vor Neugier. Jetzt lagen ihre Hände mit den Altersflecken reglos auf den Hühnerteilen.

»Hm? Nein, nein, kein Problem.« Finny stellte das schlichte schwarze Telefon ins Regal zurück. »Vielleicht muß ich heute etwas früher gehen. Ich habe noch was zu erledigen.«

»Nehmen Sie sich nur Zeit«, antwortete Corinne, schaute auf ihre Hände hinab und warf die Hühnerteile in eine Papiertüte. In ihrer liebevoll renovierten Küche gab sie ein perfektes Accessoire ab: graues Haar, zu einer schütteren Zopfkrone geflochten, ein geblümtes Hauskleid mit weißer Schürze, die schmalen Füße in praktischen schwarzen Schnürschuhen. Die Lebenserfahrung hatte ihr Gesicht mit tiefen Falten durchzogen, umgeben von zahlreichen Nebenlinien. »Ich habe alles über den Tod des Richters gelesen.« Aus interessierten Augenwinkeln warf sie Finny einen kurzen Blick zu. »In der Morgenzeitung stand, die Party sei für Sie veranstaltet worden.«

»Tatsächlich?« O Gott, schon wieder diese unangenehme Erinnerung, dachte Finny. Sie war nicht auf den Gedanken gekommen, in der Zeitung nachzuschauen.

»Diese Gesellschaftskolumnistin hat einen Riesenartikel geschrieben.«

»Könnte ich mal einen kurzen Blick reinwerfen?« Nach den Schlagzeilen des folgenden Tages würde Abigail Hunters Story wie ein Osterei vom Vorjahr aussehen.

Corinne wischte sich die Hände mit einem Geschirrtuch ab. »Natürlich.« Sie wühlte im ordentlichen Zeitungsstapel, der auf dem Sideboard lag, und mit einem leisen Triumphschrei hielt sie ein Titelblatt hoch. »Da!«

Das Porträt des Richters neben der dicken Schlagzeile interessierte Finny nicht. Sie überflog den Artikel unter Abigails fett gedruckter Headline »›...erstochen mit einem Spieß, nahe dem Herzen, durch die seidene Gucci-Krawatte hindurch‹«, las sie laut, dann fuhr sie mit Flüsterstimme fort: »›Seine umstrittene Entscheidung im Parmetter-Fall wurde von mehreren Personen als mögliches Tatmotiv genannt... Lieutenant Christopher Barelli von der Polizei, sehr korrekt in einem grauen Anzug von der Stange, erklärte den Reportern, man würde die Presse informieren, sobald man dazu bereit sei.‹« Angewidert schleuderte Finny die Zeitung zu Boden. »Dieses Biest! Aber sie hat ja gesagt, daß sie's ihm heimzahlen würde.«

Geistesabwesend hob sie die Zeitung auf, faltete die einzelnen Blätter zusammen und legte sie auf den Tisch. Das ganze erschien ihr phantastisch. Wahrscheinlich war Twee eines Mordes fähig, so wie die meisten Leute, wenn man auf die richtigen Knöpfe drückte. Aber in diesem Fall war schrecklich viel Zeit zwischen dem Knopfdruck und der Tat vergangen. Eins stand jedenfalls fest – Twee setzte sich leidenschaftlich für alles ein, wovon sie überzeugt war.

Man brauchte nur zu beobachten, wie wild entschlossen sie Finny bei der neuen Karriere half, wie fest sie an Paige Dexters guten Charakter glaubte (noch so ein Biest), und wie sie sich in der vergangenen Nacht bemüht hatte, Paige und Cuffy zu beschützen. Wie weit würde sie für die Leute gehen, die sie liebte?

»Corinne, ich muß jetzt weg«, sagte sie plötzlich. »Morgen bin ich wieder da.«

Sie raste nach Hause, schlüpfte in ihre profihafte Tarnkleidung, ihr konservatives Kostüm mit weißer Seidenbluse und allem drum und dran, dann wagte sie sich in die elegante Festung des Polizeigebäudes von Denver.

Die junge Beamtin am Empfang ließ sich von Finnys seriösem Chic nicht beirren und sagte höflich, aber entschieden: »Tut mir leid, Miss Aletter, aber das ist unmöglich. Niemand darf Mrs. Garrett besuchen außer ihrem Anwalt und den Leuten von der Bezirksstaatsanwaltschaft. Es gibt keine Ausnahmen.«

Barelli war nicht da, und Eddie Apodaca ritt auf keinem weißen Schlachtroß, als er vom Morddezernat in den geräumigen ersten Stock kam, um mit ihr zu reden. Seine braunen Augen funkelten belustigt, als sie ihn bat, sie irgendwie mit Twee zusammenzubringen. »Ausgeschlossen, Finny. Dieser kleine Fall liegt im Hände-weg-Terrain. Damit nimmt's die Bezirksstaatsanwaltschaft genauer als die Gestapo mit ihren Schießübungen.«

»Ich muß unbedingt mit Twee reden, Eddie.«

»Tut mir leid, das geht nicht.«

»Danke«, erwiderte sie entmutigt, rammte die Fäuste in die Jackentasche und wandte sich ab. Dann fiel ihr ein, was die Polizistin am Empfang gesagt hatte, und sie drehte sich wieder um. »Warte, Eddie!« Er war bereits in die Richtung des Aufzugs gegangen. Nun blieb er stehen und wartete, bis sie zu ihm kam. »Wenn ich die Erlaubnis ihres Anwalts bekomme, darf ich sie dann sehen?«

»Das weiß ich nicht. Vielleicht.«

»Wo finde ich den Mann?«

Eddie lächelte nicht, als er einen braunen Kugelschreiber aus seiner hellgelben Hemdtasche zog. »Bloß keine Tricks! Das mußt du mir versprechen.«

»Was meinst du?«

»Tu' nicht so unschuldig«, entgegnete er grimmig. »Chris mag die Kunststücke vergessen haben, die du beim Mord von Elliot Fulton gezeigt hast, aber ich besitze ein besseres Gedächtnis. Versprich es mir.«

Theatralisch legte sie die Hand aufs Herz, dann schaute sie in Eddies Augen und sagte: »Versprochen. Weißt du, ich glaube, daß hier merkwürdige Dinge geschehen...«

»Davon will ich überhaupt nichts wissen. Warte hier einen Moment.« Eddie eilte zum Empfang und sprach mit der Polizistin, die ihm den Telefonhörer reichte. Nach ein paar Minuten kehrte er zu Finny zurück und gab ihr einen Zettel. »Der Name des Anwalts und seine Adresse. Tu' mir einen Gefallen – vergiß, woher du das hast.«

»Ich bin dir wirklich sehr dankbar.«

»So? Dann denk' an dein Versprechen.«

Sie fuhr zum *Denver Tech Center*, eine Mischung aus Metall- und Glasstruktur, zu beiden Seiten der I-25 emporgeschossen wie gigantische Pilze zwischen den Vorstadtsiedlungen, die sich nach Süden erstreckten. Die Büros der Rechtsanwälte Bartholomew, Erickson und Fannlowe nisteten in einem Bauwerk, das – mit Startraketen ausgestattet – imstande gewesen wäre, eine neue Ufo-Hysterie heraufzubeschwören. Kupferrote Glasscheiben reflektierten das helle Nachmittagslicht wie eine Kunstsonne, die ihre Hitze auf mehrere Fast food-Restaurants verteilte. Sie kauerten an den Rändern dieses Kapillarsystems aus Straßen und Überführungen, das vom Highway wegführte wie die gespaltenen Haarspitzen einer schlampigen Frisur.

Nach einer fünfundvierzigminütigen Wartezeit, beobachtet von einer knochigen jungen Blondine, die eher auf ein Hockeyspielfeld gepaßt hätte als in den angenehmen plüschigen Empfangsraum, wurde Finny ins Allerheiligste von Twees Anwalt geleitet und keinen Schritt weiter.

»Miss Aletter, ich habe keine Zeit für sinnlose Gespräche.« MacKenzie Bartholomews Gesicht war so fest verschlossen wie eine kindersicher zugeschraubte Medizinflasche. »Mrs. Garrett gab mir ausdrückliche Anweisungen. Sie weigert sich, irgend jemanden zu sehen außer *mir.* Als ihr Anwalt muß ich ihre Wünsche respektieren.«

»Falsch. Als ihr Anwalt müssen Sie Ihr Bestes tun, um ihre Interessen zu vertreten.« Finny stemmte sich aus dem dickgepolsterten Ledersessel hoch, der sie zu verschlucken drohte. Sie lehnte sich an die Kante von Bartholomews Schreibtisch, einem Block aus schwarzem Urethan, groß genug, um sich für einen Parkplatz auszugeben. »Können Sie mir offen und ehrlich sagen, daß Sie an Twees Schuld glauben?«

»Ich kann Ihnen gar nichts offen und ehrlich sagen«, erwiderte Bartholomew mit präziser Artikulation. »Und ich werde es auch nicht tun.« Sein kahler Schädel spiegelte das Licht der verdeckten Neonlampen in der Zimmerdecke wider, helle Augen glitzerten unter grauen buschigen Brauen. »Wenn das alles ist, Miss Aletter...«

Finnys Faust schlug auf die Schreibtischplatte. »Verdammt, Sie waren letzte Nacht da! Haben Sie Twee gesehen? Sie hätte gar keine Zeit gehabt, Sarandon zu töten, und ich denke, das kann ich beweisen. Sie bringt sich nicht nur selber in Schwierigkeiten, sie hält die Polizei auch noch davon ab, den wahren Mörder zu suchen.«

Bartholomew drehte seinen kurvenreichen Stuhl vom Schreibtisch weg und stand auf. Elegant paßte sich sein dreiteiliger blauer Nadelstreifenanzug der neuen Körperhaltung an. »Vermutlich bilden Sie sich ein, Sie würden wie eine gute Freundin handeln. Gestatten Sie mir, Ihnen zu versichern, daß Sie das alles nichts angeht. Deshalb schlage ich Ihnen vor, sich mit anderen Dingen zu befassen.« Er ging um den riesigen schwarzen Block herum. »Ich begleite Sie hinaus.« Unerwartet kräftig umschlossen seine Finger ihren Arm, und er schob sie durch die Tür ins Vorzimmer. »Miss Scranton, Miss Aletter geht jetzt. Wenn sie den Weg nach draußen nicht findet, rufen Sie bitte den Sicherheitsbeamten und veranlassen Sie ihn, ihr zu helfen.« Ohne Finny weiter zu beachten, ging er in sein Büro zurück und schloß die Tür.

Fallstrick

Sie ging an den Westwood-Wohnblocks vorbei und tat so, als würde sie das Kindergeschrei nicht hören, das durch ein offenes Fenster auf die Straße drang. Blaugestrichene Türen und Fensterläden unterbrachen das Rot der eckigen Ziegelgebäude.

Die Farbe war sorgsam und regelmäßig aufgetragen, aber die Häuser wirkten müde und strahlten tiefe Niedergeschlagenheit aus. Die Hitze hing schwer in der Luft.

Drei Kinder jagten ein viertes über das Gras, das in der Sommerglut vertrocknete, und ein Junge kreischte: »Verdammt noch mal, ich bring dich um, du Arschloch! Wenn du nicht ehrlich zu mir bist, mußt du sterben.« Die beiden Mädchen, die an seiner Seite rannten, kicherten, und eines stimmte ein: »Du Arschloch!«

Ohne Miguel würde sie versuchen müssen, in solch einem Haus Unterkunft zu finden. Sofern sie es konnte, was nicht wahrscheinlich war.

Verkehrslärm wehte in einem heißen, massiven Strom vom Federal Boulevard herüber, wo sie aus dem Bus gestiegen war, durch den drei Häuserblock dichten Puffer der belebten südostasiatischen Restaurants und Märkte, vorbei an Mom-and-Pop-Läden und Hallen, in denen Autoersatzteile lagerten. Eine Sirene durchschnitt den Lärm der Pkw und Lastwagen, deren Hupen wie Tierschreie klangen, und überall in der Nachbarschaft ertönte das Antwortgeheul der Hunde.

Bianca stolperte, als sie die Betonstufen zur Tür eines abwaschwasserfarbenen Holzhauses hinaufstieg. Sie steckte den Schlüssel ins Schloß und mußte ein wenig rütteln, bis er sich herumdrehen ließ. Dieses Schloß hatte Miguel nach einem Einbruch vor fünf Monaten eingebaut.

Bleierne Hitze erfüllte das Wohnzimmer, die Sonne schien durch die Jalousien herein, in den dünnen Strahlen schwebten Staubkörnchen so lustlos wie tote Gedanken. Sie ließ ihre Einkaufstasche auf die abgewetzte kastanienbraune Couch fallen und ging zur Küche. Ihre Uniform wollte sie später waschen und dann im Bad aufhängen, wo sie in nur zwei Stunden trocknen würde.

Die winzige Küche stank noch nach dem Speck, den sie an diesem Morgen für Miguel gebraten hatte. Trotz der Geräusche, die sie bei den Vorbereitungen für ihren Arbeitstag verursacht hatte, war er nicht aufgewacht. Bis zum frühen Morgen hatte er sie in den Armen gehalten, sie zu trösten versucht und versichert, die Polizei würde es nicht herausfinden, sie nicht verhaften und zurückschicken.

Das Klingeln des Telephons durchbrach die Stille der dicken Luft, und ihr Herz schlug doppelt so schnell. Sie wartete, bis es noch einmal läutete, dann hielt sie den Hörer ans Ohr. »Hallo?«

»*Jita*, wie war's?«

Sie lehnte sich an die Küchentheke. »Okay, glaube ich. *La policia* ist vor dem Lunch gegangen. *Señora* Garrett hat das Haus am Nachmittag verlassen und ist nicht zurückgekommen.«

»Haben dich die Bullen verhört?«

»Nein, sie baten mich nur um Kaffee, das war alles.«

Miguels Stimme verfiel in ihren gewohnten heiteren Tonfall. »Da siehst du's, ich hab' dir's ja gesagt, für die bist du nur ein Möbelstück.«

»Vielleicht.« Nach einer kleinen Pause fügte sie hinzu: »Miguel, bevor Señora Garrett ging, war sie *muy agitata*, und sie schrie Señor Bartholomew an. Er schrie zurück, und er war *mas loco que una cabra.*«

»Warum war er so wütend auf sie?«

»*No sabo.*«

»Verdammt.« Er schwieg eine Weile, dann sprach er ganz langsam. »Also gut. Tu' einfach nur, was du normalerweise tust. Geh' zur Arbeit, stell' keine Fragen. Und fürchte dich nicht. Sie werden dich nicht bemerken, *Jita*, wenn du keine Aufmerksamkeit erregst. *Comprende*?«

»*Si.*«

»Okay. Sobald ich kann, komme ich nach Hause.«

»Wird es spät?«

»Du weißt doch, diese Hochzeiten.« Seine Stimme klang wieder besänftigend. »Ich mache die Fotos, dann fahre ich heim. Reiß dich zusammen, ja?«

»*Si,* Miguel.« Nachdem er aufgelegt hatte, hielt sie den Hörer noch lange in der Hand und wünschte, sie hätte nicht so schreckliche Angst.

Die Erinnerung an MacKenzie Bartholomews unerschütterlichen Widerstand ärgerte Finny beim Abendessen immer noch, und sie schmeckte kaum etwas von dem Hühnchen *cacciatore*, das Barelli zubereitet hatte. »So aalglatt bin ich noch nie abgewimmelt worden.« Mit ihrer Gabel schob sie einen Keulenknochen an den Tellerrand. »Genausogut hätte ich versuchen können, in die Münzanstalt einzubrechen.«

»Er hat recht, das alles geht dich nichts an.« Barelli griff nach der Weinflasche. »Willst du noch was?«

Finny hielt ihm ihr Glas hin. »Was für ein Anwalt ist das, der seiner Klientin erlaubt, einen Mord zu gestehen?«

»Für gewöhnlich ein Typ, der auf einen möglichst günstigen Deal mit dem Staatsanwalt hofft, und das bedeutet, daß seine Klientin etwa so gute Chancen hat wie ein Schneeball in der Hölle.« Er goß den Wein zu schnell ein und unterdrückte einen Fluch, als Finnys Glas überlief. Rasch wischte er mit seiner Serviette über den Tisch. »Wieso bist du so verdammt sicher, daß sie's nicht getan hat?«

»Du hast sie gesehen«, erwiderte sie und legte ihr Besteck beiseite. »Und ich kenne sie seit Jahren. Meines Wissens hat sie in dieser ganzen Zeit niemanden absichtlich verletzt. Von wie vielen Leuten kannst du das behaupten?« Sie schob ihren Stuhl nach hinten und stand auf. »So sehr ich mich auch bemühe, ich sehe sie einfach nicht als Mörderin. Und nur das zählt für mich, Chris. Außerdem glaube ich immer noch, daß sie gar keine Zeit gefunden hätte, um das Verbrechen zu begehen«, fügte sie hinzu und trug das Geschirr zur Spüle. »Was sie im Schilde führt, weiß ich nicht, aber ich habe so ein Gefühl…«

Auch Barelli stand auf. Instinktiv tastete er nach der Brusttasche seines grünen T-Shirts, dann ließ er die Hand zur Tasche seiner verwaschenen Jeans gleiten, wo er ein Päckchen Kaugummi versteckt hatte. Es war ihm nicht leichtgefallen, das Rauchen aufzugeben.

Energisch schrubbte Finny einen Teller. »Wenn du auch nur ein einziges sexistisches Wort über weibliche Intuition sagst…«

»Was wirst du dann tun?« Er trat hinter sie und griff an ihr vorbei, um den Wasserhahn abzudrehen. »Auf Gefühle, die aus dem Bauch heraus kommen, antworte ich nicht mit Argumenten. Außerdem besteht schon die Hälfte meines Jobs aus Vorahnungen.« Er drehte sie zu sich herum, damit er in ihr Gesicht schauen konnte. Wasser tropfte von ihren Händen auf die Beine. Tiefe Sorge lag in ihren braunen Augen unter den zusammengezogenen schwarzen Brauen, die sich von der gebräunten Stirn so stark abzeichneten wie chinesische Buchstaben von hellem Pergament. Ein abrupter Kuß traf ihre weichen Lippen. »Was hast du sonst noch vorzuweisen?« fragte Barelli leise. »Die gute, alte weibliche Intuition wird dich nur bis zu einem gewissen Punkt führen. Danach brauchst du harte Fakten, um sie zu untermauern.«

»Genau.« Finny befreite sich aus seinen Armen, riß ein Papiertuch von der Küchenrolle und wischte die Wassertropfen weg, die an ihren Beinen hinabrannen. »Und nach dem heutigen Tag habe ich so gut wie keine Anhaltspunkte. Ich dachte, ich könnte mit Twee reden und herausfinden, was sie vorhat.«

»Aber du bist gegen eine Mauer gerannt. Und was jetzt?«

»Das weiß ich nicht.« Sie nahm die beiden vollen Gläser vom Tisch, ging durch die Schwingtür ins Eßzimmer, dann durch den Torbogen ins Wohnzimmer und zur großen braunen Kordcouch. »Soll ich theoretisieren? Oder Rätsel raten?« Seufzend stellte sie die Gläser auf den Couchtisch und ließ sich auf das Sofa fallen. Es gab unter Barellis Gewicht nach, als er sich neben Finny setzte. Er drückte ihr ein Glas in die Hand, und sie lehnte sich gegen die Armstütze, die Beine über seinen Schoß. »Was mich so wahnsinnig macht, ist die Gästeschar gestern auf der Party. Da müssen etwa hundert Leute gewesen sein.«

»Wir haben dreiundsiebzig gezählt.« Barelli trank einen Schluck Wein. »Dichtes Gedränge, von Wand zu Wand.«

»Und jeder könnte Sarandon ermordet haben.«

»Vorausgesetzt, die betreffende Person fand eine Gelegenheit und verfügte über ein Mindestmaß an gutem Geschmack.« Seine Stimme klang ernst. Er beugte sich vor, um sein Glas auf den Tisch zu stellen, dann schaute er sie an und las einen ganz bestimmten Gedanken in ihren Augen. »Nun?«

»Du hörst dich so an, als hättest du ihn wirklich gehaßt.«

»Er war ein Arschloch. Richter wie er machen mir meinen Job unnötig schwer.«

»Der Parmetter-Fall?«

»Das ist nur der letzte von einer langen Liste.« Er klopfte auf seine Hemdtasche. »Scheiße! Sarandon wußte nie, auf welche Seite er sich stellen sollte. Erinnerst du dich an die Geschichte von Billy Houghton vor ein paar Jahren? Der Kerl schlägt einen Siebzehnjährigen fast tot, und Sarandon verhängt die Höchststrafe, stellt ihn mit einer flammenden Urteilsbegründung an den Pranger, und der ganze Gerichtssaal ist nahe dran, ihn zu lynchen. Dann geht Houghtons Anwalt in die Berufung – unzulässige Beeinflussung der Geschworenen, Befangenheit der Zeugen, Voreingenommenheit gegen die Verteidigung, wie auch immer. Jedenfalls wird der Fall noch mal aufgerollt. Nach der ersten Katastrophe schleichen alle auf Zehenspitzen durch den ganzen Prozeß. Nach zwei Jahren war Houghton wieder draußen, und zehn Tage nach seiner Entlassung tötete er einen Sozialarbeiter.«

»Mein Gott, Chris!«

»Sarandon war ein lausiger Jurist und ein noch schlechterer Richter. Er konnte sich nie entscheiden, ob er die Leute mit Streicheleinheiten verwöhnen oder ihnen auf die Finger klopfen sollte, und er machte uns ganz wahnsinnig.«

»Wieso wurde er überhaupt zum Richter ernannt?«

»Wahrscheinlich das übliche Beziehungsspielchen nach großzügigen Spenden in die Parteikasse. Ich erinnere mich nicht, welche es war. Nicht, daß es eine Rolle spielen würde. Einem Gerücht zufolge hat der Gouverneur seit zwei Jahren versucht, Sarandon zum Rücktritt zu veranlassen.«

»Arme Cuffy...«

Chris hob die Brauen. »Was meinst du?«

»Oh, sie ging ziemlich direkt in die Defensive, als der Parmetter-Fall zur Sprache kam. Schuldgefühle wegen verwandtschaftlicher Beziehungen.«

Entspannt sank Barelli noch tiefer ins Sofa. »Es ist nicht einfach, so einen Vater zu haben – wenn ich auch annehme, daß der beträchtliche Wohlstand diesen Schock etwas mildert.«

Finny blinzelte erstaunt. »War er denn so reich? Ein Richter?«

»Der schwamm in Geld. Die Parteispenden – erinnerst du dich?« Er schloß die Augen und sah aus, als würde er jeden Moment einschlafen. »Übrigens«, fuhr er nach einer kurzen Pause fort, »ein Teil des Geldes stammte aus einer Partnerschaft mit Herbert Garrett.«

»Hm...« Nachdenklich nippte sie an ihrem Wein. »Sicher ist Twee nicht die einzige, die an Sarandons Tod interessiert gewesen wäre.«

»Keineswegs.« Barelli schob ihre Beine beiseite und stemmte sich von der Couch hoch. »Willst du noch Wein?«

»Ja, hol' die Flasche.« Sie lehnte sich wieder an die Armstütze. Die Abendluft begann abzukühlen, als sich die Sonne der Vorderseite des Hauses näherte. Betörender Geißblattduft lag in der Brise, die durchs Seitenfenster hereinwehte. Im Luftstrom schwankte der Spitzenvorhang wie ein Spinnennetz.

Chris hatte ihr vom Richter erzählt. Was mochte das für ein Mensch gewesen sein? Der William Sarandon, den sie kennengelernt hatte, war ihr streng und humorlos erschienen. Hatte Cuffy nicht erwähnt, er sei so stolz auf seine Manieren gewesen? Die hatte er am vergangenen Abend nicht demonstriert, sondern so getan, als wäre sie absichtlich mit ihm zusammengestoßen. Und diese messerscharfe Stimme…

»Rutsch rüber.« Barelli schlüpfte wieder unter ihre Beine und füllte ihr Glas. »Du siehst so nachdenklich aus. Ist dir was Neues eingefallen?«

»Sicher, Mensch! Ich hab' den Fall bereits gelöst. Es muß Selbstmord gewesen sein.«

»Brillant. Und wie willst du das beweisen?«

»Er besaß so viel guten Geschmack, daß er sich selbst als Ärgernis empfand. *Quod erat demonstrandum.*«

Er legte den Kopf auf die Rückenlehne. »Komm' schon, was denkst du?«

Finny strich mit einem Zeigefinger über den Rand des Weinglases. Es summte nicht. »Heute sagte Eddie, du hättest die ›Tricks‹ vergessen, die ich nach Elliots Tod angewendet habe.«

Barelli warf ihr einen kurzen Blick zu. »Tricks? Du?«

»Hast du sie vergessen?«

»Nein.«

Ihr Blick fixierte die rote Flüssigkeit im Glas. Das Licht, das zum Fenster hereinströmte, ließ die dunkle Farbe glühen. »Ich habe meine damaligen Aktivitäten nie als Tricks empfunden.« Sie sah auf und hielt seinem Blick stand.

»Du konntest nicht anders handeln.«

»Das stimmt. Ich mußte tun, was ich für richtig hielt.«

»Das weiß ich. Und Eddie weiß es auch, oder er würde es wissen, wenn er mal drüber nachdenkt. Manchmal neigt er dazu, mich zu bemuttern.«

»Fürchtet er immer noch, du könntest in den Ruhestand treten, und er müßte jemand anderen einarbeiten?«

Barelli lachte. »Das ist gar nicht so weit von der Wahrheit entfernt.«

Das kurze Schweigen wurde von Sirenengeheul unterbrochen, das von der Straße heraufdrang. Finny kratzte an ihrem juckenden Knie. »Ich muß mich darum kümmern, Chris.«

»Ja, ich weiß.« Er ergriff ihre Hand und legte sie an seine, als wollte er die Länge messen. »Diesmal glaube ich, daß du recht haben könntest.«

Überrascht starrte sie ihn an. Als sie das letzte Mal versucht hatte, einen Fall zu lösen, an dem er arbeitete, hatte er sich in einen hartgesottenen John Wayne verwandelt. »Ich dachte, ich fange in Twees Haus an und suche nach Anhaltspunkten.«

»Wir haben schon alles auseinandergenommen, und zwar sehr gründlich.«

Finny entzog ihm ihre Hand und legte sie auf seinen Schenkel. »Nicht gründlich genug, um den Täter zu entlarven.«

Seine Augen verengten sich. »Wer immer es getan hat – wenn es nicht Twee war – muß sehr vorsichtig und gerissen vorgegangen sein. Und außerdem fein raus, weil Twee die Schuld auf sich nimmt.«

»Wenn ich auf dünnem Eis Schlittschuh laufe...« – als sie sein schiefes Grinsen sah, zuckte sie mit der Schulter – »...und die Theorie aufstelle, daß Twee mit ihrem Geständnis irgendwen schützen will, dann muß ich erst mal Paige Dexter unter die Lupe nehmen.« Sie sah das spöttische Funkeln in Barellis Augen und fügte hinzu: »Immerhin ist sie nach wie vor Twees Patenkind.«

»Und du kannst sie nicht ausstehen.«

»Außerdem war sie immer noch mit Sarandon verheiratet. Pflegt ihr Cops nicht zu behaupten, Familienbande seien die tödlichsten? Wenn du dir selber widersprichst, untergräbst du dein Selbstvertrauen.«

»Wohl kaum. Auf meiner Seite steht die männliche Überlegenheit.« Ehe sie ihn in die Rippen puffen konnte, hielt er ihre Hände fest – so lange, bis sie den Versuch aufgab. Dann küßte er ihre Lippen. Als er ein wenig von ihr abrückte, schaute er sie mit unergründlichen Augen an. »Du hast gar nichts über das Huhn gesagt.«

Verwirrt runzelte sie die Stirn. »Was meinst du?«

»Hat's dir geschmeckt?«

»Natürlich, großartig. Habe ich das nicht erwähnt?«

»Nein, und du hast kaum was gegessen.«

»Chris, es war wirklich wundervoll. Aber du weißt ja, wie ich mich über Twee aufrege.« Sie strich über seinen Arm.

Barelli stand auf, ohne sie anzusehen. »Monica pflegte zu sagen, was sie am meisten an mir hasse, sei der Macho-Ehemann, der nicht im Haushalt helfe.«

»Ich bin nicht Monica.« Auch Finny stand auf. »Und was ich am meisten an dir hasse«, murmelte sie provozierend, »ist ganz was anderes.«

Blitzschnell wandte er sich ihr zu. »Was...«

»Daß du mich nie mal über die Schulter schmeißt und mich abschleppst, um's mit mir zu treiben.«

»Und da heißt es, eine *Frau* würde von Sonnenaufgang bis Sonnenuntergang arbeiten...« Er hob sie hoch und ignorierte ihr Gekreische. »Uff! Du hast wohl deine letzte Fitneßstunde ausfallen lassen, was?«

»Du gemeiner Kerl...«

»Halt still! Ich mein's ernst. Wenn du's nicht tust, werde ich doch noch wegen Arbeitsunfähigkeit in den Ruhestand versetzt.«

»*Ich* werde dich arbeitsunfähig machen...«

»Heute nachmittag komme ich zu Ihnen hinaus, sobald ich kann.« Finny machte eine Pause. »Hm. Wenn Sie nicht da sind...« Sie lauschte wieder. »Okay, dann morgen. Danke, Corinne.« Seufzend legte sie den Telefonhörer auf.

Barelli warf seinen Kamm auf den Toilettentisch, ihre Blicke begegneten sich im Spiegel. »Also wirst du heute nicht an deinem Wäscheschrank herumhämmern, sondern der Polizei Konkurrenz machen?«

»Ja. Ich hasse es, den ganzen Tag zu verlieren, aber sie hat heute nachmittag einen Termin beim Arzt. Halt still!« Finny ging zu ihm und rückte seine Krawatte zurecht. »Powervolles Rot?«

»Genau. Mir ist jedes Mittel recht, wenn's mir hilft, in der Firma aufzusteigen.« Er berühte ihre Wange. »Fährst du erst mal zu Twees Haus?«

»Hm.« Finny steckte ihre hellrosa Bluse in den Bund der dunkelrosa Hose mit den scharfen Bügelfalten. Wenn's kühl wurde, wollte sie den cremefarbenen Blazer dazu anziehen. Vielleicht würde sie einen neuen Modetrend starten – den Schnüffel-Look. Hatte sich Sam

Spade jemals über Farbzusammenstellungen den Kopf zerbrochen? »Ich will mich noch mal umsehen und zu rekonstruieren versuchen, was wann geschehen ist. Daß Twee Zeit gefunden hat, den Richter zu ermorden, glaube ich noch immer nicht.«

»Die Person, die's war, mußte nur ein einziges Mal fest zustechen. Und so was dauert nicht lange. Was machst du, wenn niemand da ist? Die Hausherrin sitzt im Gefängnis.« Barelli verknotete die Schnürsenkel seiner Schuhe.

»Immerhin gibt's Personal.« Finny eilte zum Badezimmer. »Man wird mir doch keine Schwierigkeiten machen, wenn ich mich da draußen umschaue? Die Polizei hat das Haus freigegeben, oder?«

»Ich denke schon. Immerhin haben wir ein Geständnis.« Er stand in der Badezimmertür, als sie ihr Makeup auftrug. »Wenn du willst, kann ich mich mal erkundigen.«

»Nicht nötig – so lange mir niemand in die Quere kommt und mein Beweismaterial durcheinanderbringt.« Finny schwenkte das Mascara-Bürstchen durch ihre Wimpern.

Er trat hinter sie, während Revlon etwas Rouge auf die gebräunten Wangen hauchte. »Letztes Mal schien dich das nicht zu stören.«

»In diesem Fall gibt's keine Lücken mehr, Süßer.« Sie drehte sich um, schmiegte sich an ihn, und der Duft seiner Haut stieg ihr in die Nase: Seife und Aftershave. »Du riechst gut.«

»Wie eine Rose, und so soll's auch bleiben.«

»Was soll das heißen?«

»Rosen bedeuten Glück, und das schenkst du mir. Paß auf Dich auf, und wenn du was findest...« Er schob sie ein wenig zurück und schaute ihr direkt in die Augen. »Irgendwas, das deine Vermutung bezüglich Twees Handlungsweise bestätigt – dann sagst du's mir. Keine Heldentaten. Einverstanden?«

Finny verzog die Lippen. »Du bist genauso eine Glucke wie Eddie.«

Er pflanzte einen Kuß auf ihre Lippen. »Sei bloß vorsichtig!«

Der Verkehr auf dem Valley Highway verengte sich wie die Arterien eines Gourmets. Und wenn der unregelmäßige Rhythmus der Autos eine Diagnose zuließ, war in absehbarer Zeit ein Herzstillstand zu befürchten. Hinter dem Colorado Boulevard drosselte Finny das Tempo und erlaubte dem Laster eines Floristen, sich vor ihr in die Blechkarawane einzuordnen. Der Continental hinter ihr hupte mißbilligend, und sie starrte in den Rückspiegel. Schneidet euch, drängelt euch, aber werdet nur nicht langsamer: das Pendler-Credo.

Bei der nächsten Ausfahrt ergriff sie die Flucht und fuhr durch die stillen Straßen am Wellshire-Golfplatz. In der Nähe von Twees Residenz sahen die meisten Häuser wie Hochzeitstorten aus, und das Grün der Rasenteppiche durchwanderte das ganze Spektrum von Chartreuse bis Smaragd.

Als Finny durch das schmiedeeiserne Tor in der Ziegelmauer fuhr, wo nur der heilige Petrus fehlte, empfand sie wie immer ungläubige Bewunderung. Twees Haus – eher ein Herrschaftssitz – stand auf einem leichten Hügel wie ein unvollendetes Monument auf einem Zierdeckchen aus Gras. Das aufgetürmte Gestein im Hintergrund wirkte wie ein Bühnenbild. Kies knirschte unter den Reifen, während sie in die runde Zufahrt bog und vor der Säulenhalle hielt. Wieder einmal bedauerte sie, daß es ihr an einer Luxuskarosse fehlte. Ein Toyota-Lieferwagen machte einen so schäbigen Eindruck. Auf dem Weg zum Eingang tätschelte sie einen Kotflügel. »Tut mir leid, Baby.«

Die Glocke, die ihre Ankunft verkündete, stammte wahrscheinlich aus einer europäischen Kathedrale. Aber das Dienstmädchen, dem die Tabletts auf der Party solche Schwierigkeiten bereitet hatten, war eher ein Produkt von dieser Seite des Atlantiks – eine etwa zwanzigjährige Südamerikanerin. Sie hatte das wellige schwarze Haar zu einem losen Knoten am Hinterkopf zusammengesteckt. Angst lag in den dunklen Samtaugen, der Mund drohte zu zittern. Bleich hob sich die hellblaue Uniform von der braunen Haut ab. Sie hörte schweigend zu, als Finny sich vorstellte, und ihr Blick irrte umher, als suchte sie unsichtbare Informationen in der Luft. »Was wollen Sie?« fragte sie mit ausgeprägtem Akzent.

»Vielleicht erinnern Sie sich an mich. Am Sonntag abend war ich auf der Party.« Vergeblich wartete Finny auf Zustimmung. »Nun versuche ich Twee – Mrs. Garrett zu helfen. Sie wissen doch, daß sie den Mord an Richter Sarandon gestanden hat?«

Jetzt nickte das Mädchen, weigerte sich aber immer noch, den Blick der Besucherin zu erwidern, die sich immer unbehaglicher fühlte.

»Ich versuche herauszufinden, was geschehen ist, denn ich glaube nicht an Mrs. Garretts Schuld.«

Der Blick des Mädchens prallte von Finny ab. »Sie sind von der *policia*?«

»Nein, aber ich untersuche den Mord an Richter Sarandon«, fügte Finny hastig hinzu, als das Mädchen zurücktrat und die Tür schließen wollte. »Wie heißen Sie?«

Die Südamerikanerin starrte auf den Fußabstreifer, dann antwortete sie leise: »Bianca.«

»Bianca – und wie noch?«

»Lopez.«

Wovor fürchtete sie sich? Finny trat einen Schritt näher. »Werden Sie mir helfen? Mrs. Garrett war doch immer gut zu Ihnen, nicht wahr?«

Der gesenkte Kopf nickte kaum merklich.

»Dann lassen Sie mich doch bitte hinein. Ich möchte mich nur umsehen und feststellen, ob der Polizei irgend etwas entgangen ist. Bitte...« Finny fing einen kurzen Blick aus unglücklichen dunklen Augen auf, dann machte ihr die schlanke Gestalt in Hellblau Platz.

Das arme Kind ist ja ganz durcheinander, dachte Finny und trat rasch in die Halle, bevor sich das Mädchen anders besinnen konnte. »Danke.« Sie schaute sich um, während hinter ihr die Tür geschlossen wurde. Das Haus war mit dem üblichen Duft nach Möbelpolitur und Sandelholz parfümiert und strahlte eine behagliche Atmosphäre aus, das Ergebnis der Geräumigkeit, Sauberkeit und des sorgfältig ausgewählten Mobiliars.

»Was werden Sie jetzt tun?« fragte Bianca.

»Hm? Oh – ich sehe mich mal um.« Finny ging durch den Torbogen ins riesige Wohnzimmer. Die Spots über den Gemälden waren ausgeschaltet, ließen die Kreativität im Schatten. Der lange Tisch, der vor zwei Tagen unter all den üppigen Speisen geächzt hatte, stand jetzt an der Wand, geschmückt mit einer Kristallschüssel voll vergoldeter Efeublätter. Finny überlegte, ob Twee vor ihrem Geständnis diese Schüssel gefüllt hatte oder ob sie solche edlen Arrangements während ihrer Inhaftierung ihrem Personal überließ.

Das als Wohnzimmer maskierte Kolosseum wurde von tiefer Stille beherrscht und wirkte etwas kleiner ohne den Partywirbel. Kein Streichquartett, keine Leute, die sich vor Fotografen spreizten. Im menschenleeren Raum kamen auch die kleineren Schätze zur Geltung – Glasregale voller Miniaturvögel in verschiedenen Posen, ein Schattenkabinett mit diversen Fingerhüten, in einer Ecke ein Regal, das russische Ostereier enthielt, ovoide Regentropfen in Regenbogenfarben.

Finny wandte sich wieder zu Bianca, die ihr auf den Fersen blieb. Wartete das Mädchen etwa darauf, sie würde ein paar kleine Kunstgegenstände in ihren Taschen verschwinden lassen? »Die Polizei hat Sie sicher verhört?«

Bianca nickte.

»Und alles durchsucht?«

»*Si.*« Das Mädchen ging zur Küche, und Finny folgte ihr.

»Haben Sie sich seither an irgend etwas erinnert, das Mrs. Garrett helfen könnte? Ich meine – fiel Ihnen auf der Party irgend jemand ein, der sich verdächtig benahm? Oder gab es etwas anderes, das Ihnen merkwürdig vorkam?«

»Nein.« Bianca betrat die Küche, überquerte glänzende Fliesen und blieb vor der Spüle aus fleckenlosem Stahl stehen. Sie griff nach einem Gummibehälter, der Reinigungsmittel enthielt und auf den Delfterkacheln in der Ecke stand. »Ich habe sehr viel zu tun.«

Unbeirrt wanderte Finny zu ihr hinüber. Das ätzende Bouquet der Putzmittel war Biancas einziges Parfum. »Denken Sie doch mal nach. Waren Sie auf dem Rückweg in die Küche, als Sie mit der Frau zusammenstießen, die den Toten gefunden hatte?«

Bianca nickte.

»Und davor, als Sie das Tablett holten? Haben Sie da irgendwas Sonderbares gesehen oder gehört?«

Das Mädchen schien zu schrumpfen, die Samtaugen fixierten den schimmernden Wasserhahn. »*Señora* Garrett sagte, ich solle die schmutzigen Teller holen. Da ging ich mit einem Tablett ins Wohnzimmer und trug alles in die Küche.«

»Haben Sie beobachtet, wie Richter Sarandon hinausgegangen ist?«

»Nein. Ich habe gar nichts gesehen.« Die schmalen Schultern versteiften sich.

Finny beobachtete die verschlossene Miene. »Haben Sie jemand anders hinausgehen sehen?«

Das Mädchen starrte auf den Boden. »Nein.«

»Sind Sie sicher? Überlegen Sie doch mal!« drängte Finny. »Das könnte Mrs. Garrett helfen.«

Bianca schüttelte den Kopf, und ihre Angst war deutlich zu spüren. »Ich muß arbeiten.« Wieder griff sie nach den Reinigungsmitteln.

»Sie scheinen sich zu fürchten, Bianca«, erwiderte Finny ganz langsam. »Kann ich irgend etwas für Sie tun?«

»Nein, nein, ich fürchte mich nicht«, widersprach das Mädchen in fieberhafter Hektik und eilte zur Tür. »Sir Bartholomew sagt, ich soll meine Arbeit tun, so wie immer. Sie müssen jetzt gehen, bitte.«

Finny folgte ihr. »Darf ich mich vorher umsehen?«

Die Südamerikanerin zögerte, und da läutete das Telefon in der Küche. Sie rannte beinahe, um den Hörer von der Gabel zu reißen.

In der sprichwörtlich letzten Sekunde gerettet, dachte Finny. Was stimmt nicht mit dem Mädchen? Klar, sie ist über eine Leiche gestolpert, und das gehört nicht gerade zu den angenehmsten Erlebnissen, aber sie führt sich auf, als stünde sie einem Exekutionskommando gegenüber.

»*Si*, Señor Bartholomew«, hörte sie Bianca sagen. Ah, grandios, die personifizierte Liebenswürdigkeit höchstselbst. »Eine Frau namens Aletter«, fügte das Mädchen hinzu und senkte dann die Stimme, so daß die nächsten Worte unverständlich wurden.

Nach ein paar Minuten hörte Finny das Klicken von Plastik auf Plastik. Bianca tauchte wieder auf und erwiderte Finnys Blick noch immer nicht. »Sir Bartholomew sagt, Sie dürfen nicht hier sein, Sie müssen gehen.«

Finnys Lippen zuckten. »Das wundert mich nicht.«

Zum zweitenmal schaute Bianca sie an. »Sie werden gehen? Sie machen keinen Ärger?«

»Ich mag zwar wie ein Rüpel aussehen, aber so benehme ich mich nicht immer.« Finny steuerte den Ausgang an, drehte sich aber noch einmal um. »Da ist meine Visitenkarte. Wenn Ihnen irgend etwas einfällt, das Mrs. Garrett helfen könnte – rufen Sie mich dann an?«

Das Mädchen nahm die Karte, betrachtete sie und nickte.

»Danke ... wahrscheinlich fürchte ich mich einfach nur.« Die leise Stimme klang tränenerstickt. Unwillkürlich lauschte Finny, und ihre Hand erstarrte über dem Drehknopf des Radios. »Mein Leben lang bin ich eine Außenseiterin gewesen. Ich wage niemandem zu trauen.«

»So geht es vielen Menschen, Angie.« Der Rundfunkpsychologe sprach in freundlichem, aber etwas hastigen Ton. »Ich möchte betonen, daß man etwas riskieren muß, um Erfreuliches zu erleben. Vielleicht sollten Sie professionelle Hilfe in Anspruch nehmen. Falls Sie finanzielle Probleme haben, können Sie sich an unser ausgezeichnetes städtisches Therapiezentrum wenden. Und jetzt muß ich Schluß machen. Danke für Ihren Anruf, danke, daß Sie KGBY hören. Nach der Werbung nehmen wir weitere Anrufe entgegen.« Eine Drei-Minuten-Therapie, murmelte Finny und trat auf die Bremse, als die Ampel vor ihr auf Gelb wechselte. »Das paßt in unser kommerzielles System.« Seufzend schaltete sie das plärrende Geklimper der Kennmelodie aus, den Klängen von »*I love Paris*« nachempfunden.

Das Dienstmädchen war also ein Mißerfolg gewesen. Das bedeutete, daß sie das alte Spiel wiederholen und mühsam alle Punkte miteinander verbinden mußte.

Wer hatte zu wem Kontakt? Was würde herauskommen, wenn alle Linien zwischen den Punkten gezeichnet waren?

Bei der Universität in Quincy bog sie nach Osten. Eine kurze Rast in einem 7-Eleven hatte ihr eine große Cola eingebracht und einen Blick ins Telefonbuch, wodurch ihre Erinnerung aufgefrischt wurde. Kit Landauer stand wenigstens drin, und vielleicht würde er sich bereit erklären, ihr die Nummern von Cuffy Sarandon und Paige Dexter zu geben, die nicht registriert waren.

Auf der Fahrt durch das patchworkartige Cherry Hills, wo sich Wiesen mit Siedlungen abwechselten, ging sie in Gedanken noch einmal die Begegnung mit Landauer auf Twees Party durch. Er schien sich für sie interessiert zu haben, bis er erfahren hatte, daß Chris ein Bulle war. Das hatte Finny bisher als Snobismus interpretiert. Und seine Reaktion auf Cuffys Anblick? Wütend und aggressiv, beides verdächtig angesichts der späteren Ereignisse.

Finny bog in eine schmale Landstraße, die sich als Sackgasse entpuppte. An ihrem Ende stand ein moderner Holz- und Steinbau auf einer kleinen Anhöhe umgeben von Weide- und Sumpfland. Die schlichte Zufahrt paßte ebensowenig zu dem Haus wie Kartoffelchips zu Champagner. Und der bronzefarbene XKE, der vor dem Eingang parkte, glich einem großen Löwen, der seine Höhle bewachte.

Die Türglocke spielte die ersten drei Takte von »*Drei Münzen im Brunnen*«. Deshalb war auch der Butler, der die Tür öffnete, keine Überraschung. »Werden Sie von Mr. Landauer erwartet?« Seine vollmundige Stimme überraschte Finny, da er kaum einen Zoll größer war als sie und in seinem schwarzen Anzug ziemlich magersüchtig wirkte.

»Nein, er erwartet mich nicht, aber er wird sicher mit mir sprechen. Mein Besuch hängt mit dem Mord an Richter Sarandon zusammen.«

Der Butler nickte. »Sehr wohl, Madam, ich werde mich erkundigen.«

Leute, die sich nach etwas erkundigen, dachte Finny, haben meistens Erfolg. Sie kannte dieses Phänomen.

Als der Butler zurückkehrte, verriet seine Miene allerdings nicht, ob die Audienz gewährt worden war. »Folgen Sie mir bitte«, sagte er und näherte sich gemäßigten Schrittes der Doppeltür am anderen Ende der Halle. Er öffnete sie und trat beiseite, um Finny einzulassen. »Mr. Landauer wird gleich kommen. Nehmen Sie Platz.«

Kit Landauer war so klug gewesen, seine Wohnzimmereinrichtung dem Ausblick anzupassen, den das riesige Fenster bot. Im spätsommerlichen Sonnenlicht dösten die Gipfel des Continental Divide, gigantisch, majestätisch wie die Götter, deren Wachposten sie ähnlich sahen und so weit von den belanglosen Sorgen der Millionen Menschen entfernt, die zu ihren Füßen dahinvegetierten. Finny wanderte durch den stillen Raum und versuchte sich vorzustellen, wie den frühen Pionieren auf dem mühsamen Weg über die Great Plains zumute gewesen sein mochte, als sie die Silhouetten der kleinen Hügel am Horizont beobachtet hatten, die allmählich zu gigantischen Himmelstoren herangewachsen waren. Warum hatten sie nicht einfach gesagt: »Lieber nicht«, und den Kurs um hundertachtzig Grad geändert?

Das überdimensionale Brokatsofa winkte ihr, aber ehe sie sich setzen konnte, entdeckte sie die Fotos auf einem dunklen Holztisch. Ovale und viereckige Rahmen, meistens aus Gold – oder konnte es Platin sein? Lächelnde Gesichter, ein Schnappschuß von einer Reiterin. Finny griff danach, um sich die Frau genauer anzuschauen. Cuffy Sarandon.

»Finny!«

Sie drehte sich um. Kit Landauer trug lässige Khakishorts und ein weißes Polohemd, aber seine Haltung erinnerte eindeutig an eine schwarze Krawatte. An eine müde schwarze Krawatte. Die Haut rings um die Augen war gedunsen, Falten zogen sich um die Lippen herum, die nicht lächelten. »Hat Hanson Ihnen etwas angeboten?« fragte er, während er den Raum mit locker-schlenderndem Gang durchquerte.

Ah, der Butler hieß also Hanson. »Nein, aber das war auch gar nicht nötig.«

»Nun, was kann ich für Sie tun?« Er wies auf das Sofa und wartete, bis sie sich gesetzt hatte, ehe er am anderen Ende in die Brokatpolsterung sank. Mühelos arrangierte er seine gebräunten Beine zwischen der

Couch und dem Tischchen aus Messing und Glas, auf dem eine Cloisonné-Vase mit roten Rosen stand.

»Ich muß mit Ihnen über die Ereignisse am Sonntag abend reden«, erklärte Finny.

Er schüttelte den Kopf, und seine goldenen Locken wippten wie Weizenähren im Wind. »Warum, ich habe der Polizei schon alles erzählt, was ich weiß, nämlich nichts.«

»Sie scheinen Twee schon etwas länger zu kennen.« Finny räusperte sich. »Und ich hoffte, Sie wüßten vielleicht, was sie veranlaßt haben könnte, den Mord an Richter Sarandon zu gestehen.«

Erstaunt hob er die Brauen. »Ich würde sagen, sie hat dieses Geständnis abgelegt, weil sie die Mörderin ist.«

»Glauben Sie das wirklich?«

»Sie offenbar nicht?« fragte er ungeduldig.

»Nein, und zwar aus mehreren Gründen. Hauptsächlich, weil ich mit ihr zusammen war und sie in der fraglichen Zeit sah.«

Landauer strich mit allen Fingern durch sein Haar, dann lachte er kurz auf. »Ich kann mir nicht vorstellen, warum sie das Geständnis abgelegt haben sollte, wenn sie unschuldig ist.«

»Vielleicht möchte sie jemanden schützen. Würde ihr das nicht ähnlich sehen?«

»Was soll diese Diskussion, Finny? Wenn die Polizei mit Twees Geständnis zufrieden ist – was gibt es da noch für Probleme. Sie wäre nicht die erste, die einen Nervenzusammenbruch erlitten und jemanden umgebracht hätte.« Sein Blick wurde frostig. »Und Sie sind nicht besonders genau über die Vergangenheit Twees oder irgendwelcher anderen beteiligten Personen informiert, nicht wahr?«

Finny unterdrückte ihre Wut. Natürlich mußte es unangenehm sein, von einer Fremden ausgefragt zu werden. »Ich versuche nur, Tatsachen festzustellen. Und für mich ist Twees Großzügigkeit eine Tatsache. Wenn ein Mensch von ihrem Kaliber jemanden liebt, dann nimmt er alles mögliche auf sich, um ihm zu helfen.«

Das Mienenspiel von Landauers klassisch gezeichnetem Gesicht hätte einer Schaufensterpuppe alle Ehre gemacht. »Ich bin mir nicht sicher, was Sie da andeuten, wer weiß schon, was für ein Mensch Twee ist? Ich kenne sie seit meiner Kindheit, aber das heißt noch lange nicht, daß ich weiß, was in ihrem Kopf vorgeht.« Kühl erwiderte er ihren Blick. »Irgendwie finde ich es faszinierend, wie sicher Sie sich Ihrer Sache sind. Und warum Sie damit zu mir kommen…«

Finny runzelte die Stirn. »Das liegt doch klar auf der Hand.« Angesichts seiner Verblüffung lächelte sie. »Ihre Beziehung zu Cuffy. Natürlich nahm ich an, Sie würden der ganzen Familie sehr nahestehen.«

Landauers Hand trommelte auf ein Knie. »Ich habe keine Ahnung, wie Sie auf diesen Gedanken kommen.«

»Erinnern Sie sich noch an die Art und Weise, wie Sie mit Cuffy an diesem Abend sprachen? Und außerdem steht da drüben auf dem Tisch ihr Foto.«

»Ich fürchte, Sie haben einen falschen Eindruck gewonnen. Cuffy und ich waren zusammen in Kent und besuchten gemeinsam viele gesellschaftliche Veranstaltungen.« Geschmeidig stand er auf. »Sie müssen mir verzeihen, ich habe heute sehr viel zu erledigen.«

Langsam kam auch Finny auf die Beine. Was hatte das zu bedeuten?

»So viel, daß Sie sich nicht einmal die Zeit nehmen können, einer Freundin zu helfen?«

»Keineswegs.« Er wich ihrem Blick aus. »Ich sehe nur keinen Sinn in all Ihren Fragen. Selbstverständlich mache ich mir um Twee genauso große Sorgen wie Sie, aber ihre Situation wird sich gewiß nicht verbessern, wenn Sie überall herumschnüffeln und Ihre Nase in Dinge stecken, die Sie nichts angehen.«

Finny war ihm aus dem Zimmer gefolgt. Bei seinen Worten blieb sie stehen. »Moment mal. Das geht mich sehr wohl etwas an. Hauptsächlich bin ich hergekommen, um mir Cuffys Telefonnummer geben zu lassen. Wenn ich sie mir notieren dürfte.«

Blitzschnell drehte er sich zu ihr um, und als Finny seinen Ausdruck in den Augen sah, zweifelte sie nicht daran, daß er fähig sei, Gewalttaten zu begehen. »Es wäre äußerst vorteilhaft für Sie, Ihre Nachforschungen woanders anzustellen.« Seine Stimme klang leise und zivilisiert. »Twee ist eine erwachsene Frau und muß ihre eigenen Entscheidungen treffen. Das alles hat nichts mit Cuffy oder mir zu tun. Verstehen Sie?«

Er war auf sie zugegangen, und sie fand es überhaupt nicht angenehm, so dicht vor ihm zu stehen, da sie die Poren seiner formvollendeten Nase zählen konnte. Sie nickte und trat einen Schritt zurück. »Okay.«

Gelassen schlenderte er zum Ausgang. »Nun muß ich mich wirklich verabschieden. Ich bin sehr beschäftigt.« Er hielt ihr die Tür auf. »Ich wünsche Ihnen viel Glück bei Ihren Bemühungen, Twee zu helfen. Warum sie in einer solchen Angelegenheit lügen sollte, kann ich mir allerdings nicht vorstellen, aber um ihretwillen hoffe ich, daß sie es getan hat.«

Finny schlüpfte durch die Tür und zuckte zusammen, als sie hinter ihr ins Schloß fiel.

Ein interessanter Mann, dieser Mr. Landauer, dachte

sie auf der Rückfahrt nach Quincy. Trotz seiner weltmännischen Manieren hatten seine Züge einen fast barbarischen Ausdruck angenommen, als Cuffy Sarandon erwähnt worden war. So ähnlich hatte er sich auch auf der Party aufgeführt. Der nette brave Junge nach außen hin, und in Cuffys Gegenwart ein brodelnder Vulkan. Komisch, wie schnell durch diese Nachforschungen ein neues Hobby entstanden war: Finny Aletter rauszuschmeißen. Das war gut und schön, solange dabei was für Finny Aletter heraussprang. Aber bis jetzt hatte sie nichts erfahren, was die Mühe auch nur annähernd rechtfertigte. An einem Stoppschild schaltete sie einen Gang tiefer. Der Punkt, an dem sie sich zu langweilen begann, war meist ziemlich schnell erreicht – so wie jetzt. Es wurde höchste Zeit, aufs Tempo zu drücken, die alte erholsame Schnüffelei mit Hilfe gewisser Tricks anzufangen und verdammt noch mal herauszufinden, was sich tatsächlich abgespielt hatte.

Fallstrick

Ihre Hand krallte sich um den Hörer, die andere zitterte, als sie wieder einmal Miguels Nummer wählte. Mit jedem Piepston verlor sie etwas mehr von ihrer Beherrschung.

»Hallo.«

Sobald sie seine Stimme hörte, drängte die Hysterie mit aller Macht an die Oberfläche. »Sie war hier und hat Fragen gestellt, Miguel.«

»Wer war da? Wovon redest du?« Der schniefende Klang ihrer Atemzüge verriet ihm, daß sie weinte. »Beruhige dich, *Jita*. Wer war da?«

Sie holte tief Luft. »Die Frau von der Party – *ella se llama Aletter.*«

»Was zum Teufel wollte sie?«

Der Ärger, der in seinen Worten mitschwang, tröstete Bianca ein wenig. Wenn er sich nicht fürchtete, hatte sie vielleicht auch keinen Grund dazu. »Sie sagte, sie wolle Señora Garrett helfen. Und sie glaubt nicht, daß die Señora den Richter getötet hat.«

»Scheiße.«

Sie lauschte seinem Atem, den Blick auf die hellblaue Wand gerichtet.

»Was hast du ihr erzählt?«

»Was konnte ich ihr denn erzählen? Ich weiß nichts. Señor Bartholomew rief an, während sie hier war, und sagte mir, ich soll sie wegschicken.«

Eine Zeitlang schwieg er, dann erklärte er: »Solange sie Mrs. Garrett für die Mörderin halten, ist alles okay. Aber wenn diese Frau was herausfindet und die Bullen dazu kriegt, neue Ermittlungen durchzuführen, werden sie über dich herfallen.«

»Und dann über dich«, ergänzte sie.

»Ich sagte ja schon, ich war's nicht.«

»Du warst so zornig.«

»*Chica*, ich ging doch mit dir ins Haus.«

»*Si*. Aber dann...«

»Wenn du mich liebst, mußt du mir vertrauen. Es gibt keinen anderen Weg.«

Tränen brannten in ihren Augen. »*Si, te amo.* Doch du erzählst mir nicht alles, Miguel. Das spüre ich.«

Seine Wut füllte das Schweigen. »Warum bildest du dir dauernd alles mögliche ein, um dir selber angst zu machen? Wo's doch ohnehin schon schlimm genug ist!«

»*Si.*« Und sie wartete vergebens darauf, er würde ihrer Behauptung widersprechen.

»Ruf' mich später noch einmal an.«

Sie legte den Hörer auf die Gabel und lehnte den Kopf an die Wand.

Finny steuerte ihren Lieferwagen auf die I-25, den Wolkenkratzern der City von Denver entgegen. Die Sonne strahlte, eine frische Brise hatte den Smog mit der Gründlichkeit eines Staubtuchs davongeweht, das am Fenster ausgeschüttelt wird. Das Registrierkassenprofil des *United Bank Building* zog das Auge an wie ein Blutfleck im Schnee – die einzig herausstechende architektonische Variante in einer Orgelpfeifen-Skyline aus hohen Glas- und Stahlrechtecken.

Es war fast elf, als sie das Hauptgebäude der städtischen Bibliothek erreichte. Mochte es auch noch so blamabel sein – Finnys Bibliothek enthielt weder den »*Denver Social Record*« noch den »*Who's Who*«. Und sie war bereit, ihren Kopf darauf zu verwetten, daß die Namen Paige Dexter und Cuffy Sarandon in beiden Listen standen.

Sie opferte die erforderlichen zehn Minuten, um den Block auf der Suche nach einer Parklücke zu umkreisen. Im *Civic Center* klebte die Bibliothek praktisch am Kunstmuseum, und bis zur City- und County-Verwaltung, zum *State Capitol* und zum Historischen Museum des Staates Colorado hätte man spucken können. Nicht viel von dieser Spucke wäre in freien Parklücken gelandet – daher der verzweifelte Ausdruck in Einheimischen- und Touristenaugen.

Eine halbe Stunde später verließ Finny die Bibliothek, der Kopf war noch dran. Mrs. Paige Dexter Sarandon (geborene Paige Dabney Dexter), Bakkalaureus der philosophischen Fakultät der Oklahoma-Universität, Mitglied von Alpha Chi Omega und mindestens zehn anderen Organisationen. Zwei registrierte Telefonnummern, eine vom Wohnsitz, die andere von einem Büro des Wohltätigkeitsvereins »Dare to Care«. Cuffy war unter Paiges und William Sarandons Namen eingetragen, aber ohne Adresse und Telefonnummer. Offenbar hatte sie sich noch keinen eigenen Platz in den Listen verdient. Finny hatte kurz überlegt, welche Qualifikationen dafür verlangt wurden, und dann weitergeblättert, auf der Suche nach Kit Landauer. Lamb, Land... Da – Landauer, Christopher Swain, geboren in Denver, Partner von *Landauer & Landauer Interiors*, Besuch des Atwood College. Offensichtlich kein akademischer Grad, dachte sie. Mitglied vom Summit Club, Wellshire Country Club, von den Rocky Mountains Trendsetters, Aufsichtsratsmitglied.

Sie notierte sich Kits Büronummer und blätterte wieder in dem Buch, um zu sehen, ob sie noch etwas Interessantes finden würde. Da war nicht viel. Ty Engelman stand nicht drin. Les Trethalwyn schon. Geboren in Cardiff, Wales. Besuch der Universität von Warwick. Bakkalaureus der Universität von Toronto, Mitglied vom Denver-Kunstkonsortium, vom Summit Club. Hm, Kit und Les mußten Kumpel sein.

Ein kurzer Blick in den »*Who's Who*« brachte keine neuen Erkenntnisse. Finny klappte das Buch zu. Die Lektüre war öde Langeweile gewesen, aber nun hatte sie wenigstens etwas, womit sie arbeiten konnte.

Als sie die Bibliothek verließ, läutete das Glockenspiel vom City- und County-Verwaltungsgebäude die Mittagsstunde ein. Sonnenlicht fiel in den Civic Center Park und ließ die Petunienbeete grell aufleuchten. Ihre gerüschten violetten und rosa Unterröcke flatterten in der leichten Brise.

Zwischen dem Park und der Bibliothek verkaufte eine junge Asiatin an einem Kiosk auf Rädern Hot dogs und polnische Würstchen. Finny erlag dem Duft von Würstchen und Sauerkraut, der die Mittagsluft erfüllte. Sie schlenderte an den Blumen vorbei zum Brunnen jenseits vom Colfax. Kichernd plätscherte das Wasser herab und untermalte die Jubelschreie der Kinder, die auf der Reiterstatue herumkletterten.

Während sie aß, plante sie ihre Aktivitäten für den Nachmittag. Sie hielt es für keine gute Idee, mit Paige Dexter anzufangen. Sicher würde die Lady ihre Gesellschaft nicht sonderlich begrüßen. Finny wanderte zu einer Mülltonne und warf ihren Ballast ab. Wie ein Zeichen des Himmels hob der Wind die Titelseite einer *Post*-Ausgabe von diesem Morgen hoch. Abigail Hunter. Nur einen Block entfernt.

Das Gebäude der *Denver Post* ragte vor ihr auf, ein rosa Turm mit Rauchglasfenstern, mit Ausblick aufs Einkaufszentrum der Sixteenth Street in unmittelbarer Nähe und der Front Range in der Ferne. Ringsum hielten andere Wolkenkratzer Wache, überschatteten in passivem Schweigen die Verkehrsschluchten tief unten. Finny überquerte an einer Ampel die Straße. Sie strahlte

Hitze aus, den Geruch von Asphalt, vermischt mit heißem Fett und verkohltem Fleisch, verströmt von einer Hamburger Bude an der Ecke – großstädtisches Sommerparfum. Touristen und Einheimische, die zur Mittagspause eilten, verstopften die Gehsteige, ein Heer aus Beinen in konstanter Bewegung, das dezente Geräusch männlicher Lederschuhe ein Kontrapunkt zum energischen Klicken hoher Absätze, begleitet vom leisen Chor der weichen Sandalen- und Turnschuhsohlen. Fröhliches Gelächter war wie eine kurze Melodie, unterbrochen von den stöhnenden Druckluftbremsen eines Busses.

Hinter der doppelten Glastür setzte die Empfangsdame der *Post* ein professionelles Sonnenscheinlächeln auf, ließ Finny aber eine Weile warten, bevor sie die »*Leben-in-Colorado*«-Abteilung anrief. »Im Augenblick hat Miss Hunter keine Zeit«, erklärte sie, eine Hand über der Sprechmuschel. Die Stimme klang gefaßt, aber die Augen blinzelten nervös. »Möchten Sie einen Termin mit ihr vereinbaren?«

Finnys Lächeln entbehrte jeden Humors. »Sagen Sie Miss Hunter, wenn Sie mich heute nicht empfängt, sehen wir uns vor Gericht.«

Die Antwort wurde mit ausdrucksloser Effizienz übermittelt. »Miss Hunter kommt gleich herunter.«

»Danke.«

Abigail Hunter war nicht sehr erfreut über das Wiedersehen. Das zeigte sich deutlich, als die Lifttüren auseinanderglitten. Jede einzelne Kontur, stilvoll von einem leichten pfirsichfarbenen Strickkostüm betont, signalisierte Abwehr. Und jeder Schritt in Finnys Richtung eroberte Terrain angesichts des Feindes. »Was wollen Sie?«

Finny musterte das arrogante Gesicht, dessen ebenmäßige Züge von einer komplizierten französischen Zopfkrone hervorgehoben wurden.

»Tut mir leid, daß ich Sie bei der Arbeit störe. Ich möchte Sie um einen Gefallen bitten.«

»Oh…« Abigail hob die Brauen. »Was Sie nicht sagen!«

»Ja, was ich nicht sage. Wenn Sie's hören wollen, lade ich Sie zu einer Tasse Kaffee ein.«

Eine Zeitlang dachte Abigail über diesen Vorschlag nach. Der schiefe Blick, den sie Finny aus den Augenwinkeln zuwarf, strotzte vor Neugier. »Okay. Hoffentlich haben Sie was Gutes auf Lager.«

Das Café weiter unten an der Straße war kurz nach dem Mittagsansturm fast leer. Abigail wirkte in diesem Rahmen so overdressed wie ein Schmetterling im Morast. »Nur zwei Tassen Kaffee«, teilte Finny der Kellnerin mit, die auf sichtlich schmerzenden Füßen zum Tisch kam. »Oder möchten Sie sonst noch was…?«

Ungeduldig schüttelte Abigail den Kopf. »Kaffee genügt mir vollauf.« Ihre Augen schätzten Finnys Bluse und die Hose ab; beides fiel durch. »Worum geht's? Wieso könnten wir uns vor Gericht sehen?«

»Das war ein Bluff.« Ganz cool erwiderte Finny den Blick der Reporterin. »Ich nehme an, Sie haben von Twee Garrett gehört.«

»Meinen Sie ihr Geständnis? Niemand redet von was anderem.«

»Ich stelle Nachforschungen an, weil ich nicht glaube, daß sie William Sarandon ermordet hat.«

»So?« Lange Fingernägel, diesmal zimtrot lackiert, trommelten auf die Plastiktischplatte. »Haben Sie Zigaretten?«

»Nein.«

Abigail schaute sich seufzend um. »Da ist ein Automat. Haben Sie Kleingeld? Ich habe meine Handtasche nicht mitgenommen.«

»Mal sehen.« Finny kramte ein paar Münzen aus ihrer Börse, und Abigail ging zum Automaten, dann holte sie an der Theke Streichhölzer.

»Also, wo waren wir stehengeblieben?« Sie zündete sich eine Zigarette an und blies eine große Rauchwolkc in die Luft.

»Twee Garrett hat William Sarandon nicht getötet, und das versuche ich zu beweisen.«

Mit einer langen Kralle entfernte Abigail einen Tabakkrümel von ihrer Zunge. »Ist ja toll! Haben Sie schon was rausgefunden?«

»Bis jetzt nicht viel. Deshalb wollte ich mit Ihnen reden.«

»Und warum? Ich habe kein persönliches Interesse an den Behauptungen dieser Lady.«

Finnys Lippen wurden schmal. »Nun, es liegt in *meinem* persönlichen Interesse, daß Twee keinen Fehler macht. Ich würde gern Kontakt mit Cuffy Sarandon aufnehmen, konnte sie bisher aber nicht erreichen. Haben Sie ihre Telefonnummer?«

Abigail zog nachdenklich an ihrer Zigarette, die haselnußbraunen Augen verengten sich. »Was steckt für mich drin?«

»Ein Sieg der Gerechtigkeit hat wohl keinen Reiz für Sie.«

»Davon abgesehen habe ich vorerst nur eine Tasse Kaffee und Zigaretten bekommen.«

»Wollen Sie Geld?«

Abigails Lächeln erreichte die Augen nicht. »Seien

Sie nicht unverschämt. Ich gebe Ihnen die gewünschten Informationen, und als Gegenleistung teilen Sie mir die Ergebnisse Ihrer Nachforschungen mit. Vor allem kriege ich die Exklusivrechte auf die Story über Twee und ihre Schuld beziehungsweise Unschuld.«

»Und es ist Ihnen egal, wie es ausgehen wird, nicht wahr?«

Abigail drückte den Zigarettenstummel im kannelierten Aluminiumaschenbecher aus. »Dieses Jahr ist es nicht angesagt, auf dem hohen Roß zu sitzen. Wenn Sie meine Bedingungen erfüllen, begleiten Sie mich in die Redaktion, und ich gebe Ihnen, was Sie wollen.«

»Okay. Aber die Exklusivrechte werden Sie etwas mehr kosten. Zum Beispiel, was Sie über Kit Landauer und Cuffy Sarandon wissen.« Einfach vorpreschen, dachte Finny, ohne Rücksicht auf Verluste... »Außerdem würde ich gern in allen Einzelheiten erfahren, was zwischen Herbert Garrett und William Sarandon geschehen ist.«

Erstaunt lachte Abigail. »Sie verlangen eine ganze Menge, was?«

»Sagen Sie ja, oder lassen Sie's bleiben. Ich habe keine Lust, stundenlang zu feilschen.«

Abigail steckte das Streichholzbriefchen in die Zellophanhülle der Zigarettenpackung. »Vielleicht werde ich das mein Leben lang bereuen«, erwiderte sie ausdruckslos, »vielleicht aber auch nicht. Gehen wir in mein Büro.«

Als Finny ihr die Tür aufhielt, fragte sie: »Würden Sie mir aus reiner Herzensgüte helfen, wenn ich zu Ihrem Wahlkreis gehörte?«

Abigails Lächeln hätte sich mit dem eines Haifischs messen können. »Meine Liebe, wenn es einen Grundsatz gibt, den alle Privilegierten kennen, dann lautet er: Quid pro quo. Was glauben Sie denn, warum diese Leute so weit gekommen sind?«

Zwei Stunden später spielte Finny Auto-Slalom in der nachmittäglichen Rush-hour, während sich ihre Gedanken überschlugen. Abigail Hunter knauserte nicht, sobald ein Deal unter Dach und Fach war. Großzügig hatte sie die Wünsche ihrer neuen Geschäftspartnerin erfüllt und noch ein paar Appetithäppchen obendrauf gelegt.

Sie hatte Finny in ihre Abteilung der Zeitungsredaktion geführt, einen langgestreckten Raum, von Schreibtischen und Aktenschränken in mehrere Arbeitseinheiten unterteilt.

Untermalt von klingelnden Telefonen und klickenden Computertasten, verhalf sie Finny zu einer umfangreichen Weiterbildung. Sie blätterte in einem Notizbuch mit Ledereinband, schrieb Cuffy Sarandons Adresse und Telefonnummer auf, faltete das Blatt zusammen und warf es ihr in den Schoß. »Was William Sarandon angeht, müssen Sie vor allem eins bedenken – niemand konnte ihn ausstehen.«

»Das habe ich schon gehört«, murmelte Finny.

»Von Ihrem zahmen Bullen?«

»So zahm ist er gar nicht.«

»Halten Sie *diese* Story lieber zurück, bis sie druckreif ist.« Abigail befingerte die Zigarettenpackung, die auf ihrem Schreibtisch lag. »Hier dürfen wir nicht rauchen.« Dumpfer Frust glühte in ihren Augen. »Der Geldadel, aus dem Sarandon stammte, ist ziemlich alt – so alt wie er hier draußen eben sein kann. Sein Großvater fing mit einer Goldmine bei Cripple Creek an, und statt das Gold mit zwielichtigen Ladys durchzubringen und zu versaufen wie die meisten anderen Kerle, investierte er's in andere Goldminen. Einigen Eigentümern kleinerer Minen gab er Kredite, und verdammt viele gingen Pleite. Sie konnten das Geld nicht zurückzahlen, und so brachte er immer mehr Minen in seinen Besitz. Schon vor dem Ende des Goldbooms stieg Malachi Sarandon ins Rinderherden- und Bankgeschäft ein und war reich genug, um eine gehobene Position in der Gesellschaft von Denver zu erobern.«

Finny hockte auf einem kleinen Stuhl, der am Schreibtisch klebte wie ein Giftpilz an einem Stein. Sie nickte und fragte sich, wozu das alles führen sollte.

Ihre Ungeduld entging Abigail nicht. »Oh, Sie werden schon noch merken, worauf ich hinaus will.« Ihre langen Fingernägel reflektierten das Lampenlicht, während sie mit einem Bleistift spielte. »Malachi vererbte das Vermögen seinem Sohn Andrew, Williams Vater. Und Andrew war, um es milde auszudrücken, ein Verschwender. Als er starb, hatte er den Großteil des Geldes verpraßt und außerdem eine ganze Menge bei der großen Flaute verloren…«

»…und verlor seine elitäre gesellschaftliche Stellung?«

Abigail lächelte spöttisch. »Es gehört ein bißchen mehr dazu, die loszuwerden. Jedenfalls erbte William wesentlich weniger Dollars als zuvor sein Vater. Aber da waren noch die alten Goldminen. Nun betrat Herbert Garrett die Bühne.«

»Aha.«

»Genau. William Sarandon lebte von geringfügigen Zinseinkünften und einer kleinen Anwaltspraxis, als er seinen alten Freund Herbert veranlaßte, in den Jericho Mountain zu investieren.«

Zum hundertsten Mal schlug Finny ein Bein übers andere. »Sie versuchten, die alten Minen wieder zu öffnen?«

»Diesmal sollte es weißes Gold sein – ein Skigebiet. Damals brauchte man noch keine zwölf Jahre, um den Umweltbehörden einzureden, dank solcher Projekte würden die gefährdeten Arten noch prächtiger gedeihen. Herbert finanzierte den Ausbau, und William überschrieb ihm das Gebiet vorübergehend. Die Einnahmen wollten sie sich teilen.«

»Und was ist passiert?«

»Eine Crew wurde engagiert, die eine Zufahrt bauen sollte. Die Landkarten waren unvollständig, zwei Männer starben, als ein alter Schacht einstürzte. Die Familien klagten auf Schadensersatz und Schmerzensgeld und bekamen gewaltige Summen zugesprochen. William tauchte unter, und weil Herbert es versäumt hatte, auf einer Sicherheitsklausel in der Eigentumsüberschreibung zu bestehen, mußte er ganz tief in die Tasche greifen.«

Finny stieß einen leisen Pfiff aus. »Aber Twee und Paige…«

»Twee war immer noch Paiges Patentante, und der Jericho Mountain Deal änderte nichts an ihren Gefühlen. Herbert wollte allerdings nichts mehr mit Leuten zu tun haben, die Sarandon hießen. Schon gar nicht, nachdem William sein Nest mittels anderer Deals hübsch gepolstert hatte, wenn die gerupften Vögel auch nicht ganz so prominent waren wie der erste. Twee besuchte Paige hinter seinem Rücken, bis er starb.«

»Und die Trennung zwischen Paige und William?«

»Was soll damit sein?«

»Wurde da schmutzige Wäsche gewaschen und gelästert? Hetzte der eine die gemeinsamen Freunde gegen den anderen auf?«

»Nach allem, was ich hörte, benahmen sie sich recht zivilisiert. Aus den Verhandlungsprotokollen kann ich nichts zitieren, aber Paiges Anwalt soll eine ziemlich hohe, bis zum Scheidungsurteil gültige Unterhaltszahlung herausgeschlagen haben. Wenn sich die zwei bei gesellschaftlichen Veranstaltungen trafen, gab es keine unerfreulichen Szenen, und sie hatten es vermutlich nicht besonders eilig, sich scheiden zu lassen, obwohl sie schon so lange getrennt lebten.«

Finny schwieg. Geld mochte die Wurzel allen Übels sein, aber es konnte Paige nicht bewogen haben, William zu ermorden, es sei denn, sie würde von seinem Testament profitieren. Doch das hatte er nach der Trennung sicher geändert. Aber wer wußte schon, was in dieser Hinsicht wirklich geschehen war und wie das Scheidungsurteil letzten Endes ausgesehen hätte? »Wieso wissen Sie so viel? Sie sind zu jung, um das alles miterlebt zu haben.«

»Viel zu jung.« Abigails Augen funkelten boshaft. »Manche Leute bestechen mich, indem sie mir den ganzen alten Dreck erzählen. Egal, wohin man geht, die Währung ist überall dieselbe. Ich finde immer jemanden, der bereit ist zu plaudern, wenn er in meiner Kolumne erwähnt wird.«

»Und Sie brauchen nur zu hoffen, daß der Dreck auch den Tatsachen entspricht«, bemerkte Finny trocken.

Abigail lächelte etwas breiter. »Denver ist groß, also habe ich viele Informanten. Ich muß die einzelnen Versionen nur miteinander vergleichen und etwas Plausibles daraus zusammenbrauen.«

»Großartig.« Finny straffte den Rücken, was ihr auf

dem winzigen Stuhl immer schwerer fiel. »Was können Sie mir über Cuffy und Kit Landauer erzählen?«

»Das ist nicht ganz so einfach. Da und dort schnappte ich genug auf, um zu wissen, daß Richter Sarandon nicht allzuviel von Kit hielt. Am letzten Halloween-Abend prügelten sie sich beinahe auf der Tanzfläche vom Wellshire Country Club. Keine Ahnung, warum. Jedenfalls versuchte William, der süßen kleinen Romanze einen Riegel vorzuschieben.«

Finnys Blick hielt Abigails Haselnußaugen stand und beschloß, die Ware zu testen, die ihr hier offeriert wurde. »Ist Landauer ein Lokalprodukt?«

»O ja. Seine Mutter ist eine Spaulding, von der Bohnerwachsfabrik.«

»Also hatte nicht nur Twee ein Motiv, Sarandon um die Ecke zu bringen.«

»Wohl kaum. Auch für Kit oder Cuffy könnte der Tod des alten Esels von persönlichem Interesse gewesen sein.«

Finny hörte nur mit halbem Ohr zu. Was Informationen über Cuffy betraf, war Landauer so gesprächig gewesen wie ein Taubstummer. Aber warum sollte Twee lügen, um ihn zu schützen? Dieser Gedanke führte zu einem anderen. Wenn nun Cuffy ihren Vater ermordet hatte... Mit wissenden Augen beobachtete Abigail ihr Gesicht, und als ihr die veränderte Miene auffiel, beugte sie sich vor: »Vergessen Sie nicht«, mahnte sie leise, »was immer Sie herausfinden, ich erfahre es zuerst.«

»Darf sich Faust erheben?«

Abigail nickte. »Der manikürte Mephisto – das bin ich. Denken Sie bloß an unseren Deal!«

»Klar«, versprach Finny und stand auf. »Da wäre noch was.«

Abigails Brauen zogen sich fast bis zum Haaransatz hinauf. »Billig machen Sie's nun wirklich nicht…«

»Was wissen Sie über Les Trethalwyn? Auf Twees Party schien er sich recht gut mit Paige zu verstehen.«

»Angeblich waren sie mal miteinander liiert, aber ich glaube, er hatte es vor allem auf ihr Geld abgesehen. Seins ist ihm nämlich ausgegangen, deshalb arbeitet er jetzt fürs Kunstkonsortium. Doch Paige hielt ihre Dollars immer hübsch beisammen, und neuerdings schnüffelt er um Simms Bainbridge herum. Sicher kennen Sie die Bainbridges«, fügte Abigail ungeduldig hinzu, als sie Finnys Verwirrung bemerkte. »Asphalt.«

»Ach ja, wie konnte ich das bloß vergessen?« Finny zog ihren Autoschlüssel aus der Tasche. »Danke für die Infos.«

Sie blinkte, um die Fahrspur zu wechseln, und sofort verwandelte sich die lethargische Autokette hinter ihr auf der Seventeenth in eine Schar eifriger Aspiranten fürs Karambolage-Derby. Alle beschleunigten und vermasselten ihr Überholmanöver. Als sie den Brown Palace passierte, schob sich ein Bus vor Finnys Nase. Höflichkeit im Straßenverkehr. Mit aller Kraft drückte sie auf die Hupe und schwenkte nach rechts, was zu besseren Ergebnissen führte.

Also hatte sie ihre Seele dem Teufel verkauft. Noch dazu für Klatschgeschichten. Wenigstens hatte sie das Biest nicht zu einem Pistolenduell im Morgengrauen gefordert.

Am meisten beunruhigte sie, was Abigail über Cuffy und Kit erzählt hatte. Wenn das eine Romeo-und-Julia-Version der neunziger Jahre war, würde sich die Jagd nach der Wahrheit äußerst schwierig gestalten. Sie mochte Cuffy, und es mißfiel ihr, nach Gründen für einen Vatermord zu suchen, wenn sie auch die Logik solcher Gedankengänge nicht von der Hand weisen konnte. Einen hinderlichen Vater umzubringen – das ergab viel mehr Sinn als ein dramatischer Freitod. Vor Romeo und Julia hatte sie nie besonders viel Respekt gehabt.

Am Broadway passierte sie eine Reproduktion des »*Denkers*« im Fenster der Columbia Savings und sagte: »Ja, wir zwei, Kid…« Aber er war zu tief in seine Gedanken versunken, um zu antworten.

Der Dienstagnachmittag entwickelte sich zur Pleite. Finny stand in einer Telefonzelle, knallte den Hörer auf die Gabel und starrte ihn an. Ihr war heiß, sie fühlte sich erschöpft, und ihr Magen knurrte trotz der Würstchen am Mittag wie die Denver Symphoniker bei einer Probe. Als die Fagotte zu klagen begannen, war es an der Zeit, etwas zu essen. Aber nicht an der Fastfood-Meile am Federal Boulevard.

Hier war sie gelandet, nachdem sie im Holzlager eingekauft hatte (immerhin war die Arbeit an Corinnes Wäscheschrank die einzige, für die sie bezahlt wurde). Die Telefonate in dieser Gegend hatten dieselben Ergebnisse gebracht wie die vorangegangenen, anderthalb Stunden vorher in einer Tankstelle. Entweder strebte Cuffy den Weltrekord im Dauertelefonieren an, oder der Hörer lag neben dem Apparat. Und Paige tanzte im Rhythmus des klingelnden Telefons, schlief einen Vollrausch aus, oder sie war zu einem kurzen Einkaufsbummel nach Aspen geflogen. Jedenfalls meldete sie sich nicht.

Nun war Finny dem Hungertod nahe und nirgends

Rettung in Sicht. McDonald's zur Linken und Arby's zur Rechten, fuhr sie ins Tal der sechshundert schnellen, fettigen Möglichkeiten – Pfannkuchen, Burger, Tiefkühlfisch und anderes – meistens mit Pommes frites.

Bald wichen die Imbißbuden großen viktorianischen Häusern, daran grenzten die Bungalows aus der Zeit vor dem Zweiten Weltkrieg, die stolz ihre Rasenflächen und Blumen präsentierten. Die Säulen des riesigen Masonic Temple zwischen der Thirty-fifth und der Thirty-sixth glühten wie braune Butter in der Nachmittagssonne, und die langsamen Schritte der Passanten, die an Läden und Cafés vorbeischlenderten, paßten zur allgemein trägen Atmosphäre.

Finny bog auf den Speer Boulevard und fuhr zum Stadtzentrum. Die paar tausend Glasscheiben der Wolkenkratzer – manche schwarz, manche golden, manche grün wie Pools ohne Chlor – spiegelten schimmernd die Wattewölkchen, die an einem unmöglich blauen Himmel dahinglitten. Unter dem Viadukt fügten Arbeiter gigantische Ketten aus Waggons zusammen, auf Schienen, die von Denver aus zu beiden Küsten führten. Das Tivoli Center, ein überdimensionaler Hochzeitskuchen, von einer Brauerei in ein Einkaufszentrum umfunktioniert, prangte zwischen den kastenförmigen Gebäuden des Auraria Campus so unerwartet wie das Tadsch Mahal.

Da werde ich essen, beschloß Finny. In diesem Stadtteil existierten eine Menge Restaurants nebeneinander, vom Adirondack's bis zum Lokal des Einkaufszentrums. Hier würde sie auch ein Bier bekommen. Sie wechselte auf die rechte Fahrspur, bog in die Larimer und steuerte den Parkplatz vor dem Tivoli an. Nun würde sie essen, Bier trinken und wieder mal versuchen, Cuffy anzurufen. Ihr knurrender Magen war so gut wie gerettet.

Mit bestem Appetit verschlang sie ein Sandwich und spülte es mit einem Bier hinunter. Aber Cuffys Telefon war immer noch besetzt, und ihre liebe Mutter meldete sich nicht. Ihr Hunger war befriedigt, die aufstrebende Detektivin frustriert.

Barelli behauptete, die Polizeiarbeit sei öde. Man sammele Beweise und versuche, sie miteinander in Verbindung zu bringen, und in seltenen Glücksmomenten schaffe man's mit einer kaleidoskopischen Drehung, alles so hinzukriegen, daß eins zum anderen paßte. So ähnlich wie Finnys Job – sie machte einen Entwurf, sägte Holz zurecht, schmirgelte die einzelnen Teile, ab bis sie sich reibungslos zusammenfügten zu einer logischen Funktionstüchtigkeit. Für gewöhnlich fanden Chris' Bemühungen in einem gnadenlosen Milieu auf der Schattenseite des Lebens statt, was ihr bislang entgangen war. Ihre detektivische Tätigkeit konzentrierte sich eindeutig auf die bessere Gesellschaftsschicht. Natürlich ließ ihr »Fall« bisher zu wünschen übrig. Zweifellos hatte sie noch nicht genug gefeilt und geschmirgelt.

Zum Teufel noch mal, dachte sie. Immerhin habe ich Cuffys und Paiges Adressen. Es war noch nicht zu spät am Tag, um noch einen gesellschaftlichen Fauxpas mit ein oder zwei unangemeldeten Besuchen obendrauf zu setzen und für ein bißchen Unruhe zu sorgen.

Der schwarze Vinylsitz ihres Lieferwagens drohte ihre Schenkel durch die Hose hindurch zu versengen und das veranlaßte sie, das Tempo um zehn Stundenmeilen zu steigern. Sie kehrte auf den Speer Boulevard zurück und peilte die billigere Version von Walhalla an: Greenwood Village. Der Adresse zufolge hatte Cuffy ihren Horizont erweitert und sich aus dem Country-Club-Komfort von Cherry Hills Village hinausgewagt. Aber steht mir dieser Sarkasmus überhaupt zu, fragte sich Finny. Wenn ich soviel Geld hätte, würde ich wahrscheinlich nach den schöneren Dingen des Lebens lechzen. Tennisplätze in unmittelbarer Nähe und die erlesenste Porsche-Sammlung westlich vom Mississippi vor der Haustür...

Um diese Tageszeit würden zahllose Pendler den University Boulevard verstopfen, also bog sie südwärts in die Downing. Als sie die Belleview erreichte, sah man vor lauter Autos das Pflaster nicht mehr. Die BMWs waren den Fords zahlenmäßig sechsfach überlegen, den ersten Platz nahmen jedoch die Mercedes-Sterne ein. Finny konnte sich an der tröstlichen Tatsache erfreuen, daß die Reparatur etwaiger Dellen in ihrem Toyota billiger sein würde als die Entfernung winziger Schrammen von all diesen Luxusschlitten.

Cuffy besaß ein kleines Haus am ruhigen, ländlichen Ortsrand von Greenwood Village, mit einem halben Morgen Auslauf für das gepflegte Reitpferd, das Finnys Ankunft auf der gekiesten Zufahrt beobachtete. Wagenräder bildeten das Tor, wie zwei Buchstützen.

Das Pferd trottete zum Drahtzaun, der den Stall aus Sperrholzplatten umgab. Dieser primitive Bau hätte einen krassen Gegensatz zum hübschen Haus aus Stein und Ziegeln am Highline Canal bilden müssen, doch so war es nicht. Wenn im Village eine Tugend überlebt hatte, dann die rustikale Atmosphäre, die sich erfolgreich gegen teure Architektur und übertriebene Landschaftsgestaltung wehrte.

Während Finny dem Steinplattenweg zu Cuffys Haustür folgte, wies nichts darauf hin, daß ihre Anwesenheit inzwischen bemerkt worden war. Hinter den Glasscheiben der Fenster mit den Mittelpfosten versperrten Holzläden die Sicht, nur das leise Wiehern des Pferdes störte die Stille.

Sie drückte auf den Klingelknopf. Die Kutschenlaterne über der Hausnummer brannte, das schwache gelbe Licht machtlos gegen den Sonnenschein. Sie läutete noch einmal. Das Schweigen erschien ihr unheimlich. In dieser Großstadt, in der über eine Million Menschen lebten, war die Kakophonie der Schnellstraße und Einkaufszentren nur ein Hauch in der Luft. Sie glaubte sogar, das leise Surren der Telegrafendrähte zu hören.

»Zurück zum Reißbrett«, murmelte sie nach ein paar Minuten und wollte sich abwenden, aber da öffnete sich die Tür.

»Finny?« Offensichtlich war Cuffy Sarandon soeben aus dem Bett gestiegen. Über schneeweißen, zarten Batistrüschen trug sie einen dünnen Morgenmantel aus Baumwollstoff. Die roten Haare waren zerzaust, die Augen ungeschminkt.

»Hi. Ich muß mit Ihnen reden. Darf ich reinkommen? Nur für eine Viertelstunde«, fügte Finny hinzu, als Cuffy sich nicht rührte.

»Okay.« Cuffy trat beiseite, und Finny ging in ein kleines Wohnzimmer. Anscheinend sollten die weißen Korbmöbel einen Wintergarten imitieren. Rosa hundertblättrige Rosen blühten auf den Kissen und den Vorhängen, mit kecken Schleifen seitlich zusammengehalten, so daß man die geschlossenen weißen Fensterläden sah.

Cuffy schaute durch das kleine Glasviereck im oberen Drittel der Tür, die sie zögernd geschlossen hatte. Dann drehte sie sich um und strich das Haar aus ihrer Stirn. »Wie spät ist es?«

»Fast vier«, erwiderte Finny und musterte sie etwas genauer. Die Lider waren geschwollen. Vermutlich hatte Cuffy geweint. Sie wirkte mitgenommen, völlig überfordert, das Gesicht älter, mit schärferen Zügen als in der Mordnacht. »Tut mir leid, daß ich Sie geweckt habe. Den ganzen Nachmittag versuchte ich, Sie anzurufen.«

»Ich habe den Hörer neben den Apparat gelegt.« Von Finny gefolgt, ging Cuffy in die winzige Küche. Das fröhliche Gelb der Wände leuchtete im Sonnenlicht. »Mein Arzt hat mir Schlaftabletten gegeben.« Sie ließ Wasser in einen Kessel laufen und stellte ihn auf den Herd. »Trinken Sie eine Tasse Kaffee mit mir? Ich kann Ihnen aber nur Instantpulver anbieten.«

»O ja, danke. Eh – dürfte ich mal das Bad benutzen?«

»Natürlich.« Cuffy zeigte durch eine Tür. »Da hinten am Flur.« Sie nahm den Telefonhörer vom Delfter-Blau der Küchentheke und legte ihn auf die Gabel.

Im Bad setzte eine Rosenknospentapete das Blumenthema der Vorhänge fort. Während Finny ihre Hände wusch, kämpfte sie kurz mit ihren Manieren. Man schnüffelte nicht in den Badezimmerschränken anderer Leute herum. Nur wenn man eine Freundin retten will, die unschuldig im Gefängnis sitzt, beruhigte sie ihr Gewissen. Dann schnüffelt man wie verrückt. Und man findet auch was.

Sie starrte auf die Toilettenartikel, die sich an Cuffys Secret und Midol schmiegten. Entweder führte sie ein exotischeres Leben, als Finny gedacht hatte, oder ein Vertreter des männlichen Geschlechts hatte *Obsession* und *Mitchum's Deodorant* hier zurückgelassen. Zwei

Zahnbürsten führten eine heitere Koexistenz, und im mittleren Fach stand ein Rasierapparat.

Nachdenklich kehrte sie in die Küche zurück. Cuffy hatte Steinguttassen auf die Theke gestellt, goß heißes Wasser hinein und rührte darin. Sie warf einen Blick über die Schulter. »Zucker und Sahne?«

»Nein, danke.« Diesem kurzen Wortwechsel folgte ein drückendes Schweigen. Bei der kurzen Begegnung auf Twees Party hatte natürlich keine Freundschaft entstehen können, schon gar nicht, wenn man bedachte, was an jenem Abend geschehen war.

Schließlich räusperte sich Finny. »Ich bin noch gar nicht dazu gekommen, Ihnen zu sagen, wie leid es mir tut – wegen Ihres Vaters...« Cuffy nickte stumm und schüttete Sahne in ihren Kaffee. »Ich bedaure auch, daß ich Sie jetzt stören muß. Das würde ich niemals tun, wenn es nicht um Twee ginge.«

Unwillkürlich versteifte sich Cuffy. »Es wäre mir lieber, Sie würden nicht darüber reden.«

»Das muß ich. Irgendwas stimmt da nicht. Ich kann unmöglich glauben, daß Twee Ihren Vater getötet hat.«

»Das ist ja reizend.« Cuffy drehte sich um. »Sie erlauben sich eine ganze Menge, was?«

Um eine Antwort verlegen, schüttelte Finny nur den Kopf.

»Ich habe noch nie übertriebenen Wert auf Manieren gelegt«, fuhr Cuffy im Konversationston fort. »Aber jetzt zwingen Sie mich dazu. Wo nehmen Sie eigentlich die Frechheit her, hier aufzutauchen?«

Finny hielt dem Zorn in Cuffys Augen stand. »Ich find' es keineswegs großartig, meine Nase in die Angelegenheiten anderer Leute zu stecken. Aber Twee Garrett ist meine Freundin, und die Entwicklung der Dinge mißfällt mir. Das mag kein ausreichender Grund sein, um sich in so was einzumischen – trotzdem genügt es mir.«

»Erzählen Sie mir nichts von Twee!« Cuffys Stimme drohte zu brechen, und sie fügte hastig hinzu: »Für mich ist sie viel mehr als eine Freundin. Was glauben Sie, wie mich ihre Festnahme schockiert hat – nach allem anderen, was passiert ist?« Sie schob die zitternden Hände in die Taschen ihres Morgenmantels. »Jetzt sollten Sie besser gehen.«

»Nein.« Auch Finny geriet allmählich in Wut. »Ich kann einfach nicht fassen, daß niemand außer mir an Twees Schuld zweifelt. Sie behaupten, für Sie sei Twee mehr als eine Freundin. Warum zum Teufel akzeptieren Sie dann, was sie tut? Sie haben doch ein Gehirn – benutzen Sie es! Twee würde niemanden ermorden, auch nicht Ihren Vater, obwohl er ihrem Mann einiges angetan hat. Das liegt schon viele Jahre zurück, und trotzdem sitzen Sie und alle anderen einfach da und sagen: ›Oh, was für eine Schande! Die böse Twee…‹« Ihre Stimme wurde immer lauter und schriller. »Scheiße! Und wenn Sie keinen Finger rühren, um die Wahrheit herauszufinden – *ich* werde die Sache nicht auf sich beruhen lassen. Irgend jemand muß Twee doch helfen.«

Als sie verstummte, lag tiefe Stille in der kleinen Küche. Verlegenheit mischte sich in Finnys Zorn, wie es nach so leidenschaftlichen Erklärungen oft geschieht.

»Was wollen Sie von mir?« fragte Cuffy, nachdem das Schweigen unerträglich geworden war.

»Ich brauche Informationen. Wen liebt Twee so sehr, daß sie für ihn lügt? Wer hatte ein Interesse am Tod Ihres Vaters? Das sind die grundlegenden Fragen, die man sich in einem solchen Fall stellt.«

»Also gut.« Cuffy strich wieder ihr Haar nach hinten, das unentwegt in ihre Stirn fiel wie eine müde Bürste. »Sie wissen, wen Twee liebt – meine Mutter, mich, Sie übrigens auch. Und sie betreut zahlreiche ›Schützlinge‹ – von hungernden Künstlern bis zur Tochter des Mannes, der ihr die Spirituosen liefert. Würde sie für einen von uns lügen? Ich weiß es nicht.«

Finny beobachtete, wie sich Cuffy an den Küchentisch setzte, als hätten ihre Beine keine Kraft mehr. »Sind Sie okay?«

»Klar«, lautete die sarkastische Antwort. »Ich fühle mich wie eine Million Dollar – was übrigens nur ein Bruchteil des Vermögens ist, das ich jetzt nach Vaters Tod erbe. Zähle ich dadurch zu den Hauptverdächtigen?«

Finny zog einen Stuhl hervor und nahm Cuffy gegenüber Platz. »Ich bin nicht hier, um Sie zu kränken, sondern um Twee zu helfen.«

»Und wenn Sie das eine nicht ohne das andere können?«

»Um dieses Problem kümmere ich mich erst, wenn's aktuell ist.«

Das Telefon läutete, und Cuffy zuckte zusammen, als wäre ein Schuß gefallen. Auf unsicheren Füßen durchquerte sie den Raum und nahm den Hörer ab. »Hallo? Oh, Mutter... Wo bist du gewesen? Ich habe versucht, dich anzurufen, aber...« Sie lauschte, Tränen trockneten auf ihren Wangen. Ihr Gesicht, zuletzt etwas weicher geworden, verhärtete sich wieder bis zur Ausdruckslosigkeit. »Ich weiß es nicht«, erwiderte sie schließlich. »Wo bist du jetzt?«

Am liebsten hätte Finny ihr den Hörer aus der Hand gerissen, um ein Treffen mit Paige zu vereinbaren. Doch das wäre ungefähr so nützlich, als würde der Papst bei einer Atheistenkonferenz das Wort ergreifen, sagte sie sich.

Cuffys Blick glitt zu ihr herüber, und Finny bedeutete ihr, sie wolle mit Paige reden.

»Mutter, Finny Aletter ist hier. Du weißt doch – Twees Freundin, die auf der – Party war. Sie würde gern mit dir sprechen.«

Sie hörte zu, dann entgegnete sie: »Ja, ich sag's ihr. Ich will's versuchen. Es ist ziemlich schwierig. Sicher kannst du dir das denken – oder vielleicht nicht... Ich tu mein Bestes. Okay.« Cuffy legte auf, das Gesicht verkniffen von der Anstrengung, die Selbstkontrolle zu wahren. »Leider ist meine Mutter im Augenblick beschäftigt und hat keine Zeit, um mit Ihnen zu reden. Sie bemüht sich, das Nötige zu regeln, zum Beispiel das Begräbnis.«

»Vermutlich findet es im kleinen Kreis statt.«

»Im allerkleinsten.« Cuffy erschauerte. »Wenn ich mir das vorstelle: die Presse... Jedenfalls soll der Trauergottesdienst erst nächste Woche abgehalten werden.«

»Haben Sie Geschwister?«

»Nein. Mutter sagte immer, ein Kind reiche.«

Heftige Abneigung erfaßte Finny. Sie hatte Paige Dexter von Anfang an nicht gemocht. Und daran änderte sich auch jetzt nichts. »Auf Twees Party sah ich Ihre Mutter in Gesellschaft eines Mannes, mit dem ich einmal befreundet war«, berichtete sie unvermittelt. »Ty Engelman. Kennen Sie ihn?«

»Ich hab' ihn ein paarmal getroffen. Seit etwa einem Jahr tritt er immer wieder in ihr Leben, um wenig später zu verschwinden. Warum?«

»Wie ich bereits sagte, möchte ich mich über die

Leute informieren, die vielleicht ein Interesse daran hatten, Ihren Vater zu ermorden. Zwischen Paige und Ty schienen – hm – sehr intensive Gefühle zu bestehen.«

»Sie schlafen miteinander, falls Sie das meinen.« Cuffy zeigte zum Telefon. »Heute übernachtet Mutter bei ihm.«

Loyales kleines Ding, dachte Finny. Vielleicht bin ich zu zickig in meinen Ansichten. »Gab es – eh – irgendwelche Schwierigkeiten bei der Trennung Ihrer Eltern? Glauben Sie, Ihre Mutter hatte einen Grund, Ihren Vater zu töten?«

»Sie nehmen wohl nie ein Blatt vor den Mund, was?« Cuffys Gelächter klang fast verzweifelt. »Verdammt, Sie haben wirklich Nerven. Sie kommen hierher, verdächtigen meine Mutter – während ich noch versuche, mich an den Gedanken zu gewöhnen...« Krampfhaft schluckte sie. »...daß Twee Dads Mörderin sein könnte.«

Dieses Gespräch führte zu nichts. Finny stand auf. »Vielleicht sollten wir ein andermal weiterreden. Darf ich Sie anrufen?«

»Wozu?« Cuffy begleitete sie zur Haustür. »Wollen Sie aufs Geratewohl meine restliche Verwandtschaft unter Beschuß nehmen?«

Finny schaute in tränenfeuchte, abweisende Augen. Nein, keine Freundschaft... »Übrigens«, verkündete sie gedehnt, »heute vormittag sah ich Kit Landauer.«

»Was sagte er?« fragte Cuffy hastig, nachdem sie kurz den Atem angehalten hatte.

Interessant. »Gar nichts. Er behauptete, er wisse nichts über Twee, und offenbar widerstrebte es ihm, Spekulationen anzustellen. Als ich Sie erwähnte, reagierte er geradezu feindselig.«

Cuffy starrte auf ihre Finger hinab, die sich bebend

ineinanderschlangen, ließ rasch die Hände zu beiden Seiten hinabsinken und erwiderte Finnys Blick. »Keine Ahnung, warum…«, antwortete sie mit dünner Stimme. »Außerdem geht Sie das nichts an.«

»Das glauben *Sie.*«

Finny fuhr zu schnell, nachdem sie Cuffys Haus verlassen hatte. Sie streifte eines der Wagenräder am Gartentor, gab Gas, sobald sie die Straße erreichte. Kies flog nach allen Seiten. Nur die schnellen Reflexe des Mannes, der mit purpurrotem Gesicht am Steuer seines Eldorado saß und ihn in letzter Sekunde am Lieferwagen vorbeibugsierte, ersparte beiden eine noch intensivere, unangenehmere Begegnung. Und Finnys rechter Fuß hatte die Bremse beinahe in den Motorraum getreten...

»Dreh deine Düsen runter«, ächzte sie in der plötzlichen Stille des Fahrerhauses, dann lenkte sie den Toyota an den Straßenrand, um zu warten, bis ihr Herz wieder im normalen Tempo schlug.

Sie schaltete den Motor aus, löste die zitternden Finger ihrer linken Hand vom Lenkrad und strich sich das Haar aus der Stirn. Dieser Moment würde bis in die Unendlichkeit dauern, wenn sie ihren Frust nicht unter Kontrolle brachte. Twee würde sie nicht helfen (von ihr selbst ganz zu schweigen), falls sie sich in einen verschmierten Fleck auf dem Asphalt verwandelte.

Okay, es war also ein abscheulicher Tag gewesen. Solche Tage hatte sie schon oft erlebt. Und es gab nur eine einzige Möglichkeit, Schwierigkeiten aus dem Weg zu räumen – man mußte sie ohne Zögern in Angriff nehmen. Der Versuch, Twees Unschuld zu beweisen, war nicht dasselbe wie die Reparatur einer Treppe oder der Bau eines Möbelstücks. Die Teilchen jenes Puzzles entstammten nicht ihrer Kreativität. Zum Teufel, sie wußte nicht einmal, was das für Teilchen waren.

Ein hellrotes Kabrio brauste vorbei, die Radiolautstärke auf maximalen Overkill gedreht. Der Widerhall von »Like a Virgin« bohrte Löcher in die stille Nachbarschaft.

Ein Großteil des Problems, dachte Finny erbost, hängt mit den Leuten zusammen, die in die Sache verwickelt sind. Zwischen mir und Kit, Cuffy – und sogar Twee steht eine Barriere. Von Abigail Hunter ganz zu schweigen... Abgesehen von der Reporterin ließ sich leicht erkennen, was für eine Barriere das war – schlicht und einfach Geld. Um das zu verstehen, mußte sie F. Scott Fitzgerald nicht noch einmal lesen. Was sie jetzt allmählich sah, waren die einzelnen Steine der Schutzmauer, die sie voneinander trennten, die Verflechtungen des finanziellen Überflusses im Hintergrund, vor dem sich das Leben der Oberschicht abspielte.

Noch nie hatte sie etwas von den Reichen verlangt. Bis jetzt. Nun suchte sie Hilfe, um Twee zu retten, und alle Türen in der Country-Club-Szene verschlossen sich. Kit Landauer war bei ihrem Besuch geradezu angewidert gewesen. Er hatte sich geweigert, ihre Fragen zu beantworten, und ihr sogar gedroht, als Cuffys Name gefallen war. Das konnte sie nachempfinden. Auch sie würde die Beherrschung verlieren, sollte irgend jemand

Chris Barelli zu nahe treten. Sie liebte ihn, und obwohl es in ihrer Beziehung auch ein paar ungeklärte Punkte gab, würde sie keinen davonkommen lassen, der ihn verletzte.

Okay. Das hieß also, Cuffy war angreifbar, oder Kit glaubte es zumindest. Geistesabwesend zerrte Finny an ihrem welkenden Blusenkragen.

Als Kit erwähnt worden war, hatte Cuffy reagiert wie eine Ente, die ins Eiswasser klatscht. Entschlossen verschwieg sie, was sie wußte, fühlte sich dabei aber sehr unbehaglich.

Was man aus dem Verhalten der beiden folgern konnte, erschien ihr ziemlich unangenehm. Sie hatte sich eingeredet, Twee habe den Mord an Sarandon gestanden, um eine eklige Type wie Paige Dexter zu schützen. Aber wenn sie sich für ihr Patenkind opfern wollte, würde sie das wahrscheinlich auch für Cuffy tun – vielleicht noch eher, weil die wesentlich liebenswerter wirkte. Und Kits Imitation einer Steinmauer, an der Finnys Fragen abgeprallt waren, ließ sich in ähnlichem Licht betrachten.

»Scheiße.« Eine gewisse Möglichkeit durfte Finny nicht ausschließen. Während sie die beiden Champagnergläser geholt hatte, wäre Cuffy durchaus in der Lage gewesen, ihrem Vater nach draußen zu folgen und ihn umzubringen. Es mochte verrückt erscheinen, aber das hieß keineswegs, daß es nicht so gewesen sein könnte.

Oder, dachte Finny und erinnerte sich an die Spannung zwischen Cuffy und Kit auf der Party, womöglich haben die beiden den Mord gemeinsam begangen. Aber würde Twee versuchen, Kit zu schützen? Wenn sie wüßte, daß auch er mit drin steckte? Wieder einmal erhob sich die Frage, was sie tun würde und was nicht.

Mord – nein. Für gewisse Leute den Karren aus dem Dreck ziehen – wahrscheinlich. Wie viele Menschen existierten in Twees Leben, die ein Mordgeständnis wert waren?

»Es gibt nur einen einzigen Weg, das herauszufinden«, murmelte Finny und drehte den Zündschlüssel herum. Wenn sie nicht mit ihr sprechen durfte und die Personen, mit denen sie sprechen *konnte*, jede Hilfe verweigerten, mußte sie sich eben noch einmal im Haus ihrer Freundin umsehen. Diesmal würde sie nach bestimmten Dingen suchen – Fotos, Namen in Adreßbüchern, Terminkalendern, Geburtstagslisten – alles, was auf Menschen hinwies, die Twee mochte.

Finny ordnete ihren Lieferwagen in den Verkehr ein und überdachte ihren Plan. Es würde nicht so einfach sein, noch einmal in Twees Haus einzudringen. Immerhin hatte MacKenzie Bartholomew dem Dienstmädchen an diesem Morgen befohlen, sie hinauszuwerfen.

Aber die Südamerikanerin – wie hieß sie doch gleich? Bianca? – war so verängstigt gewesen, daß es nicht allzu schwierig sein konnte, sie zu bluffen. Oder hatte Finny alle Tricks verlernt, die sie der glamourösen Börsenwelt verdankte? Vielleicht sollte ich doch besser meine Fähigkeiten jüngeren Datums anwenden, überlegte sie, während sie vor einer gelben Ampel hielt. Ich könnte meine Brechstange benutzen, um die Tür zu öffnen.

Als die letzten majestätischen Glockentöne hinter Twees massiver Haustür verhallten, hörte sie das Schloß klicken, der Knauf begann sich zu drehen. Wie gut, daß sie die Brechstange im Lieferwagen gelassen hatte…

»Wer ist…Sie!« Abrupt hielt Bianca die Tür fest, die

sie nur halb aufgezogen hatte, und starrte Finny mit großen Augen an. Unordentliche Strähnen hingen aus dem dunklen Nackenknoten, und sie sah müde und verschreckt aus. »Was wollen Sie?«

Finny hatte sich bereits in den Türspalt geschoben. »Tut mir leid, daß ich Sie noch mal belästigen muß«, erwiderte sie in energischem Ton. »Ich muß ein paar Dinge überprüfen, die ich heute morgen vergessen habe.«

»Das dürfen Sie nicht.« Bianca breitete die Arme aus, um ihr den Weg zu versperren, war aber zu zierlich, zu schwach und zudem aus dem Gleichgewicht geraten, so daß der Versuch erfolglos blieb. »*Madre de Dios*, was machen Sie denn? Mr. Bartholomew sagte...«

»Bianca, was ist los?« Beim Klang dieser Stimme flog Finnys Blick zum Treppenabsatz hinauf.

Twee, eine königliche Gestalt im langen rosa Bademantel, das Haar eine Masse wirrer Büschel, starrte bestürzt herunter. »Finny!«

»Du ahnst ja nicht, wie ich mich freue, dich zu sehen!« sprudelte Finny hervor und eilte die Stufen hinauf. »Den ganzen Tag habe ich versucht...«

Wie in wilder Panik machte Twee kehrt und wankte zur Schlafzimmertür.

»So warte doch! Bitte, Twee! Ich muß mit dir reden.« Finny erreichte die Tür, ehe sie zugeschlagen werden konnte, und stemmte ihre Schulter gegen das schwere Eichenholz. »Twee!« rief sie atemlos und bot ihre ganze Kraft auf, um den schmalen Spalt zu erweitern. »Laß mich rein!« Sie hörte, wie ihre Freundin auf der anderen Seite heftig keuchte, und sekundenlang mußte sie den hysterischen Impuls bekämpfen, in Gelächter auszubrechen.

»Verdammt, Twee, hör auf mit dem Unsinn!« Sie gewann die Oberhand, indem sie die Spitzen ihrer Turnschuhe in den dicken Flausch des Flurteppichs grub und beide Arme, die nun schon ein Jahr lang gehämmert, gesägt und einige Muskeln entwickelt hatten, gegen das Holz preßte. Plötzlich gab der Druck auf der anderen Türseite nach, Finny wurde ins Zimmer katapultiert, und ihre Schienbeine prallten am Fußende des Betts gegen scharfkantiges Holz. »Aua!« Sie bückte sich, um die schmerzenden Stellen zu reiben, warf einen Blick über die Schulter und hielt nach Twee Ausschau.

Die ältere Frau stand mit dem Rücken zur Wand, die Lider geschlossen, das Gesicht erschöpft und niedergeschlagen. Seit Sonntag nacht war sie um zehn Jahre gealtert. Langsam ging sie zu Finny, die sich aufrichtete und gegen einen eventuellen Angriff wappnete. Doch Twee sank nur schwerfällig aufs Bett.

»Hör' mal...«, begann Finny und verstummte sofort, als ihre Freundin eine Hand hob.

»Ich bin müde.« Twee schüttelte ihre rosa Lederpantoffeln von den Füßen und legte sich hin. »Was machst du hier?«

Finny ging um das Fußende des Rosenholzbetts herum und hockte sich auf den Matratzenrand, während Twee das geblümte Laken und die malvenfarbene Decke über ihre Beine breitete. »Ich muß mit dir reden. Immerhin hast du für einige Aufregung gesorgt.«

»Wer hat sich aufgeregt?« fragte Twee kühl. »Du? Soviel ich weiß, hast du selber eine Menge Ärger gemacht.«

»Moment mal...«

»Señora Garrett?« Bianca erschien in der Tür, einen Fuß drinnen, den anderen draußen, die Augen voller Angst. »Alles in Ordnung?«

Für ein paar Sekunden nahm Twees Gesicht einen

etwas weicheren Ausdruck an. »Ja, meine Liebe. Miss Aletter wird nicht lange bleiben.«

»Ich – ich habe Señor Bartholomew angerufen.« Biancas Blick streifte Finny und richtete sich dann wieder auf ihre Arbeitgeberin. »Er sagt, er kommt her.«

»Danke, mein Kind.« Twee wandte sich zu Finny, während das Mädchen flüchtete. »Vermutlich willst du nicht auf ihn warten. Wie ich höre, hat MacKenzie dich gestern aus seinem Büro geworfen.«

Finny kämpfte gegen die Mauer, die Twee zwischen ihnen errichtete. Ihre Arroganz und die kalte, distanzierte Stimme beschworen in lächerlicher Weise eine altvertraute gesellschaftliche Szene herauf – die Hausherrin tadelt eine aufdringliche Bekannte.

Herausfordernd straffte Finny die Schultern. »Dann kann er mich auch hier rauswerfen. Ich gehe erst, wenn du ein paar Fragen beantwortet hast.«

»Ich sagte doch, ich bin müde.« Mit einer majestätisch-gequälten Geste griff Twee zur Nachttischlampe und knipste sie aus.

Finny sprang auf, war mit zwei Schritten bei der Lampe und schaltete sie wieder ein. Ihr Ellbogen warf ein gerahmtes Foto um. Da stieß Twee einen unartikulierten Schrei aus, packte das Bild und preßte es an ihre Brust. »Verschwinde! Laß mich in Ruhe!«

»Hör endlich auf mit der Scheiße!« erwiderte Finny in ruhigem Ton. »Ich bin nicht in der Stimmung, solche Beleidigungen zu verkraften, und ich will wissen, was hier eigentlich vorgeht.«

»Nicht jetzt, Finny.« Die schwache, brüchige Stimme bildete einen sonderbaren Gegensatz zu der hochgewachsenen Frau. »Im Augenblick bin ich einfach nicht in der Lage, mit dir zu reden.«

»Großartig.« Finny ließ sich auf das Bett fallen und wurde von einer Lavendelwolke eingehüllt. Unbeirrt starrte sie Twee an. »Du mußt ein paar Erklärungen abgeben, und ich bleibe hier sitzen, bis du's getan hast.«

Twees Miene wirkte so mitteilsam wie ein Felsblock. Sie schloß wieder die Augen und preßte die Lippen zusammen. Verdammt, in ein paar Minuten ist Bartholomew hier, dachte Finny verzweifelt und fragte gnadenlos: »Warum hast du den Mord gestanden? Wen versuchst du zu schützen?«

Da hob Twee die Lider. »Niemanden. Ich habe William Sarandon getötet.« Ihr Mund bebte, dann verkniff er sich. »Und ich würde es wieder tun.«

»Du kannst es gar nicht getan haben. Zur fraglichen Zeit war ich mit dir zusammen.« Frustriert seufzte Finny auf. »Wenn du schon darauf beharrst, erzähl' mir wenigstens die Einzelheiten, Twee. Warum hast du ihn umgebracht?« Aufmerksam beobachtete sie die ältere Frau, die ihrem Blick auswich und mühsam nach Atem rang, und dabei fragte sie sich: Wenn ich mich nun irre? Es wäre nicht das erste Mal...

»Ich glaube, du hast Herbert nicht gekannt.« Twees Lippen verzogen sich zu einem sanften Lächeln. »Ein wundervoller Mann.«

»Nein, ich bin ihm nie begegnet.«

Twee drückte das Foto noch fester an sich. »Wir liefen uns über den Weg, als ich neunundzwanzig war.« Ein koketter Ausdruck milderte ihre strengen Züge. »Meine Mutter und meine Tanten hatten mich schon aufgegeben...« Erinnerungen verdunkelten die grünen Augen. »Ich war größer als die meisten Männer in unseren Kreisen und so anmutig wie ein neugeborenes Fohlen.« Ihre Mundwinkel hingen nach unten. »Alle meine Freundinnen verlobten sich, eine nach der anderen, und dann heirateten sie.«

Eine Hand über Twees Finger gelegt, die das Foto umklammerten, beugte sich Finny vor und begegnete dem Blick tränennasser Augen.

»Herbert war eins siebenundsechzig, nicht allzu attraktiv«, fuhr Twee fort, »eben erst aus dem Krieg zurückgekehrt, und abgesehen von der kleinen Hinterlassenschaft seines Onkels mußte er auf eigenen Füßen stehen.« Sie wischte Tränen von einer Wange. »Aber er besaß eine Eigenschaft, die ich noch bei keinem anderen Mann gefunden hatte. Er glaubte an sich selbst – und an mich.«

Finny wartete auf weitere Enthüllungen, aber Twee war in die Vergangenheit versunken, war bei längst entschwundenen Ereignissen, die an ihrem geistigen Auge vorbeizogen: »Er muß wirklich wunderbar gewesen sein«, sagte Finny vorsichtig.

»O ja«, bestätigte Twee mit verträumter Stimme. »Einen halben Kopf kleiner als ich, unerfahren auf dem gesellschaftlichen Parkett – aber er brachte mich zum Lachen, gab mir das Gefühl, ich wäre klein und feminin.« Mit einer vagen Geste hob sie ihre Hand. »Er war etwas Besonderes, ein Himmelsgeschenk. Ich wollte ihm die Welt zu Füßen legen und konnte ihm nicht einmal ein Kind schenken.« Wieder rannen Tränen über ihre Wangen, diesmal ignorierte Finny sie. »Alles hätte ich für Herbert getan.« Ihre Züge verhärteten sich. »Alles.«

Finny öffnete den Mund, um zu sprechen, doch Twee erzählte bereits weiter: »Herbert machte eine ganze Menge Geld, weil er seinen Instinkten vertraute und genau abwägte, welche Risiken er eingehen durfte und welche nicht. Aber dann fehlte William Sarandon das nötige Kapital für ein grandioses neues Projekt. Skizentren seien die Industrie der Zukunft, behauptete er, und Herbert pflichtete ihm bei. William war so ein guter Freund...« Für einige Sekunden verstummte sie. »Als die ganze Sache ins Wasser fiel, verlor Herbert seinen sicheren Instinkt, und ohne den konnte er einfach nicht existieren.«

Nun spürte Finny, wie in ihren eigenen Augen Tränen brannten. »Und deshalb wolltest du ihn rächen?«

Twee umklammerte Finnys Hand. »Das versprach ich meinem Mann an seinem Totenbett. ›William ist ein zerstörerischer Mensch‹, sagte er immer wieder. Und ich gelobte, diesem Schurken alles heimzuzahlen. Irgendwie, irgendwann würde ich ihn töten, Herbert zuliebe.« Schmerzlich schaute sie in die Augen ihrer jungen Freundin. »Ich mußte ihm doch mein Wort geben – nach allem, was er für mich getan hatte.«

»Aber...« Finny holte tief Atem. »Warum erst jetzt?« Sie lächelte, als sie Twees verständnislose Miene sah. »Herbert ist vor fünf Jahren gestorben. Warum hast du so lange gewartet?«

Es dauerte einige Zeit, bis Twee antwortete: »Weil ich Angst hatte. Ich – ich wagte es einfach nicht.«

»Und auf der Party ist deine Angst verflogen?« Finny starrte in die umschatteten grünen Augen. »Nach all den Jahren hast du beschlossen, Sarandon endlich zu töten?«

»Was geht hier vor?«

Finny fuhr herum. Der Anwalt nahm fast den ganzen Türrahmen ein und vibrierte vor Wut. »Was machen Sie hier?« fragte er, als er zum Bett eilte. Trotz der späten Stunde und seines Zorns wirkte er cool, frisch und gepflegt, vom sorgsam gekämmten Scheitel bis zu den messerscharfen Bügelfalten der Nadelstreifenhose. »Wie können Sie es wagen, gewaltsam in dieses Haus einzudringen?«

Steifbeinig stand Finny auf und hielt ihre Stellung. »Ich mußte mit Twee reden, und das konnte ich nur, indem ich mir ›gewaltsam‹, wie Sie sich ausdrücken, Zugang verschaffte.«

»Ich werde Sie wegen Hausfriedensbruchs verklagen!« tobte MacKenzie Bartholomew. »Das ist ein eklatanter Fall von...«

»Regen Sie sich ab.« Finny wandte sich wieder zu Twee. »Versuch' jetzt zu schlafen«, sagte sie sanft. »Du hast Herbert nicht enttäuscht.« Ehe der Anwalt erneut explodieren konnte, ging sie zur Tür. »Wir reden ein andermal weiter, Twee.«

Am Treppenabsatz wurde sie von Bartholomew eingeholt. »Ich will Ihnen nur mitteilen, daß ich die Polizei verständigen werde.« Seine Stimme klang leise und gefährlich. »Und wenn es sein muß, erwirke ich einen Gerichtsbeschluß, der Ihnen verbietet, sich diesem Haus zu nähern. Sollten Sie noch einmal versuchen, in Verbindung mit Twee zu treten, sehe ich mich gezwungen, noch andere Maßnahmen zu ergreifen.«

Ungerührt erwiderte sie seinen wütenden Blick. »Nur zu, Mr. Bartholomew.« Dann stieg sie die Treppe hinab und verließ das Haus.

»...ein heute eingereichtes Gesuch. Sieben Insassen des Adams-County-Gefängnisses verklagen den Staat wegen überfüllter Zellen. Gefängnisdirektor Lydell Wolman weigerte sich, einen Kommentar abzugeben. Die Senatorin Miriam Jarvis wiederholte ihren Vorschlag, die Leitung einzelner Gefängnisse privaten Unternehmen zu übertragen. ›Zu viele Steuergelder aus dem verschuldeten Staatshaushalt werden für die Unterbringung von Kriminellen verwendet. Ich fordere meine Kollegen in der Legislative auf, erneut zu bedenken, welch wichtige Rolle private Unternehmen bei der Lösung dieses Problems spielen könnten.‹ Und jetzt weitere Nachrichten...«

Finny schaltete das Radio aus und warf ihre Tasche auf die Küchentheke. Ihre Schultern sackten nach vorn. Mit einer Hand wischte sie sich den Schweiß von der Stirn, während die andere die Kühlschranktür aufriß. Im obersten Fach ragte ein Sechserpack Bierflaschen mit langen Hälsen empor und wartete wie ein kostbarer Schatz auf seine Entdeckung. »Endlich«, murmelte sie, nahm ein Bier und das Geschirrtuch, das am Türgriff hing, um den Verschluß abzuschrauben. Der erste eiskalte Schluck rann durch ihre Kehle.

Wie müde sie war... Sie fühlte sich, als sei sie von einer Dampfwalze überrollt worden – zweifellos von den empörten Mitgliedern der High-Society gelenkt, die sie an diesem Tag so schwer beleidigt hatte. Twee hätte wahrscheinlich am Steuer gesessen.

Finny wanderte durch die Schwingtür in die Diele. Die Post lag unterhalb des Türschlitzes verstreut. Als sie sich bückte, um die Briefe aufzuheben, glitt eine verstohlene kleine Staubwolke durch den Luftzug.

Sie trug die Post ins Wohnzimmer, warf sie auf den runden Couchtisch und stellte das Bier daneben, dann ging sie zum Regal. Das Lämpchen des Anrufbeantworters glühte wie die Spitze einer angezündeten Zigarette, und Finny spielte das Band ab. Der übliche Schluckauf von Leuten, die anriefen, aber nichts sagten. Corinne bat um einen Rückruf. Dann eine melodische Stimme. »Miss Aletter, hier ist Les Trethalwyn. Ich wäre Ihnen sehr verbunden, wenn Sie mich zurückrufen würden.« Sie notierte die Nummer, die in singendem Tonfall genannt wurde, und griff zum Telefon.

Besetzt. Dann eben nicht... Sie ließ das Band des Anrufbeantworters zurücklaufen und drehte das Radio an. Billy Joel bekundete seine Angst vor der Mulberry Street, während sie sich mit der Post hinsetzte und die Kuverts durchblätterte wie ein Profispieler seine Karten. Die Wasserrechnung, die Stromrechnung, Werbung und nochmals Werbung, ein Brief von ihrer Mutter. Damit konnte man keinen Flush schlagen.

Verdammt, nicht mal ein Paar. Finny lehnte sich ins Sofa zurück. Seit den alten Tagen bei *Lakin & Fulton* hatte sie sich nicht mehr den Zorn so vieler Leute zugezogen. Aber das war nur ein mörderischer Konkurrenzkampf gewesen. Jetzt befaßte sie sich mit Dingen, die viel mehr Emotionen heraufbeschworen. Und man brauchte keine besondere Kombinationsgabe, um zu erkennen, daß die Krallen, die ihr Cuffy, Kit und Bartholomew an diesem Tag gezeigt hatten, sehr spitz und gefährlich werden konnten. Aber alles, was der Anwalt tun konnte, war, ihr mittels juristischer Finten das Leben schwerzumachen. Falls Cuffy und/oder Kit den Richter getötet hatten, mußten sie für eine gute Rückendeckung sorgen.

Und die Ironie an der ganzen Sache: obwohl sie soviel Staub aufgewirbelt hatte, wußte sie kaum mehr als am Anfang. Sie glaubte immer noch, daß Twee das Blaue vom Himmel herunter log. Vielleicht war sie entschlossen gewesen, Sarandon zu töten, um das Versprechen zu halten, das sie dem lieben alten Herbert gegeben hatte. Aber bei der Behauptung, sie habe es getan, hatte sie so glaubwürdig gewirkt wie Richard Nixon. Und da war immer noch die Zeitfrage...

Herzlichen Glückwunsch, sagte sich Finny, du hast deine ursprüngliche Theorie untermauert, aber von der Enttarnung des wahren Mörders bist du so weit entfernt wie die Broncos vom Gewinn der Super Bowl.

Als sie makellose Schellfischfilets gekauft hatte, um ihren Frust zu bekämpfen, hatte ihr das zwar Appetit aufs Dinner gemacht, aber zu keinem Durchbruch geführt. Ihre Mutter pflegte zu bemerken, Fisch sei Geistesnahrung, also würde der Moment der Erleuchtung vielleicht nach dem Essen anbrechen. Sie streute noch mehr Zitronenpfeffer in die Sahnesauce und schnitt eine Grimasse. Vielleicht lag das fehlende Puzzleteilchen nur einen qualvollen Zentimeter entfernt...

Um halb acht schlenderte Barelli herein, das Jackett über einer Schulter drapiert, die Krawatte gelockert und schief. Das wirre Haar war feucht vom Schweiß, der auch auf seinem Gesicht glänzte. »Twee ist draußen, in Obhut ihres Anwalts.«

Finny fuhr fort, die Fischfilets in der Pfanne umherzuschieben. »Ja, ich weiß. Ich hab' sie gesehen.«

»Du machst Witze. Wie hast du das geschafft?«

»Mittels meiner moralischen Integrität.« Sie schaltete den Herd aus.

Barelli sank auf einen Korbstuhl, streckte die Beine aus und legte den Kopf an die Lehne. »Wo hast du die her?«

»Ein Sonderangebot, bei einem Räumungsverkauf.« Finny holte Teller und Besteck. »Hat aber nicht viel genützt.«

»Was hat Twee gesagt?« Er kreuzte die Fußknöchel. »Wie ich deiner Miene entnehme, hat sie ihr Geständnis nicht widerrufen.«

»Ganz im Gegenteil!« rief Finny und schleuderte Servietten auf den Tisch. »Unter Tränen erzählte sie mir, sie habe Herbert an seinem Sterbelager versprochen, Sarandon zu ermorden. Sie bildet sich vielleicht ein, sie hätte es getan, aber ich glaube ihr noch immer nicht. Chris, ich habe das Gefühl, als sei ich in eine seltsame Zone zwischen Tag und Nacht geraten.«

Forschend beobachtete er sie. »Interessant, wie poetisch du dich ausdrückst...«

»Süß, nicht wahr?« Sie wandte sich zum Herd, um den Fisch auf die Teller zu verteilen. »Und ich komme mir vor wie der Typ, der in Sauerstoffflaschen investiert – er weiß, daß es ihn viel Geld gekostet hat, ins Geschäft einzusteigen, aber viel mehr als Luft besitzt er nicht. Mittlerweile habe ich grandiose Tatmotive gesammelt, aber nicht den Schatten eines Beweises.«

Barelli grinste spöttisch. »Erzähl' mir, was du sonst noch herausgefunden hast.«

Eine halbe Stunde später waren ihre Mägen gefüllt, aber Finny litt immer noch an ihrem Frust. »Was die anderen betrifft – vielleicht hätte ich in Cuffys Wohnzimmer kampieren sollen, bis sie bereit gewesen wäre, mir alles über Kit zu verraten. Oder ich hätte Kit ein bißchen hartnäckiger bearbeiten können. Aber ich weiß einfach nicht, wie man mit solchen Leuten umgeht.«

»Du redest so, als hättest du alles vermasselt. Das stimmt nicht. Dachtest du wirklich, alle würden dich in ihre intimsten Geheimnisse einweihen, sobald du anfängst, Fragen zu stellen? Glaub' mir, das ist nicht so einfach.«

Finny zerknüllte ihre Serviette. »Das weiß ich. Schätzungsweise bin ich jetzt an dem Punkt angelangt, wo ich meine ursprünglichen Vermutungen in Frage stelle. Ich ziehe los, die Pistole in Vorderraststellung, von Twees Unschuld überzeugt, und da gerate ich an diese Leute, die sich einbilden, ich wollte nur zum Lunch gehen. Und zu allem Überfluß drückt Twee auch noch ganz massiv auf die Tränendrüsen, um mir weiszumachen, sie wäre eine Mörderin. Das bringt mich ganz durcheinander.«

»Willkommen im Club.« Barelli trug seinen Teller zur Spüle. »Immerhin hast du einiges rausgekriegt. Erstens – du bist dir sicher, daß Twee lügt. Zweitens – zwischen Landauer und dem Sarandon-Mädchen herrscht eindeutig dicke Luft. In dieser Hinsicht fehlen uns nur noch ein paar genauere Informationen. Drittens – wenn du den Eindruck hast, mit dem Dienstmädchen würde irgendwas nicht stimmen, muß es einen Grund dafür geben. Vielleicht hat sie was zu verbergen.« Das Hintergrundgeräusch des plätschernden Wassers verstummte, als er den Hahn zudrehte. »Was Abigail Hunter angeht – wenn ich das nächste Mal Leute suche, die auf dem hohen Roß sitzen, weiß ich, wo so ein Exemplar zu finden ist.«

»Du bist nicht unbedingt ihr Favorit.« Finny wischte sich den Schweiß von der Stirn und strich die feuchten Strähnen ihrer Ponyfransen zur Seite. »Morgen werde ich mir mal Ty Engelman vornehmen. Vielleicht bin ich hinterher schlauer.«

»Engelman? Ich erinnere mich nicht, wer das ist.«

»Auf der Party war er mit Paige Dexter zusammen – oder es sah zumindest so aus«, fügte sie langsam hinzu. »Ich unterhielt mich mit ihm, als sie auftauchte und mich praktisch aus seiner Reichweite wies.«

»Kennst du ihn?«

»Vor etwa sieben Jahren hat er bei *Templeton Associates* gearbeitet. Ich bin ein paarmal mit ihm ausgegangen.«

Barellis Lider standen auf Halbmast, aber er betrachtete sie interessiert. »Tatsächlich? Davon hast du bis jetzt nichts erwähnt.«

»Ich hatte andere Dinge im Kopf.« Geistesabwesend kratzte sie um den Rand eines Mückenstichs auf ihrer Hand herum. »Cuffy erwähnte, er würde mit Paige schlafen.«

»Wie nett.«

»Vielleicht lohnt es sich, mit ihm zu reden. Zumindest könnte ich versuchen, durch ihn an Paige heranzukommen. Was ich sonst unternehmen soll, weiß ich nicht.«

Barelli zuckte die Achseln. »Was wir alle tun – im dunkeln tappen.« Das Klingeln des Telefons durchbrach die Stille, und er nahm den Hörer ab, bevor es ein zweites Mal läutete. »Barelli. Oh, hi, Monica.«

Finny stand vom Küchentisch auf und verschwand durch die Schwingtür im Eßzimmer. Gute Manieren wurde man schwerer los als Zellulitis. Irgendwo auf ihrem Lebensweg hatte sie die Regel Nummer 483 aufgeschnappt: Gespräche zwischen dem Liebhaber und seiner Exfrau belauscht man nicht. Man geht ins Wohnzimmer und benimmt sich wie ein unbekümmerter erwachsener Mensch. Sie ertappte sich dabei, wie sie auf die Sofakissen einschlug, um sie in Form zu bringen, und verbesserte die Regel: Man versucht, sich wie ein erwachsener Mensch zu benehmen.

Als Barelli mit den Gläsern und der Weinflasche hereinkam und alles auf den Tisch stellte, riß sie gerade den Brief ihrer Mutter auf. Sie sah ihn lässig lächeln, aber sein Blick prallte von ihrem ab wie ein Querschläger. »Ich muß noch mal weg, aber vorher wollte ich was mit dir trinken.«

Ein Friedensangebot. Das bedeutete, daß Monica ihn brauchte und daß er ihre Wünsche erfüllen wollte. »Was ist los?«

»Oh, ein Zaunpfosten ist unten vermodert, und der Hund schlüpft immer wieder aus dem Garten.«

»Welch ein Notfall!« Finny beugte sich vor, griff nach der Flasche und füllte ihr Glas. Ihm schenkte sie nichts ein.

»Was hast du denn?«

Seine wachsame Miene ärgerte sie noch mehr. Es mißfiel ihr, wie sie sich fühlte, wann immer Monica anrief, und es gefiel ihr genausowenig, daß Barelli das wußte und versuchte, wie eine Katze um den heißen Brei herumzustreichen.

»Finny!« Er sank aufs Sofa und lehnte sich zurück, seine dunklen Augen fixierten ihr Gesicht. »Sprich doch mit mir!«

»Worüber?« erwiderte sie gereizt.

»Erinnerst du dich, was wir vereinbart haben, als ich hier eingezogen bin?«

»Liebe bedeutet, daß man abwechselnd das Badezimmer saubermacht?«

»Verdammt, Finny!« Er schluckte hinunter, was ihm sonst noch auf der Zunge lag, und holte tief Atem. »Ich meine den ganzen Kram über Ehrlichkeit – nur so kann man eine lohnende Beziehung aufbauen...«

»Okay, okay, ich weiß.«

»Warum regst du dich dann über Monicas Anruf auf?«

»Jedesmal, wenn irgendwelche kleinen Probleme auftauchen, belästigt sie dich. Warum kümmert sich ihr Mann nicht um diesen ganzen Quatsch?«

»Er ist wieder weg – in Washington, glaube ich, und sie hat sonst niemanden, an den sie sich wenden kann.«

Finny stieß einen übertriebenen Seufzer in die Luft. »Warum nicht, zum Teufel? Ich würde es noch einsehen, wenn es um die Kinder ginge. Das sind nämlich auch deine Kids. Aber warum hat sie in diesen zwei Jahren keine andere Schulter gefunden, an die sie sich lehnen kann, Chris? Und warum läßt *du* dich ständig von ihr ausnutzen?«

Er ließ seinen Kopf an die Sofalehne fallen. »Hör' mal, sie ist nicht so wie du. Niemals war sie unabhängig genug, um auf ihren eigenen zwei Füßen zu stehen. Das führte ja auch letzten Endes zu unserer Scheidung. Ich war nicht immer da, wenn sie mich brauchte.«

»Und jetzt fühlst du dich schuldig.« Barelli gab keine Antwort. Das war auch gar nicht nötig, und sie fügte hinzu: »Ich mag's einfach nicht... Ach, hören wir auf damit.« Sie stellte ihr Glas auf den Tisch und stand auf. »Ich hasse es, wie ein eifersüchtiges Biest rumzunörgeln, Chris. Und es ist nicht nur das.«

»Klar.« Widerstrebend erhob er sich. »Diesmal muß ich hin.«

»Okay, bis später.« Sie floh aus dem Zimmer. Zum Teufel noch mal! Wie ein kleines Kind führte sie sich auf. Was sie wirklich störte, war die Macht, die Monica immer noch auf ihn ausübte. Um Himmels willen, wegen eines Anwalts hatte sie ihn fallenlassen – was fand diese Frau eigentlich an Juristen? Trotzdem klammerte sie sich immer noch mit ihren gierigen kleinen Klauen an Chris. Aber du brauchst ihn auch, flüsterte Finnys eifersüchtige innere Stimme. Gerade jetzt.

»Finny?« Sie drehte sich um und wurde von warmen Armen umfangen. »Wir reden drüber, wenn ich wieder da bin, einverstanden?«

»Natürlich.«

Barelli drückte einen Kuß auf ihre Lippen. »Bis später.«

Die Tür fiel ins Schloß. Es war keineswegs so, daß sie nichts mit sich anzufangen wußte. Nicht nur Twees Abenteuer mit Polizei und Justiz spielten eine Rolle in ihrem Leben. Sie mußte sich ja außerdem auch noch mit ihrem Job beschäftigen. Und nun fand sie endlich Zeit, einen Teil ihres Papierkrams zu erledigen, der seit Tagen liegengeblieben war. Ja. Zum Beispiel mußte die vierteljährlich fällige Einkommensteuer-Voranmeldung abgefaßt werden. Wenn alles andere schiefläuft, schickt man diesen kleinen masochistischen Liebesbrief ans Finanzamt. Das und die vernünftig dosierte Einnahme eines Abführmittels würde für ein geordnetes Leben sorgen, in jeder Hinsicht.

Als das Telefon ein paar Minuten später läutete, atmete Finny erleichtert auf.

»Miss Aletter?« Es war Les Trethalwyn.

»Hi. Ich hab' versucht, Sie zurückzurufen.«

»Mein Telefon klingelt ununterbrochen, wie die Kirchenglocken am Ostersonntag. Wie mir zu Ohren gekommen ist, versuchen Sie, Twee Garrett in diesen schwierigen Zeiten zu helfen.«

Sie lächelte über den harmonischen Klang seiner Worte. »Wenn's ihr hilft, daß ich wie ein Elefant im Porzellanladen herumtappe und die Leute wütend mache, dann haben Ihre Ohren richtig gehört.«

»Twee hat das Konsortium sehr großzügig unterstützt. Und mir mißhagt die Vorstellung, daß jemand, der sich für die Kunst einsetzt, eine Mörderin sein sollte.«

Sie wußte nicht recht, ob er scherzte. Wenn sie nicht alles täuschte, schwang in seinen ernsten Worten eine gewisse Ironie mit. Plötzlich glaubte sie, seine dunklen Augen funkeln zu sehen, so wie damals beim Abschied auf der Party. Anscheinend hatte er sich für sie interessiert. Und sein Anruf bedeutete vielleicht, daß er dieses Interesse verfolgen wollte. Wie auch immer – von allen Leuten, mit denen sie an diesem Tag gesprochen hatte, war er der einzige, der Twees Schuld nicht als selbstverständlich hinnahm. Twee selbst eingeschlossen. Das wirkte richtig erfrischend. »Ich glaube, man kann einen Mord begehen und trotzdem einen Sinn für Ästhetik haben«, entgegnete sie. »Ist das nicht eines der alten philosophischen Argumente?«

»Wenn es um Philosophie geht, gibt es vermutlich

kaum was anderes als Argumente.« Sie lachte, und er stimmte warmherzig ein, dann fügte er hinzu: »Ich meine es ernst, wissen Sie, denn es fällt mir ziemlich schwer zu glauben, daß Twee den guten Richter erstochen haben könnte. Das ist einfach nicht ihr Stil.« Auch so kann man das Wesen eines Menschen beurteilen, dachte Finny. Die Art und Weise, wie man jemanden umbringt, ist vermutlich genauso charakteristisch wie das Parfum, das man benutzt. Welche Möglichkeiten könnten sich da für die Madison Avenue eröffnen... »Wie ich festgestellt habe, teilen nur wenige Leute Ihren Standpunkt«, erwiderte sie trocken. »Keiner meiner bisherigen Gesprächspartner und -partnerinnen hat sich bemüht, Twee für unschuldig zu halten.« Sie hielt es nicht für nötig, ihre Unterredung mit Twee zu erwähnen.

»Nun, vielleicht besitzen wir beide ein feineres Gespür als die meisten anderen. Vor allem sollte man sich im großen Kreis der Verdächtigen umschauen. Erst vor kurzem hörte ich jemanden sehr unfreundlich über den Richter sprechen.«

»Wirklich? Und wer war das?«

»Wenn ich Ihnen das verrate, könnte ich die betreffende Person in Schwierigkeiten bringen.« Seine Stimme kühlte merklich ab.

»Aber es könnte mir auch helfen herauszufinden, wer Sarandon getötet haben könnte, abgesehen von Twee.«

Trethalwyn schwieg ein paar Sekunden lang. »Selbstverständlich haben Sie recht. Geständnis hin, Geständnis her – ich müßte schon auf einer Großaufnahme sehen, wie Twee die Tat verübt, um zu glauben, daß sie sich auf diese Weise einer ihrer Partygäste entledigen würde.« Nun kehrte der warme, humorvolle Unterton in seine Stimme zurück. »Twee war immer eine ganz phantastische Gastgeberin.«

»Ja«, bestätigte Finny, und ihre Finger umklammerten den Hörer etwas fester. Ein Foto. Mist, warum hatte sie nicht früher daran gedacht?

»Also, der Mann, den ich über den Richter reden hörte, und zwar sehr ausführlich, war Ty Engelman. Zu meinem Bedauern muß ich allerdings bezweifeln, daß das irgendwie mit der jetzigen Situation zusammenhängt. Nun will ich Sie nicht länger aufhalten. Ich wollte Ihnen nur versichern, wie sehr ich Ihre Bemühungen zu schätzen weiß, im Gegensatz zu anderen Leuten. Und wenn ich Sie irgendwie unterstützen kann, melden Sie sich bitte.«

Sie hörte kaum zu. »Danke.«

»Gute Nacht.«

»Ja, gute Nacht.« Finny legte den Hörer auf die Gabel. Der Fotograf. So deutlich, als würde er hier, vor ihr, am Kamin stehen, tauchte sein Gesicht in ihrer Phantasie auf. Langes schwarzes Haar, das seinen weißen Hemdkragen berührte. Dunkle Augen, voller Verachtung für die Leute, die er knipste. Sie hatte seine Existenz völlig vergessen. Den ganzen Abend mußte er Fotos gemacht haben. Gab es da irgendeinen Schnappschuß, der beweisen konnte, daß Twee nicht die Mörderin des Richters war? Oder noch besser – war eine Szene festgehalten worden, die den Verdacht auf jemand anderen lenkte? Aber der Mann war sicher von der Polizei verhört worden, und Chris hatte keine Fotos erwähnt.

Sie schaute auf ihre Uhr. Zehn vor neun. Wenige Sekunden später blätterte sie in ihrem Telefonbuch, auf der Suche nach Abigail Hunters Nummer, beinahe überzeugt, sie würde nicht darin stehen. Aber sie irrte sich.

Hastig nahm sie den Hörer ab und wählte die Nummer. Vom Glück war sie heute nicht gerade verfolgt: besetzt.

Und dann fiel ihr ein, was Les sonst noch gesagt hatte. Ty Engelman. Der Name begleitete die Tagesereignisse. Erst Cuffys Enthüllung über seine Liaison mit Paige, jetzt Les Trethalwyns Information.

Sie hatte gewußt, daß Tys Verhalten nicht ganz der Norm entsprach. Aber ein Mord? Plötzlich erinnerte sie sich, wie er Paige auf der Party angeschaut hatte – als wäre er dem Verdursten nahe und sie das ersehnte Wasser.

Ein kalter Schauer rann über Finnys Rücken.

Fallstrick

Sie wartete auf Miguel, der im Bad war. Das Rauschen der Dusche verspottete die heiße, stickige Luft im Schlafzimmer. Bianca zog die blaue Chenille-Decke zur Seite und schüttelte die beiden Kissen auf. Dann strich sie unsichtbare Falten glatt und überlegte, ob sie irgend etwas sagen sollte.

Von einer Dampfwolke begleitet, kam er aus dem Bad. Nackt trottete er an ihr vorbei, legte sekundenlang eine Hand auf ihre Hüfte, ging dann zur Kommode, um in einer Schublade nach Shorts und Socken zu wühlen.

»Miguel?«

»Ja?« Er stieg in Shorts, zog sie über seine braunen Beine nach oben.

»Was tust du?«

»Ich ziehe mich an.« Er schaute über seine Schulter, wich aber ihrem Blick aus. »Habe ich dir das nicht erzählt? Wieder mal eine Hochzeit. Es wird nicht allzu lange dauern.«

Sie spielte mit dem obersten Knopf ihrer Uniform und vermied es, ihn anzuschauen. Die drückende Last ihres Schweigens irritierte ihn. »Was hast du, *Jita*?«

Zögernd fragte sie: »Was tust du?«

Rasch blickte er wieder weg. »Das habe ich dir doch gesagt...«

»Nein, Miguel. Du hast dich geändert.« Bianca legte eine Hand auf ihr Herz. »Das spüre ich hier drin.«

Er schlüpfte in seine Jeans, zog den Reißverschluß zu und ging zu ihr. »He, was soll das?« Er umarmte sie, seine Hand glitt über ihren Bauch. »Das liegt am Baby. In diesem Zustand bildest du dir alles mögliche ein.«

Bianca schloß die Augen. Wenn sie für immer in seinen Armen bleiben könnte, würde sich alles zum Guten wenden. Aber die Angst in ihr lebte genauso unerschütterlich weiter wie das Kind in ihrem Leib. Langsam befreite sie sich von Miguel und schaute in seine Augen. »Nein.«

Seufzend ließ er seine Arme sinken und wandte sich ab. »Du brauchst dir keine Sorgen zu machen. Im Augenblick arbeite ich an einer bestimmten Sache.«

»An welcher?« Sie beobachtete, wie er ungeduldig seine Socken anzog. »Sag' es mir.«

»Nichts Wichtiges«, lautete die mürrische Antwort. »Du mußt dich nicht aufregen.«

Unglücklich preßte sie die Hände zusammen. »Miguel, *te amo.*«

»Ich liebe dich auch.«

»Dann erzähl' mir die Wahrheit. Du wolltest ihn bestrafen, diesen Richter – Elena zuliebe. Und jetzt verstehe ich gar nichts mehr. Ich fürchte mich so.«

Da sah er sie wieder an mit seinen tiefbraunen Augen, die sie in seine Seele zu zerren schienen, betrachtete sie so kühl, daß sich alle ihre Muskeln anspannten. »Ich habe Mittel und Wege gefunden, um zusätzlich etwas Geld zu verdienen. Das ist alles – nur ein paar Dollar mehr für das Baby.«

Bianca schüttelte den Kopf. »Es hängt mit dem Mord zusammen, *si*? Sag es mir, Miguel!«

Seine Lippen verzogen sich. »*Mas vale matar dos pájaros de un tiro.*«

»Was meinst du?« Ihr Mund fühlte sich so trocken an wie Watte.

»Zwei Vögel, *Jita*. Der Stein, den ich benutze, wird zwei Vögel mit einem Schlag töten.«

»Miguel...«

Er verknotete die Schnürsenkel seiner Schuhe und richtete sich auf. »Ein bißchen Gerechtigkeit – das ist alles, was ich will, *Chica*. Ein wenig Gleichberechtigung.« Kalter Hohn schwang in seiner Stimme mit. »Und die kriege ich nur, wenn ich selber was unternehme. Endlich habe ich etwas gefunden, das mir weiterhelfen wird.«

»Was für ein Fotograf?« Die Ungeduld in Abigail Hunters Stimme drang so deutlich durch die Telefonleitung wie die Musikberieselung in einem Supermarkt. »Ich war die einzige Reporterin auf Twees Party, und ich fand das Ereignis nicht wichtig genug, um einen Fotografen mitzuschleppen.«

Finny schnitt eine Grimasse über ihrer Kaffeetasse. Subtiles kleines Ding… »Wer war dann der Kerl, der da geknipst hat? Den konnte ich kurz vor Sarandons Ermordung ganz deutlich sehen.«

»Keine Ahnung. Vielleicht ein Freiberufler. Viele Leute engagieren sie und versuchen, das Zeug dann an uns zu verhökern.«

Finny kritzelte Würfel und Dreiecke auf den Notizblock neben dem Telefon. »Ich hatte ihn völlig vergessen, bis gestern abend. Wo kann ich was über ihn herausfinden?«

»Da fragen Sie *mich*?« Abigails Stimme war so trocken wie eine Sandwüste. »Wenden Sie sich lieber an Twee. Die hat schon oft Publicity-Experten engagiert. Vielleicht ist es ihr diesmal gelungen, einen echten Könner zu finden.«

»Publicity-Experten?« Der Bleistift zeichnete die Kurven eines fliegenden Vogels, vielleicht einer Möwe.

»Was glauben Sie denn, wie wir von all diesen Partys erfahren? Meinen Sie, Twee tippt Presse-Infos über ihre kleinen Aktivitäten?«

»Ich verstehe. Wissen Sie, wen sie früher beschäftigt hat?«

»Nein. Warum fragen Sie die gute Twee nicht selber?« Honigsüß.

Die Bleistiftspitze schattierte die Klinge eines Messers – eines sehr scharfen Messers. Hätte ich bloß daran gedacht, warf sich Finny vor. »Vielen Dank.«

»Keine Ursache.« Die diskrete Art, in der Abigail den Hörer auflegte, sprach Bände.

Finny schleuderte den Bleistift auf die Küchentheke. Klar, sie konnte Twee fragen. Sie würde einfach zur Haustür gehen und mit offenen Armen aufgenommen werden. Und jeden Moment würde ein Scheck über eine Million Dollar vom *Publisher's Clearing House* auf ihrer Schwelle landen.

Barelli wußte auch nichts über den Fotografen. Ungeduldig hatte sie am vergangenen Abend auf seine Heimkehr gewartet, nachdem er so versessen darauf gewesen war, bei Monica den Retter in höchster Not zu spielen.

Er interessierte sich für Les Trethalwyns Bemerkungen über Ty, aber als sie den Mann mit der Kamera erwähnte, blinzelte er verständnislos. »Ich hab' mit keinem Fotografen geredet.«

»Doch, ganz sicher. Er schaute drein, als wäre Twees Gästeschar das Schlimmste nach Zahnfleischschwund.

Und er stand neben diesem großen Gemälde, dem Picasso-Verschnitt.«

Barelli schüttelte den Kopf. »Tut mir leid, der ist mir nicht aufgefallen.«

Ihre Gedanken überschlugen sich. »Kommt dir das nicht komisch vor? Du und die anderen Bullen – ihr habt doch mit allen auf dieser Party geredet.«

»Das dachten wir.« Er strich über sein Kinn. »Aber vielleicht ist er früher gegangen. Oder er machte sich aus dem Staub, bevor wir alle zusammentrommeln konnten.«

»Warum sollte er das tun, wenn er sich keiner Schuld bewußt war?«

Zynisch grinste er. »Du würdest staunen, wie viele Leute keine Lust haben, mit uns zu plaudern.«

»Oh, ich weiß nicht...« Sie ignorierte seine Faust, die einen Scheinangriff gegen ihr Kinn richtete. »Wenn er nun William Sarandon getötet hat? Er hätte unbemerkt durch den Hinterhof fliehen können.«

Barelli hob die Brauen. »Da sehe ich ein gewisses Problem.«

»Du sagtest doch selber, daß viele Leute gute Gründe hatten, Sarandons Tod herbeizusehnen.«

»Ja, aber warum zum Teufel sollte Twee lügen, um den Arsch eines Fotografen zu retten? Das ergibt keinen Sinn.«

»Scheiße.« Blicklos starrte Finny auf ein Loch in ihrer Socke. »Vielleicht ist er mit ihr befreundet, so wie ich, und sie versuchte, ihn zu lancieren...«

»Und um ihm zu helfen, hat sie einen Mord gestanden? Komm schon, Finny! Wenn du anfängst, eine Theorie aufzustellen, mußt du dich gewaltig anstrengen, damit du nicht alles so zurechtbiegst, daß es ins Bild paßt. Und falls Twee wirklich jemanden schützen will, muß sie einen stichhaltigen Grund dafür haben. Das Gefängnis liegt ziemlich weit vom Country Club entfernt. Die Rettung eines Fotografen dürfte sie wohl kaum zu einem solchen Tapetenwechsel veranlassen. Es sei denn, er ist ihr verloren geglaubter, endlich heimgekehrter Sohn.«

»Klar, ihr selbstmordgefährdeter Sohn. Alle die möglichen oder unmöglichen Beziehungen zwischen diesen Leuten machen mich ganz krank. Teufel noch mal, Chris, wenn ich Twee doch bloß zur Vernunft gebracht hätte!«

Er legte einen Arm um ihre Schultern. »Gehen wir ins Bett. Vielleicht widerruft sie ihr Geständnis.«

Aber der nächste Morgen war angebrochen, und Twee hatte nichts dergleichen getan.

Also mußte Ty Engelman um Informationen über Paige gebeten werden. Finny hatte seine Nummer gewählt, um sich vor der Fahrt zu Corinne in die Höhle des Löwen zu wagen, aber nur eine superoriginelle, auf Band gesprochene Mitteilung gehört. Gab es heutzutage noch irgend jemanden, der keinen Anrufbeantworter besaß? »Hi, hier ist Ty, und ich kann es kaum erwarten, mit Ihnen zu reden. Erlösen Sie mich und sagen Sie mir Ihre Nummer, hmmmm? Ich verspreche, sofort zurückzurufen.«

Als dieses Geschnurre in ihr Ohr drang, bereute sie, daß sie den Hörer nicht mit einem Papiertaschentuch angefaßt hatte. In brüskem Ton nannte sie ihren Namen. Wie zum Teufel reagieren Männer auf diesen Quatsch, wenn sie ihn anrufen, überlegte sie, während sie Corinnes Nummer angab.

Sie trommelte mit den Fingern auf die Küchentheke,

und es drängte sie, zu arbeiten, zu hämmern, zu sägen, irgendwas zu *tun*.

Der Vormittag verstrich, und bisher hatte sie nichts vorzuweisen außer ihrem Frust. Zwischen den dicken Telefonbüchern suchte sie nach dem Adreßbuch aus Börsenzeiten. Der graue Ledereinband fühlte sich glatt und kühl an. Sie blätterte in den Seiten, überflog die Namen – andere Börsenmakler und -maklerinnen, Kontaktpersonen, Klienten, eine präzise Zusammenfassung ihres früheren Lebens. Irgend jemand von den Leuten, die sie damals gekannt hatte, konnte ihr vielleicht Anhaltspunkte liefern.

Woody Jordan. Genau. Der hatte fast dreißig Jahre lang in der Seventeenth Street gearbeitet, und was er nicht über die Szene wußte, zählte nicht.

Seine Sekretärin meldete sich mit tiefer, schwüler Stimme, und Finny dachte an die Gerüchte über Woodys Vorliebe für hübsch verpackte weibliche Kompetenz. Niemand wußte, ob er tatsächlich mit seinen Angestellten schlief, aber die Vermutung lag nahe. Sie nannte ihren Namen, eine kurze Pause entstand, dann erklang das rauhe Dröhnen, an das sie sich so gut erinnerte. »Fiiiinny, du süüüüßes junges Ding? Wooo zum Teufel hast du dich die ganze Zeit versteeeeckt?«

»Mein Gott, Woody, was ist denn mit dir los? Hast du dir Texanerblut injizieren lassen?«

»Unsinn, du weißt doch, daß ich ein Südstaatengentleman bin.«

Sie grinste. »Aus dem südlichen New Jersey, du Schwindler. Was treibst du jetzt?«

Ein heiseres Kichern kitzelte ihr Ohr, und sie sah ihn deutlich vor sich – stämmig, mit zerzaustem grauem Haar, die Knollennase von der Sonne und vom Suff gerötet, funkelnde babyblaue Augen zwischen Fleischfalten. »Du würdest nicht glauben, wie viele Leute auf mich reinfallen. Irgendwie krieg ich's immer hin, daß sie mich für vertrauenswürdig halten. Zum Schreien komisch, was?«

»Wen mußt du denn von deiner Vertrauenswürdigkeit überzeugen, Woody? Du hast doch immer nur dann Klienten verloren, wenn sie gestorben sind.«

Er lachte wieder. »Aber ich langweile mich, Zuckerpüppchen, und ich muß mir was Neues ausdenken, um mich zu amüsieren. Übrigens, was hab' ich da von dir gehört? Du schwingst einen Hammer?«

»Ja, ich bin aus der Börsenbranche ausgestiegen. Die ging mir allmählich auf den Geist. Das hing irgendwie damit zusammen, daß ich manchmal Lehrgeld zahlen mußte und keine feindseligen Gesichter mehr sehen wollte.«

»Hier bekommst du jederzeit einen Job, falls du die ehrliche Arbeit mal satt hast.«

Finny kicherte. »Danke. Ich fühle mich zwar sehr wohl mit meinem Hammer, aber ich weiß dein Angebot zu schätzen.«

»Wann immer du willst, Schätzchen.«

»Ich rufe dich wegen Ty Engelman an, Woody. Kennst du ihn?«

»Engelman? Klar.« Sie hörte eine Stimme im Hintergrund, und Woody murmelte irgend etwas über Papiere. »Das ist doch der Typ, der von Templeton rausgeworfen wurde.«

Sie runzelte die Stirn. »Was meinst du?«

»Vor vier oder fünf Jahren – damals warst du doch noch in der Branche, nicht wahr?«

»Ja, aber ich erinnere mich nicht...«

»Engelman hatte was mit einer Klientin – mit einer

Dame, die namenlos blieb, ob du's glaubst oder nicht. Er konnte seinen Hosenschlitz einfach nicht zumachen, oder er verlor den Verstand. Wenn er auch niemals offiziell angeklagt wurde – angeblich frisierte er irgendwelche Zahlen, natürlich zugunsten der Lady.«

»Ist das ein Witz? Davon habe ich nie gehört.«

Woody schnaufte. »Du interessierst dich nicht mehr für Klatschgeschichten, seit du in dein Haus gezogen bist und im Sägemehl wühlst.«

»Ja, aber – mein Gott…«

»Jedenfalls wurde Engelman rausgeschmissen, und man legte ihm nahe, nie wieder einen Fuß über Templetons Schwelle zu setzen. Seither höre ich nicht mehr viel von ihm. Tony Spurvey, erinnerst du dich an ihn? Schieferöl? Also, der erwähnte Engelman vor ein oder zwei Jahren und sagte, er würde jetzt mit Versicherungen hausieren.«

»Versicherungen? Du meinst so was wie Lebensversicherungen?«

»Kann schon sein…« Im Hintergrund erklangen aufgeregte Geräusche. »Was zum Teufel ist denn los, Giselle?«

Finny unterdrückte ein Kichern. Giselle!

»Da warten ein paar Klienten«, brüllte Woody ins Telefon. »Ich muß Schluß machen.«

»Ich bin dir sehr dankbar für deine Hilfe, Woody.«

»Oh, das wird dich schon noch was kosten, Daaarling.« Er legte sich wieder seinen Akzent zu, als wäre er in ein Jackett geschlüpft. »Wir müssen mal zusammen was triiinken.«

»Ich lade dich ein. Und übertreib's nicht mit deinem Akzent, Woody, sonst wirst du noch über deine eigene Zunge stolpern.«

»Immer noch besser, als würde ich über was anderes stolpern, mein Honigmäulchen.« Sein tiefes Gelächter donnerte durch die Leitung. »Paß auf dich auf.«

Finny legte den Hörer auf die Gabel, und ihr Lächeln erstarb, während sie über die soeben erhaltenen Informationen nachdachte. Ty war auf der Karriereleiter ziemlich weit nach unten gefallen. Und diese Talfahrt hatte sich vielleicht auch noch in anderer Hinsicht ausgewirkt. Wie nahe stand er Paige Dexter? Und was würde er alles tun, um auch weiterhin in ihrer Nähe zu sein? Bis jetzt hatte er sich nicht dazu herabgelassen, zurückzurufen und Finnys Neugier zu befriedigen.

Die Schraubzwinge stöhnte ihr Leid, als Finny die Verkleidung an der Seitenwand des Schranks anbrachte. Wenn sie Glück hatte, würde das Möbelstück am Ende des Tages für die Grundierung fertig sein. Mit einer zusätzlichen Drehung zog sie die Schraube noch fester. Morgen wollte sie mit den Türen anfangen. Genüßlich strichen ihre Finger über das Holz.

»Sieht sehr hübsch aus.« Corinne stand hinter ihr, einen Stapel Badetücher in den Händen. Durch das Flurfenster fiel Sonnenschein herein und funkelte in ihren randlosen Brillengläsern.

Finny zeigte mit dem Kinn auf die Handtücher. »Nächste Woche werden Sie das alles da hineinräumen können.«

»Sehr gut. In alten Häusern findet man nie genug Platz für seine Sachen. Wahrscheinlich hatten die Leute früher nicht soviel, nicht einmal die Reichen.«

»Hm.« Finny zog die letzte Schraube fest. Als sie sich umdrehte, war Corinne gegangen.

Eine halbe Stunde später lief sie nach unten, um

Schleifpapier aus ihrem Lieferwagen zu holen. Corinne stand in der Küche am Spülbecken und wusch die Erdbeeren, die sie an diesem Morgen gepflückt hatte. Sie lächelte, während Finny durch die Hintertür in den Garten ging, in ein üppiges Blumenmeer.

Im runden Mittelbeet hielten dicke, altmodische Rosen Hof, mit Blütenblättern in verschwenderischer Fülle und einem Aroma, das die Bienen benebelte und die Zeit zu verlangsamen schien. Kornblumen, Tabakspflanzen, Wunderblumen mit Knospen, die bis zum kühlen Abend fest geschlossen bleiben würden, Margeriten und Löwenmäulchen wucherten über Phloxranken. Finny wanderte durch die blumigen Düfte, die Augen träumerisch angesichts dieses luxuriösen nostalgischen Gartens. Nicht zum erstenmal überlegte sie, daß die angeblich so prüden Viktorianer es damals viel besser gehabt hatten als die Leute heute mit all den sinnlichen Exzessen. Die Pornoläden und zweitklassigen Filme konnten dem erotischen Überfluß der Natur nicht das Wasser reichen.

Als sie ins Haus zurückkehrte, hielt ihr Corinne den Telefonhörer hin. »Für Sie.«

Finny hob ihn ans Ohr. »Aletter.«

»Hi, Finny, hier ist Ty. Was kann ich für dich tun?«

Ihre Finger verkrampften sich. »Ah, Ty, danke für deinen Rückruf. Ich muß unbedingt mit dir reden.«

Seine Stimme verströmte eine schleimige Selbstgefälligkeit, von der ihr fast übel wurde. »Nun, da bin ich. Worüber willst du mit mir reden?«

Plötzlich verspürte sie schmerzliche Trauer. Er kam ihr so vor wie einer dieser schäbigen Typen, die Single-Bars für ihren natürlichen Lebensraum hielten. So war er während der Liaison mit ihr nicht gewesen. Ein bißchen verrückt: ja; widerlich: nein. »Das kann man am Telefon schwer erklären.« Sie machte eine kleine Pause. Welche Taktik sollte sie anwenden – ohne Umschweife ihr Anliegen vorbringen oder sich auf ein Wortgeplänkel einlassen? »Ich versuche, Twee Garrett zu helfen. Du weißt doch, es geht um den Mord an Richter Sarandon.«

»Was hat das mit mir zu tun?« Tys Stimme war von Sirup zu Eiswürfeln übergewechselt.

Sie holte tief Atem. »Ich hatte den Eindruck, daß du und Paige Dexter...«

»Moment mal.« Heftiger Zorn fegte den letzten Rest der schmeichlerischen Politur davon. »Was hat das alles zu bedeuten?«

»Hör' mal, Ty, ich rede nur mit ein paar Leuten, die am Sonntag auf Twees Party waren, weil ich nicht glaube, daß sie Sarandon getötet hat.«

»Jetzt muß ich was erledigen, Finny. Danke für deinen Anruf.« Laut und endgültig klickte es in der Leitung.

»Scheiße.« Langsam legte sie auf. Zum Teufel, sie hatte nicht die geringste Chance erhalten, ihm irgendwelche Informationen zu entlocken.

»...schade, daß Sie solche Probleme haben.«

»Was?« Sie schaute zu Corinne hinüber. »Tut mir leid, ich hab' nicht zugehört.«

»Das überrascht mich nicht.« Mitfühlend schnalzte Corinne mit der Zunge. »So geht's mir immer, wenn ich ein Kreuzworträtsel in der *New York Times* lösen will. Man hat genug Buchstaben beisammen und glaubt, nun hätte man das Wort endlich rausgekriegt, aber dann merkt man, daß man noch weit davon entfernt ist.«

»Das ist eine ziemlich präzise Beschreibung meiner

derzeitigen Situation.« Finny lehnte sich mit der Hüfte an die Küchentheke. »Aber mir fehlt mehr als nur ein paar Buchstaben.«

»Kein Wunder!« Als Corinne die Stirn runzelte, warfen auch ihre Apfelbacken erschreckende Falten. »Was können Sie schon machen, wenn die Person, deren Unschuld Sie beweisen wollen, stur bei ihrem Mordgeständnis bleibt?«

Finny lächelte über die Verachtung in der näselnden Stimme. »Seit einiger Zeit versuche ich ziemlich erfolglos, mit den Leuten zu sprechen, die Twee nahestehen. Vor allem mit Paige Dexter.«

Kühles Wasser rieselte aus dem Hahn auf die Beeren in Corinnes Händen. »Waren Sie schon bei ihr?«

»Noch nicht, aber das steht auf meinem Programm.«

»Eine gute Idee.« Corinne hörte auf, winzige Blätter zwischen den Beeren hervorzuzupfen, und drehte das Wasser ab. »Was wollen Sie jetzt tun?«

»Ich werde noch ein bißchen an Ihrem Schrank arbeiten und meine Werkzeuge saubermachen. Dann fahre ich zu Paige Dexters Haus und sehe, was die Lady zu sagen hat. Ich wäre keineswegs erstaunt, wenn sie irgend etwas über Sarandons Tod wüßte.«

»Was, William Sarandons Witwe?« Corinne schaute so schockiert drein, als hätte Finny ihr vorgeschlagen, auf dem Kiefernholztisch einen Bauchtanz zu vollführen.

»So was soll schon mal vorgekommen sein.«

»Trotzdem…« Corinne kräuselte die Lippen. »Es ist schon ungehörig genug, daß sie so bald nach dem Tod des Richters eine Einladung gibt. Aber wenn Ihre Vermutung stimmt, Finny, wenn sie tatsächlich die Schuld am Tod ihres Mannes trägt – dann ist es geradezu ungeheuerlich.«

»Eine Einladung?«

»Allerdings.« Eine dünne Hand zeigte auf die Zeitung, die ordentlich zusammengefaltet an ihrem üblichen Platz auf den Sideboard lag. »Heute gibt sie einen Wohltätigkeitslunch. Ein Skandal!«

»Was Sie nicht sagen.« Finny warf einen Blick auf die Pendeluhr, die im obersten Fach des Sideboards stand. Zehn Uhr zweiundvierzig. »Wann soll denn der Lunch beginnen?«

»Um halb eins, im Bellicombe Mansion.«

»Ist ja todschick.« Finny ließ sich die Idee durch den Kopf gehen. Wenn sie bei diesem Lunch auftauchte, könnte sie ein sehr lobenswertes Ziel erreichen, denn Paige würde wahrscheinlich einem Herzanfall erliegen. Aber das Problem blieb bestehen. Wie zum Teufel sollte sie jemals etwas herausfinden, wenn sie's nicht schaffte, mit den Leuten zu reden, die Twee am nächsten standen?

»Sie sollten sofort aufbrechen, dann haben Sie noch Zeit, sich umzuziehen.«

Finny schaute in Corinnes Gesicht und grinste, als sie die Bosheit in den Augen der älteren Frau las. »Vielleicht muß ich Sie anrufen, damit Sie die Kaution für meine Freilassung stellen.«

»Wann immer Sie mich brauchen, bin ich da.« Corinnes schmale Finger pochten gegen ihre Brust. »Du meine Güte, ich kann es kaum erwarten, in allen Einzelheiten zu hören, was beim Lunch passieren wird. Versprechen Sie, mich anzurufen.«

»Sie werden die erste sein.« Finny schnallte ihren Werkzeuggürtel ab und eilte zur Treppe. »Ich räume nur rasch das Zeug aus dem Weg, bevor ich gehe.«

»Seien Sie nicht albern.« Corinne folgte ihr und schob

sie zur Haustür. »Das mache ich schon. Sie haben was Besseres zu tun. Verschwenden Sie keine Zeit.«

»Verzeihen Sie, was haben Sie gesagt?« Die Hüterin der Gästeliste bekundete unverhohlenes Entsetzen. Langsam gefror ihr Lächeln, während sie Finny musterte, die ein hochelegantes naturfarbenes Leinenkostüm und einen »Ich-gehörehierher«-Ausdruck im Gesicht trug.

»Man hat mir erklärt, man würde die Eintrittskarte für mich hinterlegen – schätzungsweise bei Ihnen.« Lässig zog Finny eine Braue hoch, was den Drachen aber nicht sonderlich beeindruckte.

»Aber ich finde Ihren Namen nicht.« Die Frau beugte sich wieder über die Liste, und ihr gelacktes Haar spiegelte das Licht der Lampe wider, deren großgliedrige Kette in den oberen Regionen des Raums verschwand, in Himmelsnähe.

»Die letzte Woche war einfach zuviel für Paige, daran muß es wohl liegen.« Finny versuchte, indifferent und gleichzeitig mitfühlend zu sprechen.

»Oh, natürlich.« Ebenmäßige Zähne bissen in eine zinnoberrote Unterlippe. »Nun, es ist zwar ungewöhnlich, aber wenn Sie einfach hineingehen, ist das sicher in Ordnung. Oh«, fügte sie hinzu, und ihre Finger packten Finnys Ärmel. »Buchstabieren Sie mir doch bitte Ihren Namen für die Platzkarte.« Die andere Hand zuckte zur Schönschreibfeder und dickem Büttenpapier.

»Selbstverständlich.« Finny buchstabierte ihren Namen und schaute sich aus den Augenwinkeln nach Leuten um, die sie vielleicht kannten. Sie kam sich vor wie eine Bankräuberin.

»So, nun ist alles erledigt.« Die Frau schwenkte das Kärtchen, damit die Tinte schneller trocknete. »Mal sehen...« Sie studierte die Sitzordnung zu ihrer Rechten. »Am besten plaziere ich Sie am Tisch sieben – da sind offenbar noch ein paar Stühle frei.«

»Danke.« Finny ging weiter und widerstand dem Impuls, ihre Schritte zu beschleunigen. Nach allem, was sie beobachtet hatte, war anmutige Gelassenheit in und nervöse Hast out. Sie haßte es, Rollen zu spielen, die ihrem Typ widersprachen.

Das Bellicombe Mansion war um die Jahrhundertwende von Jedediah Bellicombe erbaut worden, der Waren zwischen St. Louis und Denver transportiert und damit ein Vermögen gemacht hatte. Der Palast sollte ihn über seine bittere Enttäuschung hinwegtrösten, nachdem es seiner einzigen Tochter nicht gelungen war, in den europäischen Hochadel einzuheiraten, trotz seines formidablen Bankkontos und ihres passablen Aussehens. Der architektonische Ausdruck seiner »Wir-sind-genauso-gut-wie-ihr«-Überzeugung hatte einen Mischmasch aus deutscher Funktionalität und märchenhaftem Dekor zustande gebracht. Zum Beispiel erhob sich an der Ecke des L-förmigen Bauwerks ein Zinnenturm, kleinere Türme markierten die beiden Enden.

Finny war durch einen Torbogen eingetreten und hatte beinahe geglaubt, im Halbdunkel hoch über ihrem Kopf die Stäbe eines Fallgitters auszumachen. Wie sie jetzt auf dem Weg zum Ballsaal feststellte, war das Fallgitter noch vergleichsweise harmlos. Doppelte Spitzbogenfenster schmückten die hohen, stattlichen Mauern, polierte Steinböden schienen sich in der Unendlichkeit zu verlieren. Darüber schwebten die Schmetterlingsfarben und Tausend-und-eine-Nacht-Düfte der Frauen, die mit manierlichem Gelächter und gedämpften Stimmen die edle Luft erfüllten.

Mit einem schwachen Lächeln auf den Lippen glitt Finny zwischen den Gesprächsgruppen hindurch und warf ungläubige Blicke auf die Wandteppiche, die von der weitentfernten Decke des Saals herabhingen. Einige Leute nickte ihr zu, darunter zwei kurzsichtige Frauen, die sie noch nie gesehen hatte, und sie erwiderte den Gruß. Paige Dexter ließ sich nicht blicken.

»Verzeihen Sie.« Die *grande dame*, mit der sie zusammengestoßen war, verlieh der Farbe Lavendelblau eine neue Bedeutung, von den lackierten Haarwellen bis zu dem eleganten Kleid, offenbar für eine Frau mit einer um fünf Nummern kleineren Größe entworfen.

»Nein, ich muß um Entschuldigung bitten.« Finny versuchte, ihre Lippen zu einem überzeugenden Lächeln zu verziehen. »Ich habe jemanden gesucht.«

Das Lächeln wurde nicht erwidert. »Sind Sie nicht diese Miss Aletter?« Das Kinn der Frau verkantete sich in unerschütterlicher Gewißheit. »Sie waren doch der Ehrengast auf der Party, wo William Sarandon umgebracht wurde.« Die Augen, die aus faltigem Fleisch hervorspähten, funkelten maliziös. »Twee ist an jenem Abend wirklich übers Ziel hinausgeschossen, nicht wahr?«

»So kann man's auch ausdrücken.« Finny nahm Zuflucht zu ihrer eigenen Version von Arroganz. »Wie war doch gleich Ihr Name...?«

Die alte Frau wischte diese Frage mit einer plumpen Handbewegung beiseite. »Twee Garrett hätte doch den englischen Hochadel engagiert, um die Vorspeisen herumzureichen, wenn sie geglaubt hätte, es könnte die allgemeine Aufmerksamkeit auf ihre Partys lenken.« Verächtlich schnaufte sie. »Ich war wirklich nicht sonderlich überrascht, als ich erfuhr, daß sie ihren kleinen Mord auf ihrem eigenen Empfang begangen hat. Außerdem ist sie eine Cudlow, wissen Sie. Gewalttätige Leute, diese Cudlows. Übrigens, mein Name ist Emeline Hanratty.«

Finnys Augen verengten sich. »Sie müssen eine ihrer liebsten Freundinnen sein.«

Die alte Frau schnaufte wieder. »Wir kennen uns schon seit der Schulzeit.«

»Entschuldigen Sie mich«, murmelte Finny und blickte über Emelines Schulter hinweg. Paige Dexter war durch eine Seitentür, die etwa halb so groß wie Rhode Island war, hereingekommen und ging nun zum größten Tisch, begleitet von vier oder fünf Frauen, die sie umringten wie übereifrige Zerstörer ein Schlachtschiff. Ihre Trauerkleidung bestand aus einer lindgrünen Robe mit cremefarbenen Paspeln, zweifellos maßgeschneidert, während sie stundenlang in stehender Haltung verharrt hatte.

Finny zwängte sich zwischen den Frauen hindurch, die sich jetzt, immer noch schwatzend, en masse den Lunch-Tischen näherten wie Pilgerinnen einem Schrein. Die Dekoration des Haupttisches, eine Laube voller Pastellblumen und Vögel, provozierte die Frage, wer diesmal der Ehrengast sein mochte: Franz von Assisi oder Charles Audubon.

»Meine Damen, nehmen Sie doch bitte Platz.« Leises Knistern untermalte die sanfte Mikrophonstimme. Die dünne, sonnengebräunte Blondine stand hinter dem blumengeschmückten Podium und lachte leichthin, den Damen zuliebe, die bereits an der Haupttafel saßen. Was soll man machen, fragte ihr Schulterzucken.

Das dichte Stimmengewirr verebbte nicht. Es bewegte sich wie eine Parfumwolke mit den Frauen, die wie Libellen – mit Designerflügeln – zu den rosa und lila gedeckten Tischen schwebten. Finny entdeckte Cuffy inmitten pastellfarbener Modelle.

Tisch sieben war nur zur Hälfte besetzt, und sie musterte ihre Lunch-Gefährtinnen, die man offenbar an die zweite Stelle verbannt hatte. Oder sie entstammten dem Farmermilieu. Die Atmosphäre erinnerte an kunstgestopfte Wollseide und *les temps perdus.* »An diesem Nachmittag müssen wir eine ganze Menge erledigen«, verkündete die Blondine am Podium, dann nannte sie die Namen der Personen, die für das Programm verantwortlich waren. Finny beobachtete die etwa hundert Frauen, die halbherzig der Einführung dieser Arbeitsbienen lauschten und gedämpft applaudierten, während sich eine nach der anderen erhob, wie Präriehunde, die hinter ihren Hügeln hervorkommen, wenn sie Anerkennung wittern. »Und wir müssen unserer Gastgeberin danken, die diese Zusammenkunft ermöglicht hat und ohne die wir nicht in so elegantem Stil beisammensitzen könnten. Vor diesem gesellschaftlichen Höhepunkt mußte sie schwere Zeiten durchmachen. Darf ich unsere Präsidentin zu mir bitten – Paige Dexter.«

Der ganze Raum schien zu seufzen, als die Frauen aufstanden und lebhaften Beifall spendeten. Nach der obligatorischen Weigerung, hinters Mikrophon zu treten, schritt Paige – ganz die gute Sportskameradin – anmutig zum Podium. Während der Tumult verklang, stützte sie sich mit beiden Händen auf die Holzkante und neigte sich vor, das makellose Gesicht voll konzentriert. »Christine hat bereits vielen Damen gedankt, die unermüdlich tätig waren, um den Erfolg unserer heutigen Wohltätigkeitsveranstaltung zu sichern. Natürlich verdient jede einzelne, namentlich erwähnt zu werden, aber wir alle sind hungrig und freuen uns auf die Köstlichkeiten, die uns erwarten.« Sie machte eine Pause, um den Lohn eines vielstimmigen Gelächters einzuheimsen. Dann nahm ihre Stimme einen ernsten Klang an. »Wir alle genießen den Vorzug einer umfassenden Bildung. Für Frauen in unserer Position ist es wichtig, diese Privilegien mit den weniger Glücklichen zu teilen. Ich bin sehr froh, Ihnen mitteilen zu können, daß dieser Lunch über viertausend Dollar eingebracht hat, die der Fonds zur Alphabetisierung erhalten wird. Und ich weiß es zu schätzen, wie sehr Sie sich alle für unser Anliegen engagieren.« Sie begann zu applaudieren, und ihr Lächeln vertiefte sich, während das Publikum ihr nacheiferte.

Immer noch lächelnd, begegnete sie Finnys Blick über die Tische hinweg. Die Warmherzigkeit in ihrem Gesicht verblaßte so schnell, als wäre es in ein hochkonzentriertes Bleichmittel getaucht worden.

Finny hielt den kalten Augen stand, und es verschaffte ihr eine gewisse Genugtuung, eine solche Reaktion zu bewirken. Das hatte sie nach den letzten beiden Tagen nun wirklich verdient. Paige ging zu ihrem Platz, während Christine wie ein Schachtelteufel wieder hinter dem Podium erschien und den Beifall dirigierte, der allmählich verklang. »Und nun«, trällerte sie, »wollen wir das Essen genießen, das Le Frileux Gourmand so brillant vorbereitet hat.«

Unterdessen ging ein großer dunkelhaariger Mann, sehr stilvoll in einem italienischen Anzug, mit schnellen Schritten am Podium vorbei und setzte sich neben Paige. Wie dem anschwellenden Stimmengemurmel zu entnehmen war, wurde er von allen Anwesenden erkannt. Mahnend hob Christine einen Zeigefinger. »Soeben ist unser heutiger Redner eingetroffen, und ich sehe Ihnen allen an, wie sehr Sie sich darauf freuen, ihm zuzuhören. Aber zuerst wünsche ich allen einen guten Appetit.« Graziös verließ sie das Podium und sank auf ihren Stuhl.

Finny schaute sich nach den Ausgängen um. Der ehemalige Gouverneur Garrison Hatch, bekannter unter dem Namen Gouverneur Grinch, befand sich auf Vortragstournee, seit er vor zwei Jahren aus dem Amt geschieden war. Wenn er heute seinen üblichen Ton anschlug, würde das Publikum noch vor dem Ende seiner Ansprache in selbstmörderische Stimmung geraten. Um die vom Optimismus der letzten zehn Jahre verdrängten Probleme hervorzuheben, wälzte Hatch sich im pessimistischen Sumpf jedes beliebigen sozialen Themas, in ungenießbaren Fakten, die bei der wachstumsorientierten Mentalität vieler politischer und gesellschaftlicher Führungspersönlichkeiten leicht verlorengingen. Viele seiner Zuhörer bewunderten seine Bereitschaft, schwierige Fragen in Angriff zu nehmen, aber seine düsteren Visionen hatten sie allmählich fürchten gelernt. Nicht einmal die finstersten Extreme reichten an Grinchs Vision von den dunklen Mächten heran.

Der Konversationspegel stieg wieder, neuer Applaus brach aus, als uniformierte Kellner durch eine Seitentür mit dem ersten Gang hereinkamen.

»Sieht Paige nicht phantastisch aus?« Der Eröffnungszug im Unterhaltungsschach stammte von einer Frau in mittleren Jahren, die ein graues Kleid trug. Ihre Spanielaugen waren etwas zu groß für das kleine Gesicht, ihr Mund wirkte unsicher. Sie wartete auf eine Antwort von der maskulin gekleideten Dame, die neben ihr saß und bei dieser Bemerkung noch pikierter dreinschaute als zuvor.

»Wenn man bedenkt, daß Chelsea Roche und ihre Gruppe den Großteil der Arbeit geleistet haben, verstehe ich nicht, warum Paige nicht ›phantastisch‹ aussehen sollte.«

Finny war dankbar für die Ankunft ihres Tellers. Was immer das eisgekühlte Oval unter dem Gelee sein mochte, es würde sie von einer langweiligen Erörterung der Innenpolitik ablenken müssen.

»Wie wundervoll, *œufs en gelee*«, gurrte die Brünette im maßgeschneiderten Kostüm an Finnys rechter Seite. »Sehr originell um diese Jahreszeit, nicht wahr?«

»Ungemein einfallsreich.« Finny kostete einen kleinen Bissen. Ziemlich scharf gewürzt.

Erstaunliche Kochkunstwerke wurden aufgetischt und abgeräumt, begleitet von Konversationsexkursen, die von den verschiedenen Mitgliedern der Tafelrunde initiiert wurden. Als die Themen Mode, Reisepläne und Ehegewohnheiten erschöpft waren und die Damen gerade anfingen, Finny diskret zu befragen, erschien Paige Dexter neben ihr. »Hallo.« Ihr Lächeln galt dem ganzen Tisch. »Ich bin ja so froh, daß Sie alle kommen konnten. Finny... Dürfte ich Sie bitten, für einen Augenblick mit mir zu kommen?« Ein weiteres Lächeln beglückte die Damen. »Entschuldigen Sie uns bitte.«

Vielleicht wäre es doch nicht so übel, Gouverneur Grinch zuzuhören, dachte Finny, während sie Paiges schlanker, kerzengerader Gestalt zur Tür hinter dem Haupttisch folgte. Dahinter lauerte vermutlich ein Exekutionskommando auf den unbefugten Eindringling.

»Also?« Im dunklen Flur wandte sich Paige zu ihr, nachdem sie mit Nachdruck die Tür geschlossen hatte. Aus der Küche wehten schwache Chaosgeräusche heran, vermischt mit köstlichen Düften. »Was machen Sie hier?«

Finny schob die Hände in die Taschen ihrer Jacke. »Seit zwei Tagen versuche ich, Kontakt mit Ihnen aufzunehmen. Und dieses Essen war die beste Möglichkeit, die mir einfiel.«

Kalter Zorn glitzerte in Paiges Augen. »Sie haben wirklich Nerven, einfach hier aufzukreuzen! Ich habe hart gearbeitet, um diese Veranstaltung zustande zu bringen, und das lasse ich mir von einem heuchlerischen Emporkömmling wie Ihnen nicht verderben.«

»Heuchlerisch?« Finnys Hände ballten sich in den Taschen. »Großer Gott, ich mein's ehrlich, wenn ich das Ende des Analphabetentums herbeisehne.«

Nun verkniffen sich Paiges Lippen zu einem dünnen Strich. »Gehen Sie sofort. Sie gehören nicht hierher. Eine solche Aufdringlichkeit dulde ich nicht.«

Finny rührte sich nicht von der Stelle. »Ich wollte mit Ihnen reden. Was wissen Sie von Cuffy? Warum haben Sie mich nicht angerufen?«

Ungläubig lachte Paige auf. »Warum sollte ich? Mit Leuten von Ihrer Sorte gebe ich mich nicht ab.«

»Nicht einmal, wenn sie zu beweisen versuchen, daß Ihre Patentante Ihren Mann nicht umgebracht hat?«

Eine abrupte Kopfbewegung ließ Paiges goldene Ohrringe gegen die Wangen klatschen. »Sie wissen nicht, wovon Sie reden. Twee hat den Mord an William *gestanden*! Haben Sie eine Ahnung, wie sehr ich unter all dem leide?«

»Klar. Da drinnen im Saal konnte ich deutlich beobachten, wie erheblich Ihr Gesellschaftsleben beeinträchtigt wurde.« Finny betrachtete das schöne Gesicht, das teure Make-up, das elegante Kleid. »Seit Ihrer Kindheit kennen Sie Twee. Glauben Sie wirklich, sie wäre zu einem Mord fähig?«

Die Statue an der Wand hatte ein ausdrucksstärkeres Gesicht als Paige. »Das ist meine Privatsache, die Sie nichts angeht.«

Finny streckte eine Hand aus, um Paige festzuhalten, die ihr den Rücken kehren wollte. »Das geht mich sehr wohl etwas an. Es ist eine zwar grandiose, aber idiotische Geste von Twee, die Schuld am Tod Ihres Mannes auf sich zu nehmen. Im Augenblick weiß ich noch nicht, ob sie jemanden schützen will oder ob sie wünscht, sie hätte die Tat tatsächlich begangen. Ich dachte, das würde auch Sie interessieren. Sie müssen unbedingt mit ihr reden.«

»Das werde ich nicht tun. Twee hat ihre Entscheidung getroffen. Ich gehe nicht zu ihr.«

»Zu wem?«

Blitzschnell drehte sich Finny um, als die Stimme hinter ihr erklang. Ty Engelman, sehr imposant in einem Armani-Anzug, starrte sie überrascht an, das schmale, poetische Gesicht völlig verständnislos. »Finny? Was machst du hier?«

»Ich versuche, Twee zu helfen. Und du?«

Er ignorierte sie, sein Blick suchte Paige. »Soll ich dich nach Hause fahren? Du weißt doch, wie müde du heute morgen warst.«

Paiges Augen funkelten warnend. »Das hat sich am Telefon nur so angehört, Ty. Ich bin wirklich okay.«

»Aber Darling, beim Frühstück sagtest du…«

Sie wandte sich wieder zu Finny. »Würden Sie jetzt gehen? Ich habe mit der Polizei gesprochen, und es steht Ihnen nicht zu, mich zu befragen.«

»Nun ja…« Finny zwang sich zu einem Lächeln. »Eigentlich würde ich gerne mit Ty reden, wenn er nun schon mal hier ist.«

Erbost machte er einen Schritt in ihre Richtung. »Wie ich bereits am Telefon erklärte – ich habe dir nichts zu sagen.«

»Vielleicht solltest du dich anders besinnen. Wenn Twee unschuldig ist, könntest du verdächtig sein, weil du ständig um die trauernde Witwe herumschwirrst.«

Er holte tief Luft, trat noch näher zu ihr, aber Paige packte ihn am Revers. »Ich ertrage keine weiteren Belastungen.« Tränen glänzten in ihren Augen. »Sie haben kein Recht, uns so zu quälen, Finny.«

Tys Hand legte sich über ihre, eisig schaute er Finny an, die immer noch ihre Stellung hielt. »Hast du nicht gehört? Laß sie in Ruhe!« Er zog ein Taschentuch aus seiner Brusttasche und reichte es Paige.

Sie ergriff das schneeweiße Tuch und betupfte damit ihre Augen. Unter ihrer Nase schwang ein kunstvolles Monogramm umher. LTE. In fließender Schrift waren die Buchstaben gestickt. Vielleicht kann man mit Versicherungen doch ein bißchen was verdienen, dachte Finny. Und wie lautete Tys erster Vorname? Lickspittle?

»Ty…«, begann sie lächelnd. Vielleicht sollte sie es auf die sanfte Tour versuchen. »Würdest du mit mir reden, während Paige sich um ihre Gäste kümmert?«

Verächtlich schaute er auf sie herab. »Ich muß nicht mit dir reden. Das alles hat nichts mit dir zu tun. Verschwinde und hör' auf, Paige zu belästigen.«

Ihre Augen verengten sich. »Einem Gerücht zufolge hattest du ein gewisses Interesse an Richter Sarandons Tod. Möchtest du einen Kommentar dazu abgeben?«

Tys Stirnfalten glätteten sich. »Du bist eine Spinnerin, Finny. Schlimmer noch – eine lächerliche Verrückte. Niemand von den Leuten, die wirklich was zählen, wird auf dich hören. Halt' dich von Paige und mir fern, oder ich schwöre bei Gott, ich werde…«

Sie wartete ab, was immer er schwören wollte, aber er warf ihr nur einen haßerfüllten Blick zu und legte den Arm um Paiges Schultern. Ohne ein weiteres Wort wandten sich die beiden ab und gingen in den Ballsaal.

Es war die Bronzefarbe des Wagens, die Finny ins Auge stach. Kit Landauer kampierte vor dem Bellicombe Mansion in seinem XKE. Wahrscheinlich bekamen solche Autos immer automatisch Parkplätze.

Das kleine Essen verwandelte sich zusehends in eine Widersehensfeier für Twees ehemalige Partygäste. Eine Schande, daß sie Landauer nicht fragen konnte, was er hier machte... Soeben hatte Ty Engelman die wenig fashionablen Aspekte einer direkten Annäherung demonstriert. Finny ignorierte den schimmernden XKE und schlenderte über das Kopfsteinpflaster des Wegs hinab, unter der von vier Pferden gezogenen Kutsche hindurch, die am schmiedeeisernen Dekor des Torbogens prangte. Ein Sperling balancierte auf der erhobenen Peitsche des Kutschers.

Auf der Straße wandte sie sich nicht nach links zu ihrem Lieferwagen, sondern nach rechts, wanderte ohne Eile davon und widerstand der Versuchung, über ihre Schulter zu blicken. Als ungeladener Gast hatte sie auf den Privatparkplatz verzichtet, eine Kiesfläche an der Seite des Hauses, etwa einen Viertelmorgen groß. Glücklicherweise. Wäre sie da herausgefahren, hätte sie Kit vermutlich nicht bemerkt.

Sie behielt ihr gemächliches Tempo bei, bis sie um eine Kurve bog und Kits Blickfeld verließ, dann griff sie ihre Ledertasche fester und beschleunigte ihre Schritte. Es war an der Zeit, das Ziel von hinten anzusteuern. Also umrundete sie den Häuserblock und näherte sich ihrem Toyota, ohne von Mr. Landauers wachsamem Auge beobachtet zu werden. *Sie* war es, die hier Beobachtungen anstellte. Ty Engelman mochte ihr in die Parade gefahren sein, hatte sie aber nicht restlos entmutigt.

Während sie die Tür des Lieferwagens aufsperrte, warf sie einen Blick auf Landauers Auto, dann glitt sie auf den heißen Vinylsitz. Sie konnte nur etwas sehen, das sie für seinen Hinterkopf hielt. Wenigstens winkte er ihr nicht zu. Sie kurbelte das Fenster herunter. Nun brauchte sie nur zu warten, bis etwas passierte. Wenn sie Glück hatte, würde sie danach ein bißchen mehr wissen.

Ungefähr neunzig Minuten später hatte sie herausgefunden, daß man wirklich neue Dimensionen der Langeweile kennenlernte, wenn man einfach nur dasaß und auf jemanden wartete. Es gab keinen Lesestoff – die Wagenpapiere und die Straßenkarte von Denver zählten nicht. Außerdem konnte sie ohnehin nicht lesen und gleichzeitig Kit Landauer im Auge behalten.

Ihr Blick schweifte immer wieder ab. Sie hatte damit angefangen, sich die eingekerbten Schlitze und Kreise in der roten Ziegelmauer der Tudor-Bruchbude zu ihrer Rechten einzuprägen, dann in Gedanken Corinnes Wäscheschrank vollendet und schließlich ein kompliziertes Intarsienmuster ersonnen – zwei Hirsche, die über die Türen rannten.

Ihr war heiß, sie hatte Durst, und sie mußte dringend auf die Toilette. Außerdem würde die Strumpfhose inzwischen mindestens fünf Pfund von jedem Bein abgeschwitzt haben. Und was mochte geschehen, wenn die Polizei vorbeikam? Nun saß sie schon so lange da, daß sie nicht überrascht gewesen wäre, hätte einer der Anwohner die Polizei verständigt.

Sie probte gerade die fünfte Version der Geschichte, die sie einem interessierten Gesetzeshüter erzählen würde, als das Märchenschloß die Lunch-Gäste in Zweier- und Dreiergruppen auszuspeien begann. Im Sonnenlicht des Nachmittags flatterten die Damen wie Pastellblätter in einer sanften Brise, trafen sich hier und da, um letzte Kommentare auszutauschen und einander zu küssen, in die Luft, an den Wangen vorbei. Die hohen aufgeregten Stimmen weckten Erinnerungen an Hockeyspiele in der Junior High School.

Nun mußte Kits Auto beobachtet werden, während die Partygäste zum Parkplatz strömten. Wenn all die Autos herausfahren, würde es Finny verdammt schwerfallen, den XKE nicht aus den Augen zu verlieren.

Nach dem Vorspiel der aufheulenden Motoren drängten die Vehikel aus der Parkzone wie die Tiere aus der Arche Noah. Hände winkten aus offenen Fenstern, Windschutzscheiben und frischgewachstes Blech reflektierten die Sonnenstrahlen, Hupen gaben überschwengliche Abschiedsgrüße von sich, während die weibliche Crème de la Crème Denvers in den Nachmittag entschwand.

Landauers XKE rührte sich nicht. Vielleicht will er sich hier häuslich niederlassen, überlegte Finny. O Gott, wie lange würde er noch...

Da schwang die glänzende Bronzetür auf, und Kit begann herauszuklettern. Finny schaute zum Schloß und sah Cuffy Sarandon über das Kopfsteinpflaster heranschlendern.

Aha.

Vor einem faszinierten Publikum ging Kit auf Cuffy zu. Bei seinem Anblick blieb sie stehen und drehte sich halb um, als wollte sie ins Haus zurückkehren, aber er lief zu ihr und hielt sie am Arm fest. Stocksteif stand sie da, den Kopf von ihm abgewandt. Er redete eine Weile, dann verstummte er. Während sie zu sprechen begann, ließ er sie los. Verdammt, dachte Finny, hätte ich doch eins von diesen Richtmikrophonen.

Kit sagte noch etwas. Dann wies er mit einladender Geste auf seinen XKE. Cuffy zeigte zum Parkplatz, aber sie folgte ihm. Er öffnete ihr die Tür, und sie sank anmutig auf den Beifahrersitz. Als er den Wagenschlag schloß, blieb seine Hand einige Sekunden lang auf dem Griff liegen, ehe er sich ans Steuer setzte.

Okay, überlegte Finny. Jetzt bekam sie die Chance herauszufinden, ob Autoverfolgungsjagden wirklich so einfach waren, wie es im Fernsehen aussah. Sie wartete, bis sie den XKE aufheulen hörte, bevor sie ihren bescheideneren Motor startete. Nun konnte sie nur hoffen, daß Kit nicht aufs Gaspedal drückte, sonst würde er sie in einem Sekundenbruchteil abhängen. Aber er fuhr so langsam, als müßte er Nitroglyzerin transportieren. Vielleicht erinnerte er sich an Cuffys anfängliche Reaktion auf die offenbar unerwartete Begegnung und traf die nötigen Vorsichtsmaßnahmen.

Statt ihm mühsam auf den Fersen zu bleiben, mußte Finny nun höllisch aufpassen, um nicht aufzufallen. Sicher würde der Mann den Lieferwagen bemerken, wenn er im Rückspiegel allzulange sichtbar war. Aber wann immer sie einem Strohmann in Gestalt eines anderen Wagens den Vortritt ließ, bog er ab, und sie folgte wieder dem gemächlich dahingleitenden XKE. Entweder führten Kit und Cuffy ein äußerst anregendes Gespräch, oder er litt an plötzlichen Lähmungserscheinungen im rechten Fuß.

Als der Bronzeschlitten auf den Parkplatz des Moo Goo Fry Pan rollte, fühlte sich Finny versucht, aus ihrem Toyota zu springen und Kits Kopf ein paarmal gegen das Lenkrad zu schlagen. Die beiden waren verstummt. Zumindest schwatzten sie nicht, während sie das rote Ziegelgebäude mit dem verschnörkelten fünfeckigen Dach betraten, auf dem in gelber Neonschrift der Name des Restaurants leuchtete.

Die rote Tür fiel hinter ihnen ins Schloß, und Finny sah sich einem Dilemma ausgeliefert. Sollte sie hier draußen warten – eine Vorstellung, die ungefähr so reizvoll war wie eine Zahnarztbehandlung – oder hineingehen? Und wenn sie hineinging, wie konnte sie sich unsichtbar machen? Sie stieg aus dem Toyota. Ich bluffe einfach, dachte sie, lade die zwei zu einem Drink ein und beginne eine harmlose Unterhaltung. Das ist immer noch besser, als hier draußen herumzuhängen.

Cuffy und Kit hätten Röntgenaugen benötigt, um die Ankunft ihrer Verfolgerin im exotischen Ambiente des Moo Goo Fry Pan zu beobachten. Der Tisch der Empfangsdame wurde von den drei größten Palmen getarnt, die Finny je gesehen hatte. Die Wedel verdeckten beinahe den Schlangendrachen, der goldschimmernd auf dem schwarzen Lackparavent hinter dem Tisch schwebte. Die Luft war pures Sandelholz.

Die kleine, in Satin gehüllte Empfangsdame fragte: »Ein Platz zum Lunch?«

»Ja.« Lächelnd versuchte Finny, ihr Gehirn auf Touren zu bringen. »Ein abgeschiedener Tisch, bitte. Und wo ist die Damentoilette?«

Die Empfangsdame wartete, bis Finny aus dem Labyrinth der sanitären Anlagen auftauchte. »Kommen Sie bitte mit mir.« Wie einen Schutzschild hielt sie die überdimensionale Speisekarte vor ihre Brust, während sie durch einen düsteren Korridor zum Hauptraum des Lokals ging.

Um möglichst wenig Aufmerksamkeit zu erregen, blieb Finny dicht hinter ihr. Doch ihre Sorge war überflüssig. Als sie vom tunnelartigen Flur in den Speisesaal gelangte, erinnerte sie sich an Storys, die sie im Wartezimmer ihres Gynäkologen in einer alten Ausgabe des *Spelunking Journals* gelesen hatte. Während sie der Empfangsdame auf Irrgartenwegen zwischen verschleierten Tischen hindurch folgte, fragte sie sich, wie sie Cuffy und Kit aufspüren sollte. Das schwache Kerzenlicht reichte gerade aus, um nicht gegen die Möbel zu stoßen. Und die Wandlampen, weit voneinander entfernt, verfehlten ihren Zweck vollständig.

Als sie an dem Tisch Platz nahm, den ihr die Empfangsdame zugewiesen hatte, hörte sie Cuffys unverwechselbare Stimme und hielt den Atem an – bereit, notfalls sofort in Deckung zu gehen. Der ärgerliche Tonfall bewog sie, langsam den Kopf zu wenden. Die beiden saßen drei Tische entfernt, offenbar in ein eher unerfreuliches Gespräch vertieft.

»...versprochen, mich drüber nachdenken zu lassen und mir Zeit zu geben, Kit. Und jetzt quälst du mich so.«

»Cuffy!« Die zitternde Stimme war kaum wiederzuerkennen. »So viel steht auf dem Spiel. Du kannst nicht von mir erwarten, einfach dazusitzen und zu überlegen, wie du dich wohl entscheiden wirst...«

»Und genau darauf kommt es an, was?« fauchte sie. »Du traust mir zuwenig, um mich meine eigenen Entscheidungen treffen zu lassen. Darin unterscheidest du dich nicht von meinem Vater.« Ihr heiseres Gelächter grenzte an einen hysterischen Anfall. »Was für eine Ironie!«

»Möchten Sie etwas trinken?« Die Kellnerin neben Finnys Tisch trug einen Wollsatinpyjama, mit maschinengestickten Blumen verziert.

Finny gönnte ihr kaum einen Blick. »Ein Glas Weißwein, bitte.« Sie glaubte zu spüren, wie ihr rechtes Ohr wuchs, während sie angestrengt auf Cuffys Worte lauschte.

»...du weißt, was ich meine. Das sehe ich deinem Gesicht an.«

Spöttisch kräuselten sich Finnys Lippen. Entweder stand Cuffy eine bessere Kerze zur Verfügung, oder sie besaß Eulenaugen.

»Ich liebe dich, Cuffy, und ich erlaube dir nicht, einen Fehler zu machen, wenn es uns beide betrifft.«

»Du erlaubst mir überhaupt nichts. Ständig versuchst du deinen Willen durchzusetzen.« Ringsum erklang gedämpftes Gemurmel, als Cuffy aufsprang und der Stuhl hinter ihr umkippte. »Mir reicht's Kit! Ich gehe!«

»Nein, warte!« Er stand auf, lief um den Tisch herum und packte ihren Arm.

»Laß mich los!« Ihre Stimme nahm einen schrillen Klang an. »Ich mein's ernst. Nimm sofort die Hand weg, oder...« Der restliche Satz wurde von einem Schmerzensschrei verschluckt.

»Cuffy, um Himmels willen!«

Finny erhob sich und eilte zu den beiden hinüber. Solange sie hier war, würde er keiner Frau Gewalt antun. Sie prallte gegen einen Tisch, warf ihn beinahe um. »Cuffy?« Die Falten eines anderen Tischtuchs blieben an ihrem Rock hängen, und sie mußte es loslösen, um es nicht mitsamt der Kerze und allem Drum und Dran hinter sich herzuschleppen. Hastig rückte sie die Kerze zurecht und hob den Kopf. Cuffy und Landauer starrten sie an, als wäre sie soeben einer Grabkammer entstiegen. »Halten Sie sich lieber zurück!« ermahnte sie Kit. »Sonst rufe ich die Cops, und Sie werden eingelocht, bevor Sie die Rechnung bezahlen können.« Ihr Blick streifte seine Begleiterin. »Sind Sie okay?«

»Was machen Sie hier?« wollte Cuffy wissen.

Und Kit fragte: »Sind Sie uns gefolgt?«

Finny hob eine Hand. »Es hörte sich so an, als hätten Sie Schwierigkeiten, Cuffy, und ich möchte ihn nur dran hindern, Ihnen weh zu tun.«

»Von allen verrückten Ideen…« Kit strich sich durchs Haar. »Jesus, ich kann einfach nicht glauben, daß Sie immer noch Detektiv spielen. Genügt Ihnen der Unsinn nicht, den Sie über Twee behauptet haben?«

Finny ignorierte ihn. »Draußen steht mein Lieferwagen«, teilte sie Cuffy mit. »Soll ich Sie nach Hause bringen?«

Cuffy drohte zusammenzubrechen. Sie stellte ihren Stuhl auf und setzte sich. Das schwache Licht umschattete ihre Augen und verbarg deren Ausdruck. »Der Schein trügt. Niemals würde Kit mich verletzen, zumindest nicht körperlich.«

»Es klang aber so, als hätte er das bereits getan.« Finny musterte sie über die flackernde Kerzenflamme hinweg. »Und nach dem Lunch im Bellicombe Mansion wollten sie nicht mit ihm reden.«

Cuffys Gesicht verdunkelte sich. Offenbar errötete sie. Dann sah sie den Mann an ihrer Seite an. »In letzter Zeit war es sehr schwer für uns. Wir konnten es niemandem sagen, und das zerrt an unseren Nerven.«

»Was konnten Sie niemandem sagen?«

Cuffy antwortete nicht, und Kits rauhe, wütende Stimme brach das kurze Schweigen. »Wir haben allen Grund, miteinander zu reden, denn sie ist meine Frau.«

Sowie Finny zur Tür hereinkam, klingelte das Telefon. Und ehe sie den Apparat erreichte, ertönte Barellis Bariton im Wohnzimmer. Sie ging hinein und hörte ihn sagen: »Moment mal, gerade ist sie gekommen... Abigail Hunter«, erklärte er, als er ihr den Hörer übergab.«

Sie schnitt eine Grimasse und griff danach mit der Begeisterung eines Fallschirmspringers, der über Gebirgsgipfeln aus einem Flugzeug geworfen wird. »Abigail?«

»Was ist heute mittag passiert?« Nach dem Tonfall zu urteilen, war die Reporterin gerade auf der Jagd.

»Wovon reden Sie?«

»Kokettieren Sie nicht! Ich sah, wie Paige Dexter Sie auf ihrem Anti-Analphabeten-Lunch zu einem vertraulichen Gespräch aus dem Saal führte. Also, was war los?«

Finny warf ihre Handtasche auf den Tisch und ließ sich ins Sofa fallen. Wie schade, daß die Frau nicht für den Geheimdienst arbeitete... »Ich wurde hinauskomplimentiert, bevor ich irgendwas herausfinden konnte.« Sie hörte ein Feuerzeug klicken, dann den heftigen ersten Zug an einer Zigarette.

»Paige hat ihre Gesellschaftsnotizen also nicht mit Ihren verglichen? Worüber hat sie mit Ihnen geredet?«

»Nachdem sie beschlossen hatte, mich wegen meines störenden Auftritts bei ihrer Party nicht ins Verlies zu werfen, wurde es bald langweilig. Sie las mir die Leviten wegen meiner unerwünschten Anwesenheit, und das war's.«

Abigail fluchte wortreich. »Nur gut, daß Sie Ihre Brötchen nicht in *meinem* Job verdienen müssen! Sie würden glatt verhungern!«

»Das ist anzunehmen«, antwortete Finny so demütig wie möglich. Sie wäre eher zur Hölle gefahren, als diesem Biest zu verraten, was sie wußte. Jetzt noch nicht. »Ich habe einfach nichts erfahren, was Sie interessieren könnte.« Aus den Augenwinkeln nahm sie eine Bewegung wahr und sah Barelli in der Tür zum Eßzimmer stehen. Er gestikulierte, um ihr ein »Schäm' dich« zu bedeuten. Das zahlte sie ihm mit einer anderen Geste heim, zu der sie nur einen einzigen Finger benötigte. Grinsend kehrte er in die Küche zurück.

»Nun, informieren Sie mich, sobald Sie etwas schlauer sind. *Ich* habe unsere Abmachung eingehalten.«

»Das weiß ich zu schätzen, Abigail.« Zwischen zusammengebissenen Zähnen. »Und Sie haben mein Wort. Ich werde es bestimmt nicht brechen.«

»Okay. *Ciao.*«

»Wiedersehen.«

»Zum Teufel mit dir.« Barelli schlenderte zur Couch, ein Bier in jeder Hand, gab Finny eine Flasche und setzte sich.

Seufzend lehnte sie sich zurück. »Wieso?«

»Das sagten die Schwestern in der Klosterschule immer, wenn ich log.«

»Also befinde ich mich in guter Gesellschaft. Außerdem

– wenn ich ihr verraten hätte, was ich seit heute weiß, würde es ihr Revolverblatt morgen früh in alle Welt hinausposaunen.«

»Wirklich? Und was hast du rausgekriegt?«

»Cuffy Sarandon und Kit Landauer sind seit acht Monaten verheiratet.« Sie neigte den Kopf vor, damit er einen Arm um ihre Schultern legen konnte, streifte die hochhackigen Schuhe von den Füßen und seufzte wohlig. »Wirklich, es ist mir rätselhaft, wie wir Frauen mit den Männern konkurrieren sollen, wenn wir diese Foltergeräte tragen müssen.«

»Erinnere mich dran, daß ich dir demnächst was über Krawatten erzähle«, murmelte er. »Nun, dann leg' mal los.«

Finny gähnte. »Ich hab' Ärger gemacht, erst im Bellicombe Mansion, dann in einem chinesischen Restaurant.«

»Was?«

Nach einer knappen Zusammenfassung ihrer Tagesaktivitäten fügte sie hinzu: »Ich wußte, daß sie was miteinander haben, aber die Romeo-und-Julia-Dramatik überraschte mich doch ein bißchen. Jedenfalls stahl Sarandon dem alten Capulet die Schau, und zwar mit Bravour. Das letzte, was er wollte, war eine Ehe zwischen Cuffy und Kit, und das gab er mehreren Leuten zu verstehen. Zusätzlich zur großen Szene im Country Club an jenem Halloween-Abend.«

»Was beweist, daß man als reicher Mann nicht automatisch über Manieren verfügt.«

Finny boxte ihn in die Rippen. »Was beweist, daß Cuffy ebenso wie Kit allen Grund hatte, William Sarandon zu ermorden. Er liebt sie über alle Maßen. Dagegen war der Herzog von Windsor ein nichtssagender Gigolo.«

»Warum war Sarandon gegen die Heirat? Offenbar sind die beiden füreinander geschaffen.«

»Genau. Um es kurz und bündig zu erklären – das Problem lag darin, daß Sarandon ein Treuhänder vom Atwood College in Gloucester, Massachusetts, war.«

Barelli lachte. »Großer Gott, du verstehst es wirklich, eine Situation klarzustellen.«

»Geduld ist eine äußerst löbliche Tugend. Ich fand einiges über Kit raus, und das einzige, was nicht zum Image des reichen Jungen paßte, war der fehlende akademische Grad. Er ging mitten im letzten Studienjahr von Atwood ab.«

»So?«

»In diesem Jahr freundete er sich mit einem Typen aus Boston an, der's überall an die große Glocke hing, daß er schwul war. Und weil er ständig mit Kit zusammenhing, glaubten die anderen Studenten, er wäre auch schwul.«

Er warf ihr einen schrägen Blick zu. »Du machst Witze.«

»Oh, ich wünschte, es wäre so. Aber ganz egal, was Kit sagte oder tat – plötzlich war er abgestempelt, und dabei blieb es.«

»Das ist doch verrückt!« Chris richtete sich auf. »Nur weil sie Freunde waren?«

»Das ist vielleicht etwas vereinfacht dargestellt, aber zutreffend, was Kit angeht.« Sie ärgerte sich über seine skeptische Miene. »Kehr doch den Dreck vor deiner eigenen Tür! Wenn ein Bulle einem anderen mit Mund-zu-Mund-Beatmung das Leben gerettet hat, gilt er als schwul. Hab' ich recht? Ich war mit dir schon auf mehreren Partys, und da hörte ich gewisse Kommentare. Das passiert allen, überall – den sanftmütigeren Jungs, den zart gebauten, den Akademikern, den Athleten, den Künstlern, und so weiter. Man kriegt das Etikett ›schwul‹ verpaßt, und das klebt an einem fest, für immer. Und heutzutage, wo die Leute wegen Aids ständig Schaum vorm Mund haben, geht's nicht drum, was für ein Mensch man ist oder was man im bisherigen Leben gemacht hat, sondern um Stereotypen, darum, als was man abgestempelt ist.«

Beschwichtigend hob Chris eine Hand. »Okay, okay. Und was ist mit Kit geschehen?«

Finny holte tief Atem. »Die Arschlöcher am College hätten wahrscheinlich Gras drüber wachsen lassen, wäre da nicht William Sarandon gewesen – und bereits seit fünf oder sechs Jahren Treuhänder von Atwood, als Kit sich um einen Studienplatz bewarb. Damals hatte der Junge schon was mit Cuffy, und es war sicher kein Zufall, daß er sich für die Alma Mater seines künftigen Schwiegervaters entschied. Sobald das ganze Brimborium um Kit und seinen Freund losging, erfuhr Sarandon davon. Und als der wirkliche Scheißkerl, der er nun mal ist, flog er sofort nach Atwood, um mit dem Burschen unter vier Augen zu reden.«

Sie verstummte, und nach einer Weile fragte er: »Finny?«

Immer noch glaubte sie, die beiden vor sich zu sehen, Hand in Hand am Tisch, die Blicke, die sie wechselten, während Kit von Atwood erzählte. »Oh, ich dachte nur, was für eine Ironie das ist. Da benimmt sich Kit wirklich anständig, hält zu seinem Freund und wird dafür bestraft. Sarandon war in Staatsanwaltsstimmung, der Junge schon bestürzt genug über die Reaktion seiner Kommilitonen, ganz zu schweigen von der plötzlichen Ankunft des Schwiegervaters in spe. Letzten Endes hielt er genau jene leidenschaftliche Rede, die man von einem Zweiundzwanzigjährigen in einer solchen Situation erwartet, und garnierte sie auch noch mit ein paar gefühlvollen Tränen. Das gab den Ausschlag für Sarandon, der seit dem vermasselten Skigeschäft keine Träne mehr vergossen hatte. Als aufrechter konservativer Bürger verbot er Kit, je wieder einen Fuß über seine Schwelle zu setzen, und entschwand. Kurz danach verließ der Junge das College.«

Barelli umschlang ihre Schultern noch fester. »Und was tat er?«

»Nun, er kehrte nach Denver zurück, begann in der Firma seines Vaters zu arbeiten...« Ihre Lippen verzogen sich zu einem freudlosen Lächeln. »*Landauer Interiors.* Außerdem ließ er sich häufig auf der Partybühne blicken. Die Sache mit Cuffy lief immer noch, aber das hielten sie geheim. Erst auf dem Halloweenfest im letzten Herbst beschloß sie, sich in aller Offenheit gegen ihren Vater zu stellen und ihre eigenen Entscheidungen zu treffen. Nach jener kleinen Szene heirateten die beiden. Aber dann bekam Cuffy kalte Füße und überredete Kit dazu, die Eheschließung erst bekanntzugeben, wenn sie schwanger wäre. Sie dachte nämlich, ein Enkel würde Sarandon besänftigen. Aber dann verlangte Kit, sie solle sich öffentlich als seine Frau zu erkennen geben und die Konsequenzen auf sich nehmen.«

Chris schaute in Finnys Augen. »Ist sie Sarandons Erbin?«

»Offensichtlich.« Sie grinste schwach. »Und damit kommen wir zum Grund, warum die beiden ihre Heirat vorerst immer noch geheimhalten. Kit hat *Landauer Interiors* beträchtlichen Auftrieb gegeben, aber die Firma braucht eine Finanzspritze für die Expansion, die ihm vorschwebt. Deshalb hat Cuffy schreckliche Angst, Kit könnte – wenn die Wahrheit ans Licht kommt – automatisch die Rolle des Hauptverdächtigen im Mordfall Sarandon übernehmen, sollte ich Twees Unschuld beweisen.«

»Um Himmels willen, Finny, du mußt doch zugeben, daß er ein großartiges Motiv hatte, sogar zwei oder drei.«

»Ich weiß. Aber er war mit Cuffy zusammen, als Sarandon getötet wurde. Das sagen alle beide, und ich kann beschwören, daß sie auch noch beieinanderstanden, als ich Abigail Hunter und dich an der Bar getroffen hatte. Außerdem hätte Cuffy niemals ihren Vater ermordet, ganz egal, in welcher Situation sie sich befunden haben mochte. Das glaube ich einfach nicht.«

»Da bin ich mir nicht so sicher. Ich kenne Leute, die aus Rachsucht viel schlimmere Dinge taten, obwohl ihnen bei weitem nicht so übel mitgespielt worden war wie Kit Landauer von Sarandon.«

Finny nickte. »Klar. Aber wie ein gewisser Polizist in meinem Freundeskreis zu sagen pflegt – man muß seinen Instinkten trauen. Und meine Instinkte sagen mir, daß weder Cuffy noch Kit William Sarandon ermordet haben.«

Sein Mund verzog sich. »Natürlich nicht, Süße. Erinnerst du dich? Twee hat ihn umgebracht.«

Fallstrick

Sie strich ihren Rock glatt und spähte die Stufen hinauf. Schatten füllten das obere Stockwerk, das sehr weit vom Fuß der Treppe entfernt zu liegen schien. Plötzlich mußte sie an das erste Mal denken, als Miguel sie hierhergebracht hatte. Sie waren sich bei einem Festival im Curtis Park begegnet, und er hatte sie fotografiert. Die Musik weckte ihr Heimweh, entlockte ihr Tränen. Und er hatte das Bild ihrer Traurigkeit vor einem lebhaft bewegten, farbenfrohen, heiteren Hintergrund festgehalten.

Das Geräusch einer Tür, die sich öffnete, veranlaßte sie, die Treppe hinaufzusteigen. Miguel würde auf der zerschlissenen grünen Couch vor seiner Dunkelkammer schlafen und lachen, weil sie sich Sorgen gemacht hatte, nachdem er nicht nach Hause gekommen war. Oder er knipste schon wieder auf irgendeiner anderen Party, dann würde sie daheim auf ihn warten.

Eine Stufe knarrte unter ihrem Fuß. Auf dem Treppenabsatz war die Gummikante durchgewetzt. Bianca ging durch den schäbigen Flur zur Tür mit der Milchglasscheibe, die im Sonnenlicht der Ostfenster glühte. »Michael Guiterrez, Fotograf.«

Zögernd klopfte sie an die Tür. Das Geräusch wurde von der Finsternis des alten Gebäudes verschluckt. Sie hielt beklommen inne, das schüchterne Pochen schien in ihrem Kopf widerzuhallen. Als das Echo verklang, hämmerte sie etwas stärker gegen das Glas.

Der Knauf fühlte sich kalt an, ließ sich herumdrehen, die Tür schwang auf. Bianca trat ein. Stickige, heiße Luft, mit einem eigenartigen Geruch vermischt, drang ihr entgegen wie ein schriller Schrei.

Hastig irrte ihr Blick durch den Raum, registrierte herausgerissene Schubladen, verstreute Probeabzüge und Fotos am Boden; die Schreibtischplatte war leer gefegt, umgeben von umgestülpten Schubfächern; die Tür zur Dunkelkammer stand offen, Flüssigkeit sickerte heraus und verdunkelte das verblichene Linoleum. Eines der Rinnsale war rot.

Ihre Beine waren steif und trugen sie über die Schwelle, zu irgend etwas, das in den Schatten wartete. Beißender Chemikaliengestank begleitete jenen anderen üblen Geruch, der sie zu ersticken drohte.

Er lag am Boden, halb unter dem Tisch, den Vergrößerungsapparat in der Hand, seziert von den Schatten, die eine nackte Glühbirne an der Decke herabwarf. Negativbänder umgaben ihn wie überdimensionale Papierschlangen, an den Enden und Rändern feucht von verschütteten Chemikalien. Sein Hinterkopf war eine Pfütze aus Blut und Haaren, schwarz und rot.

»Miguel?« Der Name fiel in einen Teich aus Schweigen, der sie zu verschlingen schien. Sie hätte schreien sollen und das auch getan, wäre da nicht das Eis gewesen. Eis durchströmte sie, vom Herz bis zur Haut. Sie konnte kaum atmen, geschweige denn schreien.

Als sie einen Schritt vortrat und sich hinabbeugte, um ihn zu berühren, wisperte ein Teil ihres Kopfes: Vielleicht lebt er noch. Doch in Wahrheit wußte sie, daß er schon seit einiger Zeit tot sein mußte. Die Fingerspitzen berührten die kalte Fläche seiner Stirn, während ihre Augen auf dem schmutzigen Linoleum neben seiner Wange seltsame Striche entdeckten, die allmählich trockneten. Ein B, ein L, ein W. Ihr Atem stockte. Sie neigte sich über ihn hinweg, um zu lesen, was er mit seinem eigenen Blut gekritzelt hatte. »Bianca, lauf' weg.«

Finny kuschelte sich an Barelli und träumte von Schranktüren mit ungeschmirgelten Leisten, von Türen, die in große Räume voller Vögel führten. Rosa, grüne und blaue Flügel flatterten umher. Sobald die Vögel aufhörten, im Kirchenschiff umherzufliegen, würde sie die Leisten schmirgeln und dann das Türschloß einpassen…

Der schrille Ruf des Telefons verjagte die Vögel ins Ozon, und sie tastete nach dem Hörer: »Hallo.«

»Lass' mich mal mit Chris reden, Finny.« Es war Apodaca.

»Chris!« Sie rüttelte an seiner Schulter und hielt ihm den Hörer hin. »Chris!«

»Ja, ja.« Seine Hand schnellte unter dem Laken hervor und umklammerte den Hörer. »Was?« bellte er in die Sprechmuschel. Finny sank in ihr Kissen zurück. Ein Blick auf den Radiowecker verriet ihr die gnadenlose Neuigkeit: sechs Uhr drei.

»Ich dachte, Trujillo hätte das schon überprüft…« Chris verstummte und lauschte eine Weile. »Mensch Eddie, wie zum Teufel sollte ich…« Mit der freien Hand erforschte er die Bartstoppeln an seinem Kinn. »Okay, okay. Ich bin da, sobald ich kann. Welche Adresse? Gut.« Er gab Finny den Hörer zurück und ließ den Unterarm auf seine Augen fallen. »Scheiße.«

»Was ist passiert?«

»Nichts Angenehmes.« Er wühlte sich aus dem Bettzeug, dann saß er ein paar Sekunden lang auf dem Matratzenrand, ehe er die Nachttischlampe einschaltete. Im plötzlich aufflammenden Lichtkreis sah er wie der sichere Verlierer in dem Kampf aus, den er mit sich ausfocht, um seine inneren Motoren auf Touren zu bringen.

»Ich dachte, du hast heute frei.«

»Das dachte ich auch.« Er kratzte das Heu auf seinem Kopf. »Irgendwas ist dazwischengekommen.«

»Ich hatte gehofft, das würde ein bißchen später geschehen.« Finnys Fingerspitzen wanderten über seinen Rücken.

Er drehte sich um und packte ihre Hand. »Verschieben wir das auf später? Willst du einen Gutschein?«

»Hm – wenn das alles ist, was ich kriege.«

»Wie spät ist es?«

Finny schaute auf die Uhr. »Elf Minuten nach sechs.«

»Es ist alles, was du kriegst.«

»...heute morgen wurde ein sechsundzwanzigjähriger Mexikaner erschlagen im Norden von Denver aufgefunden. Die Polizei hat noch keinen Verdacht. Man hält die Identität des Opfers geheim, bis die nächsten Angehörigen verständigt sind...«

Finnys Zeigefinger drückte auf die Radiotaste. Mit trüben Augen spähte sie ins Licht, das sich im Zimmer ausbreitete. Die zusätzliche halbe Stunde, die sie noch geschlafen hatte, war nicht besonders nützlich gewesen. Und jetzt mußte sie raus aus den Federn. Ein volles Programm erwartete sie an diesem Tag: Wäscheschrank abschmirgeln, Informationsfragmente in einem Mordfall sammeln. Und wie es so schön heißt, man kann ja nicht alles im Leben haben.

Während sie ihr Frühstück hinunterschlang, legte sie sich ein ausgeklügeltes System zurecht, wie sie ihre Zeit am besten einteilen würde. Man mußte Prioritäten setzen.

Am Vortag hatte sie sich mit Cuffy und Kit befaßt, endlich mit einigermaßen befriedigendem Erfolg. Und was immer Chris auch behauptete, vorerst würde sie die beiden von der Liste der Verdächtigen streichen. Das kleine Tête-à-tête mit Paige Dexter und Ty Engelman hatte nicht viel gebracht, abgesehen von der Bestätigung der Tatsache, daß die zwei sie nicht besonders mochten. Gewisse Gefühle verstand sie recht gut zu beurteilen.

Wenn man bedachte, daß Paiges Ehemann erst vor kurzem ins Gras gebissen hatte, war sie gestern recht munter gewesen – besonders in Ty Engelmans Nähe. Und dann mußte auch noch berücksichtigt werden, was Les über Ty erzählt hatte. Vielleicht wäre es aufschlußreich, Sarandons Testament zu überprüfen. Ein Besuch beim County-Notar könnte sich lohnen.

Paige und Ty – offensichtlich ein engverbundenes Paar… Was sie an ihm fand, überstieg allerdings Finnys Begriffsvermögen; vielleicht hatte er irgendwelche verborgenen Talente entwickelt.

Sie erinnerte sich an die Art, wie er Paige angefaßt hatte – die Finger wie Kletten an ihrem Arm. Und seine Geliebte war ziemlich nervös gewesen. Vielleicht wollte sie die Affäre geheimhalten. Finnys Lippen zuckten. Wenn das stimmte, sollte die Frau lieber aufhören, ihn wie ihr Lieblingsdessert anzustarren.

Nach der Morgentoilette schleppte sich Finny zu Corinnes Haus hinaus. An diesem Tag wollte sie die Schranktüren fertigstellen und dann mit dem Schmirgeln beginnen, aber die alte Dame lauerte ihr bereits am Hintereingang auf. »Erzählen Sie mir alles über den Lunch«, befahl sie und reichte ihr eine Tasse Kaffee.

Fünfundvierzig Minuten und drei Tassen später gab sich Corinne endlich mit der Beschreibung aller Dekorationen, Speisen und Kleider zufrieden. »Und Sie haben tatsächlich mit Emeline Hanratty geredet?« Voller Bewunderung schüttelte sie den Kopf. »Seit über vierzig Jahren gehört sie zu den führenden Persönlichkeiten in der Gesellschaft von Denver.«

Finny musterte sie neugierig. Winzig klein, in einem geblümten Hauskleid, den grauen Haarknoten stramm festgesteckt, stellte sie das genaue Gegenteil der vornehmen Society dar. Vielleicht verfolgte sie die Aktivitäten der Gesellschaftsgrößen, so wie andere ins Kino gingen.

»Emeline?« Finny lächelte. »Sie schaute mich an, als käme ich von einem anderen Planeten, auf dem ich lieber hätte bleiben sollen. Und für Twee fand sie auch kein einziges freundliches Wort.«

Bedauernd schnalzte Corinne mit der Zunge. »Nun ja, sie ist in letzter Zeit sehr gealtert. Womöglich fühlte sie sich nicht gut.«

»Nach meiner Ansicht ist sie eine miese alte Hexe.« Finny schob ihren Stuhl vom Tisch zurück und stand auf. »Oh…« Sie streckte sich und konnte ein Gähnen nicht unterdrücken. »Nun muß ich sehen, daß ich vor dem Essen noch ein bißchen was arbeite. Wenn ich mein Tempo nicht beschleunige, werden Ihre Handtücher erst nächste Woche in ihr neues Heim ziehen können.«

Corinnes Lippen kräuselten sich. »Ein Mord ist wichtiger als ein Wäscheschrank. Habe ich mich etwa beklagt?«

»Nein.« Finny grinste sie voller Zuneigung an. »Ich glaube, Sie interessieren sich genauso wie ich für den Fall, vielleicht sogar noch mehr.«

Corinnes Hand kroch zu ihrem Hals hinauf. »Mag sein. Seit ich in den Ruhestand getreten bin, gibt es nicht mehr viel, womit ich mich beschäftigen kann.« Eifrig preßte sie eine Faust auf ihre Brust. »Und wie Sie zugeben müssen, ist das wirklich ein faszinierendes Verbrechen.«

»Das können Sie zweimal sagen«, entgegnete Finny trocken. »Jetzt muß ich aber wirklich loslegen.« Während sie die Küche verließ, klingelte das Telefon, und sie hörte Corinnes Murmelstimme.

Auf halber Höhe der Treppe wurde sie vom Ruf der alten Dame eingeholt. »Für Sie!«

»Oh, Mist.« Sie drehte sich um und fiel beinahe auf den Läufer, der unter ihren Füßen verrutscht war. Zum Teufel, immer wieder vergaß sie, das Ding festzunageln. Wahrscheinlich würde sie sich noch das Genick brechen, bevor der Job beendet war. »Aletter.«

»Miss Aletter, ich verbinde Sie mit Mr. Bartholomew.«

Es klickte, und Finny fand kaum Zeit, sich zu wundern. Mr. Bartholomew, was um alles in der Welt… Da erklang auch schon seine mißbilligende Stimme. »Miss Aletter, hier ist MacKenzie Bartholomew. Ich bin Mrs. Garretts Anwalt, wie Sie sich vielleicht entsinnen.«

»Oh, Mr. Bartholomew, welch eine Überraschung…«

»Zweifellos.« Er machte eine Pause, und Finny spürte sein Unbehagen so deutlich, als stünde er neben ihr. »Twee möchte Sie sofort sehen.«

Und es ist ihm äußerst unangenehm, mir das mitzuteilen, dachte sie. »Gut, ich besuche sie, sobald ich kann.«

»Sie verstehen nicht...« Geduldig wartete sie, bis er weitersprach. »Es fällt mir sehr schwer...« Wieder unterbrach er sich, dann hörte sie ein Räuspern. »Nun, um es kurz zu machen – Twee liegt im Mercy Hospital, und ich hoffe...es wäre sehr freundlich von Ihnen...« Mühsam schien er zu schlucken, dann fügte er hastig hinzu: »Sie...hat letzte Nacht versucht, sich das Leben zu nehmen.«

Selbstmord. Twee? Wie betäubt fuhr Finny durch die Stadt zur Klinik.

Twee war immer ein sehr starker Mensch gewesen. Allein schon der Gedanke, sie könnte versucht haben, sich umzubringen, erschien Finny unfaßbar. Den Großteil ihres Lebens widmet sie anderen Leuten, dachte sie. Wie sollte sie da auf die Idee kommen, ihrem Leben ein Ende zu setzen? Inwiefern hängt das mit William Sarandons Tod zusammen? O Gott, wenn sie ihn nun wirklich ermordet hat...

MacKenzie Bartholomew wartete in der Eingangshalle des Krankenhauses, wie immer untadelig gekleidet. Sein leichter grauer Nadelstreifenanzug und das hellblaue Hemd wappneten ihn gegen die Formlosigkeit, die Finnys Blue jeans und ihr T-Shirt darstellten. Beinahe hätte sie sich für ihren Aufzug entschuldigt, doch dann sah sie seine unglücklichen Augen.

»Sie liegt noch auf der Intensivstation«, platzte er statt

einer Begrüßung heraus. Offenbar legte er an diesem Tag keinen Wert auf Höflichkeitsfloskeln und Gesellschaftsregeln. »Ohne mich dürfen Sie da nicht rein.« Er eilte zu den Aufzügen und drückte hastig auf einen Knopf.

Finny folgte ihm. »Warum hat sie es getan?« Einige Sekunden lang wartete sie vergeblich auf eine Antwort, dann wurde sie wütend. »Finden Sie nicht, daß Sie mir eine Erklärung schuldig sind? Außerdem muß ich wissen, was los war, damit ich nichts Falsches sage, wenn ich bei Twee bin.« Sie packte seinen Arm und zwang ihn, sich zu ihr umzudrehen. »Reden Sie endlich!«

Betrübt schüttelte er den Kopf. »Ich weiß nichts. Anfangs brachte sie kein einziges Wort hervor. Und nachdem man ihr den Magen ausgepumpt hatte, erklärte sie nur, sie bedaure, daß ihr Selbstmordversuch mißlungen sei.«

Der Aufzug hielt, surrend öffneten sich die Türen, spuckten zwei Kinder und eine verweinte Frau aus. Der Anwalt ließ Finny den Vortritt in die Liftkabine.

»Und wieso schlug Twees Versuch fehl?« fragte sie.

Er zögerte. »Ihr Dienstmädchen rief mich an«, erwiderte er dann. »Sie war sehr aufgeregt, und ich konnte sie kaum verstehen.« Sein Blick fixierte die Lämpchen am Boden, dann hob er den Kopf und schaute Finny an. »Da beschloß ich, nach Twee zu sehen. Sie lag bewußtlos in ihrem Schlafzimmer, und das Mädchen war verschwunden.«

Die Türen öffneten sich, und die beiden gingen den sterilen Korridor hinab.

Twee lag so reglos da, daß Finny sich fragte, ob die Freundin doch ihr Ziel erreicht hatte. Dann sah sie einen schwachen Puls an der Schläfe flattern und trat ans Bett.

Leblos ruhte Twees lavendelblau getöntes graues Haar auf dem schneeweißen Kissen. Bleierne Müdigkeit und die unausweichliche Wirkung der Schwerkraft zeichneten die fahle Haut.

»Twee?«

Sie drehte den Kopf ein wenig zur Seite und schaute Finny an, die mühsam nach Atem rang, als sie den Ausdruck in den glanzlosen Augen sah – schmerzlichen Kummer und Resignation. Der Gegensatz zwischen dieser Frau und der vitalen Gastgeberin, sogar der verwirrten, hochnäsigen Twee, die ihr vor wenigen Tagen begegnet war, brachte sie fast zum Weinen.

»Du meine Güte!« murmelte Finny mit halberstickter Stimme. »Kaum kehre ich dir den Rücken, schon machst du eine Dummheit.«

Twees trockene Lippen verzogen sich ein wenig. »Letzte Nacht fand ich's sehr sinnvoll.«

Finny ergriff die Hand, die auf der Decke lag. »Warum? Warum hast du's getan?«

Twee schloß die Augen, dann holte sie tief Atem und antwortete kraftlos: »Der Gedanke, eine Gerichtsverhandlung durchzustehen, hatte seinen Reiz verloren.« Sie drehte ihre Hand um, und plötzlich umklammerte sie Finnys Finger ganz fest. »Du mußt mir glauben, daß ich William getötet habe.«

Finny zögerte, dann erwiderte sie wahrheitsgemäß: »Ich weiß nicht, wie und wann du Gelegenheit gehabt haben solltest.«

Da schlug Twee die Augen auf. »Aber ich weiß, was ich getan habe.« Ein Teil ihrer alten Vitalität schien zurückzukehren. »Ich erstach William, weil er meinen Mann und mich um ein paar hunderttausend Dollar betrogen hatte. Und weil er den Tod verdiente.«

»Erinnere dich doch mal an die Party.« Finny seufzte tief auf. »Du hast dich mit Paige und Les Trethalwyn und mir unterhalten. Dann verließ ich euch, um auf die Toilette zu gehen, und ich sagte, wir würden uns später wiedersehen. Ich stieß mit Richter Sarandon zusammen, schüttete Wein auf sein Hemd, und er verschwand, um die Flecken zu entfernen. Während seiner Abwesenheit sah ich dich die ganze Zeit. Außerdem hörte ich deine Stimme. Kurz bevor Bianca die Leiche entdeckte, trafen wir uns, und du erzähltest mir von deinem Gespräch mit dem ehemaligen Polizeipräsidenten Nielsson. Stimmt das?«

Twee nickte.

»Also hattest du gar keine Zeit, Richter Sarandon zu ermorden, Twee. Das weißt du ebenso gut wie ich.«

Twees Kopf bewegte sich auf dem Kissen hin und her. »Nein, das ist nicht wahr. Du kennst doch die ganze Geschichte. Ich schwor mir, William eines Tages zu töten. Das war die einzige Möglichkeit, ihn zu bestrafen. Für ihn zählten immer nur sein Geld und seine Position. Das Geld konnte ich ihm nicht wegnehmen, und es hätte mich zuviel Zeit und Mühe gekostet, seine Position ins Wanken zu bringen. Also mußte ich ihn umbringen. Das war mein gutes Recht. Niemand durfte mir das streitig machen.« Langsam rollten Tränen über ihre Wangen. »Bevor Herbert starb, gab ich ihm mein Wort. Dann dachte ich drüber nach und versuchte zu entscheiden, wie ich es am besten anfangen sollte.« Ein Schluchzen drohte ihre Stimme zu ersticken. »Ich hab's versprochen. Und du halt' dich da raus... Ich wollte es tun, verstehst du?« fügte sie in schrillem Ton hinzu. »Ich wollte es!«

»Ist ja schon gut, Twee.« Behutsam tätschelte Finny

die Schulter ihrer Freundin. »Reg' dich nicht auf. Alles ist okay.«

Twees heftige Atemzüge verlangsamten sich, die Tränen versiegten. Nach wenigen Minuten schlief sie ein. Finny schaute MacKenzie Bartholomew an, der seine Klientin beobachtete, so kummervoll, als wäre sie rettungslos verloren.

Finny zeigte zur Tür, und er nickte. »Sie schläft«, erklärte sie einer Krankenschwester, der sie im Flur begegneten, dann wandte sie sich zu Bartholomew. »Ich glaube ihr immer noch nicht. Sie etwa?«

Mit einer knappen, hektischen Geste putzte er sich die Nase. »Ich weiß es nicht. Hätten Sie mich letzte Woche gefragt, ob Twee Garrett einen Mord verüben könnte, wäre ich in schallendes Gelächter ausgebrochen. Ich kenne kaum einen freundlicheren Menschen als Twee. Eigensinnig und rechthaberisch – ja, das ist sie, aber grundgütig.«

Er steckte das Taschentuch wieder ein. »Aber in diesem Fall trat sie so entschlossen auf wie nie zuvor. Als sie zu mir kam, um mir von William zu erzählen, schien sie stolz auf ihre Tat zu sein. Ich versuchte, sie von ihrem Geständnis abzubringen, und da wurde sie schrecklich wütend.«

Finny drückte auf den Liftknopf. »Verstehen Sie, sie kann es einfach nicht getan haben. Dazu hatte sie gar keine Möglichkeit.« Der Aufzug öffnete sich, und sie betraten die Kabine. Nachdenklich starrte Finny zu Boden, und der Anwalt preßte seinen Zeigefinger auf den Knopf fürs Erdgeschoß. »Wissen Sie irgendwas über Twees Dienstmädchen?« erkundigte sie sich.

»Nur sehr wenig. Twee erzählte mir, Bianca Lopez sei ihr von einer Freundin empfohlen worden, und sie schien das Mädchen zu mögen.«

»Als ich am Dienstag mit Bianca sprach, wirkte sie völlig verängstigt. Ich hätte schwören können, daß sie entweder log oder irgend etwas zu verbergen hatte. Jetzt ist sie verschwunden... Haben Sie ihre Telefonnummer oder die Adresse?«

Wieder putzte er sich die Nase. »Wahrscheinlich befindet sich ihr Bewerbungsschreiben bei Twees Unterlagen in meinem Büro.«

»Würden Sie für mich nachsehen?« Die Türen glitten auseinander, und sie betraten die Halle. »Ich möchte mit Bianca reden – über die vergangene Nacht.«

Prüfend betrachtete er ihr Gesicht, und seine eigene Miene spiegelte widersprüchliche Gefühle wider. »Das könnte ich tun«, antwortete er langsam und bedächtig. »Selbstverständlich müßten Sie alle Informationen, die ich Ihnen gebe, vertraulich behandeln.«

Finny schluckte die Bemerkung hinunter, die ihr auf der Zunge lag. Glaubte er etwa, sie würde die Adresse und die Telefonnummer des Mädchens in einer Zeitungsannonce veröffentlichen? »Ich verspreche Ihnen, daß ich sehr diskret vorgehen werde.«

Der Anwalt ignorierte ihren Sarkasmus. »Also gut.«

Sie folgte ihm zum Tech Center, und zwanzig Minuten später fuhr sie nach Westwood, wo Bianca wohnte – nach der Hausnummer zu urteilen, in einer ärmlichen Gegend.

Finny lenkte ihren Lieferwagen in den dichten Nachmittagsverkehr auf den Valley Highway. Westwood lag nicht allzuweit vom Tech Center entfernt, zumindest nicht in geographischer Hinsicht, aber die beiden Stadtteile unterschieden sich so kraß voneinander wie zwei Kontinente: der eine gediegen und homogen, der andere ein Schmelztiegel, in dem sich alte südamerikanische und europäische Kulturen mischten, durchsetzt vom neuen, energiegeladenen Zustrom der asiatischen Flüchtlinge.

Sie blinkte, um den Fahrbahnwechsel zu signalisieren, und umrundete einen Oldtimer, der stur die mittlere Spur besetzte. Twee drehte fast durch vor lauter Kummer, weil sie sich einbildete, sie habe den alten Herbert tief enttäuscht. Schämte sie sich etwa, weil sie Sarandon *nicht* ermordet hatte?

Finny passierte einen Laster, der träge und lustlos dahinrollte, dann die Sportplätze der Denver University. Wenn sie mit Bianca sprach, würde sie vielleicht herausfinden, warum das Mädchen letzte Nacht so hysterisch reagiert, das Weite gesucht – und Twee allein gelassen hatte.

Finny hielt vor dem winzigen Zweifamilienhaus in der Irving Street. Im Vorgarten verdorrte das müde Gras an Wassermangel, welkte hinter einem Zaun aus dünnen Pfosten und Maschendraht. Vom Holz blätterte ein grüner Anstrich ab. Sie ging durch das Gatter, stieg zerbröckelnde Zementstufen hinauf zu einer glänzenden neuen Aluminiumtür und klopfte an. In der heißen Stille des Nachmittags hörte sie weiter unten an der Straße Kinder schreien. Gegenüber plätscherte ein träger Rasensprenger. Sie klopfte wieder. Scheiße, dachte sie, ließ die Hand sinken, kehrte der Tür den Rücken und sondierte die Lage.

Als hinter ihr Metall klirrte, drehte sie sich um und sah, wie die Tür aufschwang. »Bianca...«, begann sie und verstummte. Die Frau, die sie anstarrte, war nicht Bianca Lopez.

»Kann ich Ihnen helfen?« Die Stimme klang sanft, aber mit einem stählernen Unterton, der Finnys Antennen zittern ließ – insbesondere, weil ihr die Frau bekannt vorkam. Große braune Augen unter geraden, dichten Brauen, hohe, ausgeprägte Wangenknochen, ein schmales, kantiges, eigenwilliges Kinn. Sie hatte dieses Gesicht schon einmal gesehen.

»Ich suche Bianca Lopez.«

»Die ist jetzt nicht hier.« Die ernste Miene wirkte angespannt. »Wer sind Sie?«

»Finny Aletter. Ich, ich habe mit Bianca gesprochen, vor ein oder zwei Tagen. Über den Sarandon-Mord.«

Die Frau trat einen Schritt zurück. »Ich werde ihr sagen, daß Sie hier waren.«

»Warten Sie... Würden Sie mir helfen? Ich muß unbedingt mit Bianca reden.«

»Warum?«

»Sie ist Twee Garretts Dienstmädchen. Und Mrs. Garrett liegt im Krankenhaus. Letzte Nacht war Bianca bei ihr und rief den Anwalt an. Dann verschwand sie plötzlich, und ich frage mich...«

»Machen Sie sich Sorgen? Um Bianca?« Die Frau schien in Wut zu geraten. »Oder hat sie irgendwas verbrochen?«

»Nein«, erwiderte Finny hastig. »Sie verstehen nicht – ich will nur mit ihr sprechen...«

»Ich sagte doch, ich gebe ihr Bescheid.« Die Frau begann, die Tür zu schließen.

»Einen Augenblick noch. Darf ich mit Ihnen reden, Miss...?«

»Parmetter.« Die Travestie eines Lächelns umspielte die vollen Lippen. »Elena Parmetter.« Dann fiel die Tür ins Schloß.

»Warten Sie!« Finny hämmerte gegen das Aluminium. Elena Parmetter! Die Frau, deren Vergewaltigungsklage so heftige Ressentiments gegen Richter Sarandon geweckt hatte... Wieder klopfte sie an. »Miss Parmetter, bitte! Ich muß mit Ihnen sprechen!«

Nichts rührte sich. Nach ein paar Minuten ging Finny zum Gatter zurück. Worüber war sie hier gestolpert? Sie stellte sich vor, die einzelnen Punkte durch Linien zu verbinden, das Rätselbild zu zeichnen, suchte Zusammenhänge zwischen einzelnen Informationen. Elena Parmetter in Bianca Lopez' Haus? Zu welchem Punkt gelangte man nach einer solchen Feststellung? Hatte Elena den Richter mit Biancas Hilfe getötet? Oder war Bianca selbst zur Mörderin geworden – Elena zuliebe?

Finny kletterte in ihren Lieferwagen und ließ den Motor an. Das Ganze wurde zu kompliziert für ihren Geschmack. Es kam ihr so vor, als würde sie einen Stein umdrehen und beobachten, wie die Wanzen in Deckung rannten. Sie haßte Wanzen.

Das Telefon läutete, als Finny ihr Haus betrat. Was ist jetzt schon wieder los, überlegte sie. Es gab nur eine einzige Möglichkeit, das herauszufinden, und so meldete sie sich.

»Wo zum Teufel warst du?« fauchte Barelli.

»Ist das so wichtig?«

»Seit halb zehn versuche ich, dich zu erreichen. Ich brauche dich hier in der City.«

Und ich brauche einen doppelten Drink und zwölf Stunden Schlaf. »Ich wußte es ja – mein Angebot von heute morgen würde dich früher oder später doch reizen.«

Sein schwaches Gelächter lockerte die Atmosphäre ein bißchen auf. »Was hältst du von einer schnellen Nummer im Leichenschauhaus?«

Finny erschauerte. »Die Wahl des Ortes läßt ein bißchen zu wünschen übrig.«

»Ebenso wie der Grund, warum ich dich dort brauche. Du mußt dir einen Toten ansehen.«

Das städtische Leichenschauhaus lag im Kellergeschoß des Denver General Hospital, eines unauffälligen Gebäudes aus blonden Ziegeln und weißem Metall, das zwischen der Sixth Avenue und dem Broadway hockte, zwei der belebtesten Straßen in der City. Finny war schon ein paar hundert Mal daran vorbeigefahren, ohne sich Gedanken drüber zu machen. Warum sah die Klinik heute so unheimlich aus? Dreimal darfst du raten, spöttelte eine innere Stimme.

Wow, sagte sie sich, als sie auf den Parkplatz bog. Zwei Krankenhäuser an einem Tag. Und das verdankte sie ihren guten Absichten und ihrem einwandfreien Lebenswandel.

Barelli wartete am Haupteingang. »Letzte Nacht hatte Eddie Bereitschaftsdienst«, berichtete er, während sie die Halle durchquerten. »Die Jungs fanden ein paar Negative, und als sie Probeabzüge machten – was glaubst du, welche schöne Brünette auf einem der Fotos drauf war?«

»Ich höchstselbst?«

»Und du prahlst ständig mit deiner Bescheidenheit.«

Es dauerte eine halbe Ewigkeit, bis der Lift das Kellergeschoß erreichte, aber Finny fand, daß es viel zu schnell ging. »Und wieso bin ich auf diesem Foto?« Rumpelnd hielt der Aufzug, die Türen glitten auseinander. Barellis große Hand umfaßte ihre kleine, als er sie den Korridor hinabführte.

»Erinnerst du dich an deinen Phantomfotografen?«

»O nein!«

»Wir werden's ja sehen.«

Sie fror. Nur aus psychischen Gründen, sagte sie sich. Klar. Und fühlte sie sich bei dieser Erkenntnis etwa besser? Wenigstens brauchte sie nicht zuzuschauen, als der weißgekleidete Labortechniker ein Schubfach hervorzog. Und sie hatte immer geglaubt, so was würde nur in zweitklassigen Filmen passieren. Es war einfach zu melodramatisch, wie da ein Toter aus dem riesigen Aktenschrank des Leichenbeschauers glitt, die geisterhafte Musik zu einem Crescendo anschwoll und die Vermutung nahelegte, die reglose Gestalt könnte sich bewegen…

Aber sie bewegte sich nicht. Die Leiche, von einem Laken verhüllt, befand sich bereits außerhalb der Schubfächerreihe aus fleckenlosem Stahl. Finny atmete durch den Mund, um sich vor dem Geruch der Chemikalien zu schützen, die sich wahrscheinlich ebenfalls auf ihre Psyche auswirken würden. Zum Teufel, vielleicht war das alles nur eine raffinierte Halluzination. Sie warf einen Blick nach unten, als der Angestellte das Laken lüftete und einen Kopf mit grauer Plastikhaut entblößte, dessen Haare klebrigen schwarzen Fasern glichen. Automatische Selbstschutzmechanismen traten auf den Plan; dann der Gedanke an Stechschritte, die an Nazis im Gänsemarsch gemahnten.

Er sah so jung aus, das Gesicht emotionslos; für immer verbargen seine Lider die Gefühle, die seine Züge einmal belebt hatten. Was ist es eigentlich, dieses Leben, das dem Fleisch eingehaucht wird? Abgesehen von jenem Unterschied hätte er genausogut schlafen können, aber gerade dieser Unterschied bildete den unüberbrückbaren Abgrund. Der ehemals attraktive, vitale Mann war jetzt nur mehr ein Fleischklumpen, und der ließ sich kaum mit dem Fotografen in Verbindung bringen, den Finny auf Twees Party gesehen hatte. Der Kratzer über einem Wangenknochen hätte von violetten und tiefroten Filzstiften stammen können. »Das ist er«, sagte sie.

»Danke, John.« Barelli umfaßte ihren Ellbogen und schob sie zur Tür hinaus.

»Wie ist er gestorben?« Sie mußte fast laufen, um sich seinen langen Schritten anzupassen.

»Irgend jemand hat ihm den Schädel eingeschlagen.« Chris drückte mehrmals auf den Liftknopf. »Ich hasse diesen Keller.«

»Wem sagst du das?«

Im Nachmittagslicht fühlten sie sich besser. Finny holte tief Atem, genoß das Geruchsgemisch aus frisch gemähtem Gras und Autoabgasen. Verschmutzte Luft war immer noch besser als gar keine.

»Bist du okay?« fragte er.

»Klar. *Ich* bin ja nicht tot. Wer war er?«

»Ein gewisser Mike Guiterrez. Er arbeitete freiberuflich als Fotograf, für Hochzeiten, Schulabschlußfeiern, und so weiter. Auf Lokale beschränkt und nur in kleinem Rahmen – bis zu Twees Party.«

»Und die war grandios.«

Barelli zuckte die Achseln. »Für ihn wahrscheinlich schon.«

»Weißt du, wieso er für Twee gearbeitet hat?«

»Keine Ahnung. Bisher sieht seine Story eher einfach aus, aber wir wissen nicht viel über ihn. Wir haben sein Zeug durchsucht – Negative, Rechnungen, Korrespondenz. Eddie stellt gerade Nachforschungen über Guiterrez' Privatleben an. Vorerst gibt's keine Beweise.«

Finny strich sich das Haar aus der Stirn. »Ich verstehe das alles nicht. Du sagst, ich bin auf einem Foto zu sehen?«

»Ja.« Er zog sie auf die Seite des Gehsteigs. Infolge des Schichtwechsels trafen zahlreiche weiße und chirurgengrüne Kittel zwischen der Klinik und dem Parkplatz aufeinander, wie beide Teile des Roten Meers, nachdem Moses weitergezogen war. »Eddie hat's gefunden. Auf diesem Schnappschuß trägst du das rosa Outfit, also muß er bei Twees Party entstanden sein. Du hast es doch am selben Tag gekauft?«

»Ja.«

Langsam wanderte sie zum Parkplatz, und Barelli erzählte: »Übrigens schaute ich mir auch die anderen Fotos an und erkannte einige Partygäste wieder, zum Beispiel die Blondine im schulterfreien...«

»Ich erinnere mich.«

Grinsend fügte er hinzu: »Da gibt's ein Problem. Wir haben nur achtzehn Negative, und normalerweise sind vierundzwanzig oder sechsunddreißig auf einem Film.

Bevor sie antwortete, wartete sie, bis das Donnern eines Sattelschleppers verhallte, der die Sixth in östlicher Richtung hinabfuhr: »Du glaubst also, er wurde wegen der Fotos ermordet?«

Er zuckte die Schultern. »Jedenfalls könnte sich's lohnen, in diesem Zusammenhang zu ermitteln. Sarandon ist tot, der Fotograf ist tot. Rings um seine Leiche lagen Negative verstreut, und so, wie das Studio auseinandergenommen worden war, muß irgend jemand was gesucht haben.«

Finny lehnte sich an den Kotflügel ihres Lieferwagens. »Und was passiert jetzt?«

»Das Übliche. Wir reden mit den Leuten auf den

Fotos und bemühen uns rauszufinden, ob Guiterrez was im Schilde führte. Ein paar Namen kennen wir von der Korrespondenz her. Da war zum Beispiel eine Arztrechnung... Jedenfalls verfolgen wir alle diese Spuren. Und wir werden mit Twee reden. Vielleicht weiß sie was über den Fotografen. Wir brauchen alle Informationen, die wir nur kriegen können.«

Seufzend schloß sie die Lider und hob das Gesicht der Sonne entgegen. »Natürlich.«

Barelli umfaßte ihre Wange. »Du siehst müde aus, Baby. War's ein anstrengender Tag?«

Sie öffnete die Augen. »Zumindest ein ereignisreicher. Heute morgen rief mich Twees Anwalt bei Corinne an.«

Verwundert hob er die Brauen. »Ist er zu einem anderen Glauben übergetreten, oder was? Neulich warf er dich doch aus Twees Haus hinaus.«

»Der Selbstmordversuch seiner Klientin hat offenbar einen Sinneswandel bewirkt. Er richtete mir aus, sie würde mich gern sehen.«

Barelli starrte sie an. »Seine Klientin? Du meinst – Twee wollte sich umbringen?«

»Wußtest du's nicht?« Verwirrt erwiderte Finny seinen Blick. »Ich dachte, die Polizei würde über alle Selbstmorde – oder Selbstmordversuche informiert.«

»Nicht unbedingt. Was ist geschehen?«

Plötzlich war er wieder ganz der Bulle, und sie spürte, wie ihre Plauderei zu ernsthaftem Business wurde. »Sie schluckte ein halbes Röhrchen Schlaftabletten, die sie mit Wodka runterspülte, um die Wirkung zu beschleunigen. Hätte das Dienstmädchen sie nicht gefunden, läge sie jetzt auch im Leichenschauhaus.«

»Großer Gott.«

Sie schilderte den Besuch bei Twee und erwähnte ihre Theorie, Bianca Lopez' Verschwinden könnte einiges Licht auf gewisse Fragen werfen. »Und jetzt kommt der große Gag, Chris. Als ich zu ihrem Haus fuhr, war sie nicht da – aber jemand anderer. Du errätst niemals, wer…«

»William Sarandons Geist?«

Verächtlich schnaufte sie. »Du hast ja keine Ahnung. Elena Parmetter öffnete die Tür und erklärte, Bianca sei nicht daheim. Und jetzt solltest du mal deine kleinen grauen Zellen mobilisieren.«

»Elena Parmetter.« Er schaute sie an, aber sie hatte das Gefühl, er nahm sie gar nicht wahr. »Weißt du, wann Twee im Krankenhaus eingeliefert wurde?« fragte er mit grimmiger Stimme.

»Nein, aber das kann ich feststellen. Warum?«

»Warum?« Barelli strich mit beiden Händen durch sein Haar. »Die Frau hat den Mord an Sarandon gestanden. Und nun ist der Fotograf tot, der ihre Partygäste geknipst hat. Ihr Dienstmädchen verschwindet, und Elena Parmetter – das Opfer des eklatanten Fehlurteils von seiten Richter Sarandons – taucht in Biancas Haus auf. Allmählich riecht das alles nach einem Komplott. Wir müssen herausfinden, ob es Zusammenhänge zwischen den beiden Morden gibt.«

»Konzentrier dich bloß nicht auf Twee! Ihr Dienstmädchen war auf der Party und verschwand letzte Nacht, kurz nach Twees Selbstmordversuch.« Eindringlich schaute sie in Barellis Augen. »Und heute morgen wurde Mike Guiterrez' Leiche gefunden. Vielleicht ist Bianca Lopez die Mörderin, in beiden Fällen.«

Er rammte die Hände in die Hosentaschen – wahrscheinlich, um sie dran zu hindern, Finnys Hals zu umschlingen. »Was deine schöne Theorie vermasselt, ist Twees Geständnis. Ich sehe sie nicht als Typ, der zwanghaft zu unwahren Schuldbekenntnissen neigt. Solche Leute gibt's auch. Vor ein paar Jahren kam ein Kerl zu uns und behauptete, er habe seine Frau zerstückelt und die Leichenteile unter den Bäumen im City Park vergraben. Ich schaute mich bereits nach einer Schaufel um, aber wie ich dann erfuhr, war seine Frau bereits vor einem Monat an Krebs gestorben. Den Mord erfand er nur, weil ihn sein Gewissen plagte, denn er hatte nicht an ihre schwere Krankheit geglaubt.« Barelli zog einen Kaugummi hervor und wickelte ihn aus. »Ganz sicher zählt Twee Garrett nicht zu den Menschen, die sich wegen irgendeiner im Lauf ihres Lebens begangenen oder unterlassenen Tat so schuldig fühlen, daß sie fälschlicherweise ein Verbrechen gestehen, nur um bestraft zu werden.«

»Da irrst du dich vermutlich. Du hättest sie heute hören sollen. Beinahe wurde sie hysterisch und insistierte in einem fort, wie fest sie Herbert auf seinem Totenbett versprochen habe, jenen Betrug an Sarandon zu rächen. Glaub' mir, Chris, als ich ihr erklärte, sie könne es ja gar nicht getan haben, widersprach sie mir nur um so leidenschaftlicher.« Finny wischte die Ponyfransen aus ihrer Stirn. »Wahrscheinlich wünschte sie sich inbrünstig, den Mann umzubringen, aber sie tat es nicht. Und jetzt redet sie sich krampfhaft ein, sie sei die Mörderin.«

»Das ist verrückt.«

»Ich sage ja gar nicht, daß sie normal ist«, konterte sie. »Ich sage nur, daß sie Sarandon nicht getötet hat. Vielleicht war's Bianca Lopez.«

Ein gelöster Mordfall ist besser als zwei ungeklärte. Zumindest schien Barelli so zu denken. Er diskutierte lange genug mit Finny, um ihr zu imposanten Kopfschmerzen zu verhelfen.

Nachdem er mit dem Revier telefoniert hatte, tranken sie miserablen Kaffee und aßen schlappe Sandwiches in einer Mom-and-Pop-Bude am südlichen Broadway. Finny brachte kaum einen Bissen hinunter. Obwohl sie nichts zu Mittag gegessen hatte, war ihr Appetit vergangen.

Ihr Protest, was Twees Beweggründe betraf, überzeugte Barelli nicht. »Wenn du anfängst, ein Motiv zu suchen, zäumst du das Pferd beim Schwanz auf. Du brauchst eine Gelegenheit und die Tatwaffe. Und wenn du Glück hast, paßt irgendwann ein Motiv dazu.«

»Aber letzte Nacht war sie nicht in der Zuni oder der Thirtyeight.«

Er seufzte ungeduldig. »Wie kannst du das wissen?«

»Gerade sagtest du, ihr Chauffeur sei verhört worden, im Zuge der routinemäßigen Ermittlungen«, fauchte Finny, »und er habe sie nicht dahin gebracht. Wie zum Teufel...«

»Vermutlich kann die Lady selber fahren. Sie könnte auch ein Taxi genommen haben.« Barelli formte mit seinen Händen ein Zelt und beugte sich über den Tisch hinweg zu ihr. »Hör' mal, Finny, ich kann's mir nicht leisten, meine Gedankengänge von meiner Sympathie für Twee oder einer Beziehung zu dir beeinflussen zu lassen. Sie saß nicht mehr im Gefängnis, behauptet immer noch, Sarandon getötet zu haben, wollte sich letzte Nacht selber umbringen – worin übrigens die meisten Geschworenen einen Schuldbeweis sehen würden. Gibt es einen besseren Grund für einen Selbstmordversuch als heftige Reue, nachdem man ein schweres Verbrechen begangen hat?«

»Und wenn sie sich das Leben nehmen wollte, um ihr Geständnis glaubwürdiger zu machen und eine befreundete Person zu schützen? Auch das ist ein guter Grund.« Finny massierte ihre Schläfen mit den Fingerspitzen. »Scheiße, Chris, du hast es doch selber gesagt – Guiterrez wurde getötet, weil irgend jemand die Negative und Abzüge haben wollte. Das schließt Twee aus. Warum zum Teufel sollte sie sich um diskriminierende Fotos sorgen? Sie hatte den Mord an Sarandon doch ohnehin schon gestanden. Wer weiß, was mit dieser Bianca los ist. Nachdem nun ihre Verbindung mit Elena Parmetter feststeht...«

»Da wir gerade drüber reden...« Barelli stand auf und suchte in seinen Taschen nach Kleingeld. »Inzwischen müßte Eddie wieder im Revier sein. Ich ruf' mal an. Vielleicht hat er was über Elena Parmetter und Bianca Lopez herausgefunden.«

Finny kramte in ihrer Handtasche nach einem Aspirin, als er zurückkam. »Nun, hat er was rausgekriegt?« Beim Anblick seiner Miene unterbrach sie sich. »Was gibt's?«

Er zwängte seine Beine unter den Tisch und hielt ihrem bestürzten Blick stand. »Das wird dir nicht gefallen. Mike Guiterrez war Elena Parmetters Vetter. Während der letzten sechs Monate lebte er mit Bianca Lopez zusammen. Nachdem seine Eltern über seinen Tod informiert worden waren, ging Elena zu seiner Freundin, um ihr Bescheid zu geben, traf sie aber nicht an. Und Bianca ließ sich auch nicht mehr blicken.«

»Vielleicht mußte man's ihr gar nicht sagen.«

Chris runzelte die Stirn. »Das paßt nicht zusammen. Immerhin erwartet sie ein Baby von Guiterrez.«

Verblüfft riß Finny die Augen auf. »Wo zum Teufel steckt sie dann?«

»Ich wünschte, das wüßte ich. Eddie sagte, Elena würde ganz verzweifelt nach ihr suchen.«

»Verdammt«, explodierte sie, »warum...«

»Sie hält sich illegal in den Staaten auf und will nichts mit der Polizei zu tun haben – aus Angst, man würde sie ausweisen.«

Fallstrick

Sie mußte zurückgehen, um das Geld zu holen. Viel war es nicht, aber alles, was sie besaß. Auf der anderen Straßenseite verlängerten sich die Schatten der alten Ulmen in der Dämmerung, fielen über den windschiefen Zaun, als sie durch das Gatter ging. Sie schaute über die Schulter, dann nach beiden Seiten, ehe sie den Schlüssel ins Schloß steckte. Der Knauf drehte sich unter ihrer Hand, und sie stemmte sich gegen die Tür, die ein wenig klemmte, stieß sie auf und schlüpfte durch die schmale Öffnung. Ihre Augen wanderten durch das Zimmer, suchten nach Veränderungen. Deutete irgend etwas darauf hin, daß jemand hier war?

Fast sofort entdeckte sie den Zettel, an die Sofalehne geheftet. Das Herz schlug ihr bis zum Hals. Sie erstarrte, ihr Atem stockte. Angestrengt lauschte sie auf etwaige Geräusche in den anderen Räumen. Die bedrohliche Stille erschien ihr beinahe noch schlimmer als das Unbekannte, das sie erwartete. Mit zitternden Händen strich sie über ihre Schenkel und preßte den zerknitterten Rock dagegen. Miguel, dachte sie, Miguel.

Sie machte einen Schritt auf das Sofa zu, und knisterndes Papier unter ihrem Fuß brach das Schweigen. Sie bückte sich, hob die Post auf, die durch den Türschlitz gefallen war. Desinteressiert sah sie die Kuverts durch, das Fotomagazin. Was bedeutete ihr das alles schon? Der Brief von ihm lag zuunterst, ihr Name stand darauf, in sauberer, schräger Handschrift, in schwarzer Tinte. Laut durchdrang das Aufreißen des Umschlags die Stille. Sie faltete das Blatt auseinander, zwei dunkle Streifen fielen zu Boden, mißgestaltete Kringel, die im schwachen Licht schimmerten. Negative, vier Fotos auf jedem Streifen.

»Falls was schiefgeht – das ist Deine Sicherheitsgarantie. Ich liebe Dich, Miguel.« Die Worte eilten über das unlinierte Papier. Es glitt ihr aus den Fingern, und sie begann zu weinen. Nach einer Weile faßte sie sich und hob die Negative auf, hielt sie hoch, sah jemanden auf die Kamera zukommen. Hinter der Gestalt lag ein Mann am Boden.

Durch einen Tränenschleier starrte Bianca ihn an, bis sich die Erkenntnis der Wahrheit wie eine langsame, kalte Welle in ihrem Körper ausbreitete. Diese Person mußte Richter Sarandon getötet haben. Das Gesicht war nicht zu identifizieren, vom Negativ in Farbkleckse zerhackt, in einen Code aus Licht und Schattenflecken, den sie nicht enträtseln konnte. Wann hatte Miguel die Aufnahmen hierhergeschickt?

Die Erinnerung an die Worte, die er mit seinem Blut auf den Boden geschrieben hatte, schwirrte durch ihr Gehirn. Sie ging zur Küche, im Luftzug ihrer Bewegungen flatterte der Zettel an der Sofalehne, und Bianca blieb stehen, starrte ihn an, als würde eine Gefahr darin lauern. Wieder las sie ihren Namen, diesmal in großen, dramatischen Buchstaben. Sie zog das Papier von der Stecknadel, überflog die wenigen Zeilen. »Ruf mich an, sobald Du nach Hause kommst. Miguel wurde letzte Nacht ermordet. Bitte, laß mich Dir helfen. Elena.« Darunter stand eine Telefonnummer. Neue Tränen brannten in Biancas Augen.

Natürlich, Elena wollte ihr helfen. Aber wie? Die *policia* hatte sich an sie gewandt. Wie sollte sie sonst von Miguels Tod wissen? Wahrscheinlich wurde sie beobachtet, wegen jener Gerichtsverhandlung. Beobachten sie nicht immer alle Leute, die irgendwann aktenkundig geworden sind, fragte sich Bianca bitter. Wenn ich zu Elena gehe, werden sie mich schnappen und – falls sie mich nicht wegen Mordes an Miguel anklagen – nach Mexiko zurückschicken... Sie preßte eine Hand auf ihren Bauch. Nein, ihr Baby mußte in den USA aufwachsen.

Sie lief in die Küche, riß die Schranktür über dem Herd auf, wühlte zwischen Dosen und Beuteln nach der Mehltüte. Unter dem Schatten ihrer Hand krabbelte eine Schabe davon, wie ein Melonenkern, der das Dunkel suchte. Bianca griff ins Mehl, zog das kleine, in Plastik gewickelte Päckchen hervor und wischte es an ihrem Rock ab.

Ihre bebenden Finger falteten das Papier auseinander, Geldscheine landeten auf dem Küchentisch. Vierundfünfzig Dollar. Das war alles. Sie schrubbte die Tränen von ihren Wangen und betrachtete wieder die Negative. Meine Sicherheitsgarantie, dachte sie. Miguel hatte nach Gleichberechtigung gestrebt und den Tod gefunden. Wieso war er bloß auf die Idee verfallen, ihr diese Fotos von einem Mörder zu schicken? Was sollte sie damit anfangen? Wenn sie die zur *policia* brachte, würde man ihr nicht helfen. Elena konnte auch nichts tun. Jeder wußte doch, was mit ihr geschehen ist. Und Mrs. Garrett saß selber in der Klemme.

Aber – die Frau, die Twee Garretts Unschuld zu beweisen versucht, erinnerte sich Bianca, die mich gebeten hat, sie anzurufen, wenn sich was Neues ergibt... Sie hatte die Visitenkarte weggeworfen. Entschlossen eilte sie ins winzige Bad, und der Mülleimer kippte um, als sie die Karte hervorholte. »Finny Aletter, 888-4746.« Keine Adresse. Sie kehrte in die Küche zurück, blätterte im Telefonbuch. Da...

Als der Türknauf ratterte, blieb ihr beinahe das Herz stehen und hämmerte dann in schmerzhaftem, wildem Rhythmus gegen die

Rippen. Sie packte das Geld und Finnys Visitenkarte, stopfte das Geld in ihre Tasche.

Ein dumpfer Schlag ließ die Aluminiumtür klirren und jagte Bianca durch den Hinterausgang hinaus in die Gasse. Hinter ihr lag das geöffnete Telefonbuch auf dem Küchentisch, und die Seiten bewegten sich kaum, als die unversperrte Tür gewaltsam aufgestoßen wurde.

Die Ampel leuchtete grün, und Finny schaltete in den ersten Gang. Sie bog in die Eleventh, überquerte den Cherry Creek, der lautlos und schimmernd unter ihr dahinfloß, passierte das leere Rocky-Mountain-Bank-Note-Gebäude. Der Verkehr war nur schwach; um diese Zeit saßen die meisten intelligenten Leute daheim, aßen ihr Dinner und schmiedeten Pläne für den Abend. Nun, sie führte ein aufregendes Leben. Sie würde heimfahren und über eine arme Mexikanerin nachdenken, der das Leben übel mitspielte, weil ihr Liebhaber ermordet worden war und weil sie nicht wagte, sich an die Bullen zu wenden.

Bevor Barelli ins Revier zurückgekehrt war, hatte Finny gefragt: »Was glaubst du, warum sie sich nicht um eine Aufenthaltserlaubnis bemüht hat?«

»Wenn man sechs Jahre lang fürchtet, des Landes verwiesen zu werden, kann man sich wohl kaum dazu durchringen, eine staatliche Behörde aufzusuchen – selbst wenn einem immer wieder versichert wird, dies sei ungefährlich.«

Sie verstand, was er meinte. So ähnlich war's in der

Schule, wenn der Direktor rief: »Sagt mir, wer's war, dann passiert keinem was!« Höchst unwahrscheinlich, daß Bianca so etwas glauben würde – schon gar nicht, nachdem sie bei Elena gesehen hatte, wie die Justiz funktionierte.

Finny steuerte den Lieferwagen in die Gasse neben ihrem Haus, hörte die Reifen im Wasser plätschern, das aus dem Rinnstein quoll, sah beim Nachbarn den Rasensprenger rotieren. Um so was sollte sie sich auch mal kümmern.

Die Sonne war jetzt nur mehr eine Erinnerung, abendliche Kühle legte sich auf Rasenflächen und Blumenbeete wie ein frisches Laken, das über eine Matratze gebreitet wird. Finny war müde. Die Höhepunkte dieses Tages müßten in eine Schachtel gepackt und an eine Adresse am anderen Ende der Welt geschickt werden. Vermutlich hatte sie zwischen Sonnenaufgang und Sonnenuntergang ein paar graue Haare bekommen.

Der automatische Garagentoröffner verrichtete seine magische Arbeit. Licht drang aus dem Küchenfenster. Hm. Ausnahmsweise war Chris vor ihr daheim. Sie stieg aus dem Toyota, verließ die Garage durch die Seitentür und schloß sie hinter sich.

Als sie die Mitte des Hofs erreichte, erlosch die Küchenlampe. Irritiert blieb Finny im Dunkeln stehen. In der Garage hatte sie die Hofbeleuchtung nicht eingeschaltet – überzeugt, das Licht aus der Küche würde ihr genügen. Verflixter Kerl! Im Vergleich mit ihm sah der sprichwörtliche zerstreute Professor manchmal wie ein knallharter Ausbund an Geistesgegenwart aus.

Sie tappte durch die Finsternis zur Hintertür und drehte am Knauf. Zugesperrt. Verdammt, wo war ihr Hausschlüssel? Sie griff in eine ihrer Jeanstaschen – da.

Das Schloß klickte, und die Tür öffnete sich der dichten Dunkelheit. Plötzlich hatte sie das Gefühl, daß da was nicht stimmte. »Chris?« Sie tastete nach dem Lichtschalter an der Außenmauer neben dem Türrahmen, und ihre Hand streifte jemanden.

Ehe sie schreien konnte, traf eine kräftige Faust ihren Magen. Alle Luft wurde ihr aus den Lungen gepreßt, und sie krümmte sich zusammen. Ein großer Schemen raste aus ihrem Haus, über sie hinweg, etwas Schweres drückte auf einen ihrer Füße, während sie rücklings auf den Verandaboden stürzte. Durch das Dröhnen in ihren Ohren hörte sie die Tür ins Schloß fallen, dann konzentrierte sie sich mühsam auf ihre Atemzüge.

Eine Ewigkeit später begann Finny zu ahnen, daß sie überleben würde. Ein oder zwei Jahre lang würde sie wahrscheinlich nur ganz flach atmen können, aber am Leben bleiben. Sie erkämpfte sich eine etwas günstigere Position auf allen vieren, dann versuchte sie aufzustehen. Das Stehvermögen ihrer Beine hätte *al dente*-Spaghetti zu Stahlträgern hochstilisieren können. Nun, wenn's beim ersten Versuch nicht klappt, vielleicht beim zweiten...

Schließlich kroch sie zum Lichtschalter. Vielleicht würde sie den Rest ihres Lebens einen halben Meter über dem Boden verbringen müssen – aber bei Gott, nicht im Dunkeln! Das bedeutete natürlich, daß sie irgendwie auf die Füße kommen mußte, um die Lampe anzuknipsen. So mußte sich eine frühe Phase der Evolution angefühlt haben.

Gerade hatte sie ein paar vorsichtige Atemzüge getan, um sich hochzurappeln, als das Licht in der Küche aufflammte. Ein gelber Strahl fiel durch die Türglasscheiben auf die Hinterveranda. »Finny?« rief Barellis gepreßte Stimme.

»Hier«, krächzte sie.

Er stürmte zur Tür heraus. »Mein Gott!« Erschrocken kniete er neben ihr nieder. »Bist du okay?« Ohne eine Antwort abzuwarten, betastete er ihre Gliedmaßen und schaute ihr besorgt in die Augen. »Kannst du deine Hände und Füße bewegen?« Sie demonstrierte diese Fähigkeiten, und da zog er sie behutsam hoch und nahm sie auf die Arme. »Was zum Teufel geht hier vor?« fauchte er, während er sie durch die Küche und das Speisezimmer in den Wohnraum trug. Vorsichtig setzte er sie auf die Couch. »Erzähl' mir, was passiert ist. Tut dir was weh?«

»Ich muß mich übergeben...« Hastig packte er den kleinen Abfalleimer, der neben dem Sofa stand, und stützte Finny, während sie die Reste ihres frühen Dinners los wurde. »Tut mir leid«, keuchte sie nach diesem kurzen, unerfreulichen Zwischenspiel.

»Schon gut.« Barelli riß ein paar Papiertaschentücher aus der Schachtel auf dem Couchtisch und gab sie ihr. »Alles erledigt?« Als sie nickte, versprach er: »Ich bin gleich wieder da.« Dann trug er den Eimer hinaus und kehrte wenig später zurück, in einer Hand einen nassen Lappen, in der anderen ein Glas Wasser. »So, Baby.« Er wusch ihr das Gesicht, und die kühle Feuchtigkeit weckte ihre Lebensgeister. »Trink' einen Schluck«, bat er und hielt ihr das Glas an die Lippen. Das half ihr. »Kannst du jetzt reden, Finny?«

»Ja.« Warum klang ihre Stimme wie Schmirgelpapier? Sie räusperte sich und zuckte zusammen, weil ihre Magenmuskeln heftig schmerzten.

»Was ist passiert?« fragte er, und sie berichtete vom plötzlich erloschenen Küchenlicht, von der versperrten Tür. Als sie schilderte, wie das Monster über sie hinweggerannt war, geriet er in Wut. »Hast du gar nicht bedacht, daß sich da was Unheimliches abspielen könnte?«

»Der ganze Tag war unheimlich. Ich glaubte, du wärst aus der Küche gegangen und hättest automatisch die Lampe ausgeschaltet. Das machst du manchmal.«

»War es ein Mann oder eine Frau?!«

»Keine Ahnung. Er oder sie sah ziemlich groß aus, aber ich lag ja am Boden.«

»Scheiße.« Barelli starrte sie an. »Du hättest nicht zur Haustür kommen dürfen, nachdem das Licht ausgegangen war. Wenn du nicht auf deine Instinkte achtest, wirst du nicht lange leben.«

»Meine Instinkte wurden heute k.o. geschlagen. Hör bloß auf, mich anzuschreien!«

Da zog er sie sanft an sich. »Du hast mir einen gewaltigen Schrecken eingejagt, verdammt noch mal«, flüsterte er dicht an ihrem Ohr. »Beim Anblick der Küche dachte ich, du seist überfallen worden.«

»Was stimmt denn nicht mit der Küche?« Finny drückte ihre Wange an den kühlen Baumwollstoff seines Hemds. Tränen stiegen ihr in die Augen.

»Sieht so aus, als hätte jemand versucht, darin ein Unwetter zusammenzubrauen.«

Verwirrt richtete sie sich auf. »Was?«

»Schau' dir's selber an.«

Sie ließ sich von der Couch hochziehen, hinkte durchs Eßzimmer, stieß die Schwingtür zur Küche auf. Dahinter wartete ein Chaos. Mehl- und Zuckerdosen lagen umgekippt auf dem Tisch, alle Schranktüren standen offen, zeigten durcheinandergewirbeltes Geschirr und aufgerissene Lebensmittelkartons. Verschüttete Nudeln und Reis und Gewürze lagen am Boden verstreut, zwischen Notizzetteln, Kuverts und Rezepten, die überdimensionalen Konfetti glichen. Neben einer leeren Backpulverbüchse spreizten sich die beiden Telefonbücher. Einige Pflanzen, die das Fensterbrett am Hinterhof geschmückt hatten, krümmten sich zwischen den Scherben ihrer Töpfe, völlig erschlafft angesichts dieser Demütigung. Auf dem Boden vor der Kühlschranktür häufte sich Kaffeepulver, gekrönt von der leeren Packung.

»Julia Child trifft den Exorzisten«, bemerkte Finny mit dünner Stimme. »Ich fürchte, ich muß mich noch mal übergeben.«

»Diesmal bin ich zuerst dran.« Barelli holte sein Arbeitszeug aus dem Auto, bestäubte die Türknäufe, das Geschirr und die Glasscheiben der Hintertür, auf der Suche nach Fingerabdrücken. Doch er fand nichts. »Entweder hat dein Freund Handschuhe getragen oder alles abgewischt.«

»Wunderbar.« Ihr Blick irrte über das Chaos.

»Morgen fülle ich das Formular für die Hausratversicherung aus, aber ich sehe keinen Grund, schon heute abend jemanden herzuschleppen.«

Finny nickte. »In gewissen Situationen kann es sogar vorteilhaft sein, einen Bullen in der Nähe zu wissen.«

»Besonders dann, wenn seine Eigenschaft als Ordnungshüter gefragt ist, was?«

Zwei Stunden später hatten sich Finnys Atemzüge noch immer nicht normalisiert, was aber nicht am Fausthieb in den Solarplexus lag. »Wer immer das getan hat – ich möchte dieses Ekel zwischen die Finger kriegen«, stöhnte sie, »nur zur Wiedereingliederung in die Gesellschaft.«

Barelli musterte die dicke Olivenölflasche, die sie wie eine Keule durch die Luft schwenkte. »Eine wirksamere

Resozialisierung könnte ich mir gar nicht vorstellen«, erwiderte er und verschloß einen weiteren großen Müllsack. »Wenn ich bloß wüßte, was dieser Einbruch zu bedeuten hat.«

»Das ist mir genauso schleierhaft wie dir.« Sie ergriff einen Besen und fegte die letzten Mehl- und Zuckerreste auf die Schaufel, dann richtete sie sich erschöpft auf. »Hoffentlich ist der Typ nicht satt geworden, falls er hier was Eßbares gesucht hat.«

Barelli warf ein entzweigerissenes Salatblatt in den Mülleimer. »Wahrscheinlich hat er was anderes gesucht – aber was?« seufzte er und schleifte zwei volle Müllsäcke zur Hintertür hinaus.

Sie humpelte zu einem Korbsessel und sank ächzend hinein. Als Chris in die Küche zurückkam, klagte sie: »Ich glaube, dieser Arsch hat mir ein paar Zehen gebrochen.«

»Soll ich dich in eine Klinik bringen?«

»Kann man da was für meine Zehen tun?«

»Nicht viel.« Barelli holte die Cognacflasche aus dem Eßzimmer. »Da. Ich hätte dir schon früher einen Drink geben sollen.«

»Der wäre wohl kaum in meinem Magen geblieben.«

Er nahm zwei Gläser aus der Geschirrspülmaschine und knallte sie auf den Tisch. »Trink' was, und dann ab ins Bett.«

»Weißt du, das war einer der miesesten Tage, die ich jemals durchmachen mußte.«

Barelli strich über ihr Haar. »Wenigstens lebst du noch.«

»Ja«, bestätigte sie und verdrängte das Bild von Michael Guiterrez' Leiche aus ihrer Phantasie. Sie gönnte sich noch einen Schluck Cognac. »Hast du was über Bianca Lopez rausgefunden?«

»Nein. Sie ist spurlos verschwunden.«

Finny holte tief Luft. »Gehen wir schlafen. Morgen ist ein neuer Tag, wie man so schön sagt.«

»Wie wahr!« Er stemmte sich aus seinem Sessel hoch und hielt ihr eine Hand hin, um ihr auf die Beine zu helfen. »Soll ich dich tragen?«

»Das dürfte die einzige Sensation sein, die ich dir heute nacht bieten kann.«

Grinsend hob er sie auf die Arme. »Sei still, mein heißes Herz...«

»Ja, mach' ihm das bloß klar.«

Die Frühstücksvorbereitungen am nächsten Morgen halfen Finny nicht, ihren inneren Frieden wiederzufinden. Der Eindringling hatte alle Müsli-Kartons entleert und mehr Brotscheiben um sich geschmissen als ein betrunkener Bäcker. Gegen Eier hegte er offenbar keine Abneigung, da sie dem Massaker entronnen waren.

Während sie Spiegeleier briet, betrauerte sie den Verlust ihres Mandelmokkas, ein Geschenk, das sie sich selber gemacht hatte, zum Preis von 7,98 Dollar pro Pfund. Welch ein Banause... Barelli war nach dem Anblick des roten Flecks auf ihrem mißhandelten Magen in düsteres Schweigen versunken und frühstückte mit dem Appetit eines Henkers, der Überstunden machte. Er gab vor, die Zeitung zu lesen, nippte an seinem Kräutertee – aus einer Packung, die unversehrt geblieben war – und warf Finny gelegentlich einen kurzen Blick zu.

»Was hast du, Chris?«

Er ließ die Zeitung auf den Tisch fallen. »Hör' auf damit.«

»Womit?«

»Mit diesem Detektivspiel! Du darfst dich Twee zuliebe nicht mehr in Gefahr bringen.« Erbost starrte er sie an, und sie schaute weg.

»Du weißt ja gar nicht, ob der Einbruch gestern abend irgendwas mit Twee zu tun hatte.«

»Und du kannst das Gegenteil nicht beweisen.« Er schob seinen Stuhl zurück und stand auf. »Das alles mißfällt mir, Finny. Und ich will nicht, daß du noch länger in der Sache rumstocherst – nachdem Guiterrez tot ist und dieses Arschloch dir gestern seine Faust in den Bauch gerammt hat.«

»Chris!« Sie ging zu ihm, und er umarmte sie. »Ich bin okay, das weißt du doch.«

»Ja, ich weiß.« Er legte das Kinn auf ihren Kopf. Seine Stimme drang nur gedämpft an ihr Ohr. »Ich werde mit Bernie reden. Er soll die Ermittlungen im Fall Sarandon wieder aufnehmen, denn der Mord an Guiterrez wirft ein neues Licht darauf.« Seine Hände ergriffen ihre Schultern, und er rückte ein wenig von ihr ab, um ihr in die Augen zu schauen. »Und tu' mir einen ganz persönlichen Gefallen – konzentrier' dich ausschließlich auf Corinnes Wäscheschrank.«

Zögernd nickte sie. »Okay – vorausgesetzt, ihr rollt Twees Fall tatsächlich noch mal auf. Wenn nicht, kann ich keine Versprechungen machen.«

Seine Augen verengten sich, dann stimmte er zu. »Also gut. Das ist eine relativ faire Bedingung.«

An diesem Morgen kam sie nur langsam voran. Barelli war schon vor einiger Zeit zum Kriegsschauplatz aufgebrochen, und sie versuchte immer noch, in ihren Alltagsrhythmus zurückzufinden. Während sie unter der Dusche trödelte, bemühte sie sich, die letzten Ereignisse zu überdenken.

Irgendwie schaffte sie es, sich anzuziehen und die Schnürsenkel ihrer Schuhe zu verknoten, dann läutete das Telefon. Sie nahm den Hörer ab, und ehe sie etwas sagen konnte, klinkte sich der Anrufbeantworter ein. »Sie sind mit 888-4746 verbunden. Bitte geben Sie nach dem Piepston Ihren Namen und Ihre Nummer an.« Am vergangenen Abend hatte sie vergessen, den Verzögerungsmechanismus einzuschalten.

»Hallo, hier ist Abigail Hunter. Angeblich liegt Twee im Krankenhaus. Ich will wissen, warum, und das will ich möglichst bald wissen, Finny. Vergessen Sie unseren Deal nicht. *Ich* hab' ihn nicht vergessen. Rufen Sie mich an.« Dem Tonfall nach hätte sie für Zahnpasta werben können: Schaum vorm Mund.

Finny legte auf und ging zur Treppe. Gestern hatte sie nicht einmal den Anrufbeantworter abgehört. Auf diese Idee war sie einfach nicht gekommen. Die erste Aufzeichnung war eine weitere Liebesbotschaft von Abigail – nur geringfügig freundlicher als die heutige.

Und die zweite Nachricht stammte von Les Trethalwyn. »Vielleicht können Sie mich anrufen, Finny. Ich habe etwas Interessantes über unseren Mr. Engelman erfahren, und ich finde, Sie müßten es wissen.«

Hastig wählte sie seine Nummer, dann rammte sie den Hörer auf die Gabel. Verdammt noch mal – besetzt. Sie würde es später wieder versuchen. Oder sollte sie in sein Büro gehen? Das Bild von Barellis ernstem, offenherzigen, vertrauensvollen Gesicht erschien vor ihrem geistigen Auge. Und dann dachte sie an Twee. Was immer sie herausfand – es könnte Twee helfen. Es stand keineswegs fest, daß Les mit Chris reden würde, oder? Und solange es nicht erwiesen war, daß die Spitzen der Denver-Polizei erneut loslegten, konnte sie getrost ein bißchen mitmischen, nicht wahr?

Sie rief Corinne an, um die Verspätung zu erklären, dann machte sie sich auf die Suche nach dem Toyota-Schlüssel.

»…findet heute abend die Premiere von Bizets *Carmen* im Denver Center für Darstellende Künste statt. Die Aufführung, eine Benefizveranstaltung für die Serif Foundation…«

Finny drückte auf einen Radioknopf, und der drängende Rhythmus der Stones füllte das Fahrerhaus des Lieferwagens. Ein paar banale Knalltöne paßten ganz gut zu ihrer Stimmung. Ein Trans-Am zwängte sich aus einer Parklücke beim Dave-Cook's-Laden, und sie raste darauf zu wie eine hungrige Forelle, die nach einer Fliege schnappt. Dann versperrte sie den Toyota und ging die Einkaufsstraße zur Larimer Street hinauf.

Als sie um die Ecke bog, fiel Sonnenschein auf den Writer Square, tauchte die roten Ziegelgebäude und Gehsteige in grelles Licht. Auf der anderen Straßenseite schimmerten die Kupfertöpfe in der Williams-Sonoma-Auslage ohne die Unterstützung der Sonne. Finny wanderte an den Geschäften und am Markt vorbei, atmete den Duft starken schwarzen Kaffees ein, der aus einer offenen Tür wehte, suchte und fand die diskrete Messingplakette an der weißgestrichenen Holztür zwischen zwei Läden.

Das Büro des Denver-Kunstkonsortiums lag im ersten Stock, Suite 201. Grauer Teppichboden bedeckte die Stufen, und das Versprechen im Geruch von frischer Farbe und Möbelpolitur erfüllte sich im kleinen Empfangsraum, der einem Wohnzimmer glich. Moderne dänische Sessel aus hellem Holz mit karierter Polsterung in gedämpften Blauviolettönen umgaben lässig die klaren Konturen eines Birkentischs, auf dem mehrere Ausgaben von *Premiere* und *Interview, Muse* und *Variety* lagen. Wenn sich aus dem Dekor Schlüsse ziehen ließen, funktionierte das Konsortium bestens.

Im Hintergrund erklang ein leiser, glockenheller Telefonchor – ein weiteres Anzeichen schöner Erfolge. Die elegante Empfangsdame taxierte Finny so flink wie der TV-Scanner in einem Supermarkt. Offenbar hatte sie keine Zeit zu verschwenden. »Kann ich Ihnen helfen.« Geschäftsmäßiger Ton, lupenreiner Londoner Akzent.

Finny lächelte. »Ja. Ich möchte mit...«

Die Tür rechts vom Schreibtisch öffnete sich, und Les Trethalwyn spähte am Rahmen vorbei. »Sarah, seien Sie doch so freundlich...« Abrupt verstummte er. »Miss Aletter! Finny! Genau die Frau, die ich sehen wollte!«

Sie trat vor und schüttelte die Hand, die er ihr reichte. »Ich habe versucht, Sie anzurufen, Les, aber...« Seufzend schaute sie zur Sekretärin zurück, die schon wieder einen Hörer ans Ohr hielt.

Trethalwyn führte sie in sein Büro. »Heute geht's hier zu wie in einem Tollhaus. Die *Carmen*-Premiere heute abend, wissen Sie... Die Panik der letzten Minute beginnt schon jetzt.« Einladend wies er auf einen grauen Ledersessel, ging um einen Queen-Anne-Schreibtisch herum und setzte sich. »Es ist sehr nett von Ihnen, mich hier zu besuchen.«

»Nun, ich konnte Ihre Nachricht unmöglich ignorieren. Was haben Sie herausgefunden?«

Er lehnte sich zurück. Im weißen Hemd mit der gestreiften Krawatte, das wellige Haar aus der Stirn gekämmt, sah er wie ein ganz normaler Geschäftsmann aus, aber die funkelnden braunen Augen straften diesen seriösen Eindruck Lügen. »Würde es Sie überraschen, von mir zu hören, daß der liebe Ty Engelman kurz vor dem Bankrott steht?«

Finnys Brauen zogen sich zusammen. »So schlimm sieht's für ihn aus? Damit habe ich nicht gerechnet, nur mit gewissen finanziellen Schwierigkeiten... Wieso wissen Sie das?«

»Ich habe unfehlbare Informationsquellen.« Angesichts ihrer Verwunderung grinste er triumphierend. »Im letzten Jahr wurde Ty häufig in gehobenen Gesellschaftskreisen gesehen – bei vielen Partys und Wohltätigkeitsveranstaltungen. Und das ist ein teurer Zeitvertreib.«

»Ja, ich weiß.« Verwirrt musterte sie ihn über den Schreibtisch hinweg. »Und?«

»Ich beschloß, seine Finanzlage zu erforschen. Da er ständig um Paige Dexter herumhängt, fragte ich mich, ob sie ihn schon die ganze Zeit unterstützt. Irgendwie muß er seinen luxuriösen Lebensstil doch bestreiten.«

»Und Sie überlegen, ob er Sarandon ermordet haben könnte, um an Paiges Erbe heranzukommen? Das wäre wohl etwas zu offensichtlich.«

»Mag sein.« Trethalwyn faltete die Hände auf der glänzenden Tischplatte. »Aber ich glaube, wenn er Paige heiraten würde, wären seine Probleme gelöst.«

»Warum soll er einen Mord begehen, wenn die Scheidung der Sarandons kurz bevorstand?«

»War das wirklich der Fall?« Er lächelte, als er Finnys Verblüffung bemerkte. »Paige und William lebten sehr lange getrennt – schon so lange, daß sich manche Leute fragten, ob die Scheidung jemals stattfinden würde. Und womöglich hätte Paige als geschiedene Frau in finanzieller Hinsicht viel schlechter dagestanden als jetzt.«

Finny erinnerte sich, wie Ty sich Paige gegenüber benommen hatte – überaus aufmerksam, fast besitzergreifend. »Es erscheint mir ein bißchen kurzsichtig, einen Mord zu begehen, wenn man seine Schäfchen vorher nicht ins trockene gebracht hat. Das heißt – falls Paige und William ihre Scheidung tatsächlich hinauszögern wollten.«

Vielsagend breitete er die Arme aus, um zu bekunden: Wer weiß das schon? »Jedenfalls sollte man in dieser Richtung einige Nachforschungen anstellen.«

»Sicher.« Finny erinnerte sich an Twees Party. Ließ es sich mit dem zeitlichen Ablauf vereinbaren, Ty in der Mörderrolle zu sehen? Sie war ihm begegnet, nachdem sie Twee verlassen hatte, aber vor dem Zusammenstoß mit Richter Sarandon. Und nach der Entdeckung des Toten hatte sie ihn zusammen mit Paige gesehen, das war aber auch schon alles. Sie schüttelte den Kopf. »Ich weiß nicht recht. Es wäre möglich, aber sein drohender Bankrott reicht wohl kaum aus, um ihm den Mord an Sarandon anzuhängen.«

»Natürlich«, stimmte Trethalwyn hastig zu. »Man muß auch noch seine Gefühle für Paige in Betracht ziehen. Und vielleicht ihre für ihn.« Sein fragender Tonfall bewog Finny, ihn anzuschauen. »Oh, ich beabsichtige keineswegs, die Lady zu verunglimpfen«, beteuerte er, »doch ich gewinne allmählich den Eindruck, daß sie sich, was Ty Engelman betrifft, überraschend neutral verhält.«

»Ja, es sieht so aus«, antwortete Finny langsam und entsann sich des lockenden Blicks, den Paige ihrem Liebhaber auf Twees Party zugeworfen hatte. Beim Wohltätigkeitslunch war sie allerdings weniger erfreut über seine Gegenwart gewesen.

»Ich dachte nur, Sie sollten erfahren, was ich herausgefunden habe.« Les stand auf und ging um seinen Schreibtisch herum. »Sie wissen ja, wie gern ich Twee helfen würde.«

»Ja, natürlich.« Auch Finny erhob sich und gab ihm ihre Hand. »Was Sie mir erzählt haben, gibt mir tatsächlich zu denken.«

»Nun, ich versuche nur, Ihr Augenmerk auf gewisse Möglichkeiten zu lenken.« Er öffnete die Tür und führte sie in den Vorraum hinaus.

»Mr. Trethalwyn«, begann seine Sekretärin, »da ist ein Anruf von Mrs. Travis auf Leitung zwei. Möchten Sie mit ihr reden?«

»Also, dann werde ich mich unserer hochgeschätzten Mrs. Travis widmen.«

»Auf Wiedersehen«, sagte Finny, »und vielen Dank.«

Er nickte ihr zu und verschwand wieder in seinem Büro. Nachdenklich stieg Finny die Treppe hinab. Alles, was Les ihr mitgeteilt hatte, wies auf Ty hin. Sie stieß die Tür auf und betrat den Gehsteig, auf dem einzelne dichtgedrängte Passantengruppen wie Blutgerinsel den Hauptstrom der Menschheit hemmten, der an den Läden vorbeizog. Falls Les Trethalwyns Verdacht zutraf und Ty den Richter wirklich erstochen hatte, war er dann auch Michael Guiterrez' Mörder?

Bei ihrem Toyota angekommen, sperrte sie die Tür auf und kletterte hinein. Könnte Guiterrez ein Foto gemacht haben, das Ty beim Mord an Sarandon zeigte? Oder hatte Paige die schmutzige Arbeit erledigt? Dann müßte es zweifellos Kontakte zwischen sämtlichen Beteiligten geben, die alle Klassenschranken niederrissen.

Doch es gab noch eine andere Frage, die Finny nicht losließ. Warum bemühte sich Les Trethalwyn so krampfhaft, den Verdacht auf Ty zu lenken? Obwohl er ein vielbeschäftigter Mann war, hatte er sich die Zeit genommen, Informationen über Engelmans finanzielle Lage zu sammeln. Das allein würde schon genügen, um ein schiefes Licht auf seine Motive zu werfen.

Sie steuerte ihren kleinen Lieferwagen in das Verkehrsgetümmel, das sich gerade zum Mittagswahnsinn verdichtete. Eigentlich müßte sie jetzt schnurstracks zu Corinnes Haus fahren, um sich in eine Schmirgelorgie zu stürzen. Sie blinkte und bog in die Ausfahrt zum Valley Highway. Trotz aller Gewissensbisse beschloß sie, noch einmal vor ihrer Neugier zu kapitulieren.

Der Toyota nahm die Belleview-Ausfahrt. Allzuviel hatte Cuffy nicht erzählt, jedenfalls nicht genug, besaß aber den unschätzbaren Vorzug, alle Mitwirkenden des Dramas zu kennen. Und nach dem Durcheinander der letzten Tage wußte Finny nicht, welchen anderen Vorteil sie nutzen sollte. Sie fuhr zwischen den Wagenrädern hindurch und parkte vor Cuffys Haus. Wenn das ihr letzter Schachzug war, sollte er sich wenigstens lohnen. Energisch klopfte sie an die Tür, die sich wenig später öffnete.

»Finny?« In ausgebleichten Jeans und einem T-Shirt, das kupferrote Haar über beiden Ohren zu Pferdeschwänzen zusammengebunden, sah Cuffy Sarandon wie eine Fünfzehnjährige aus. »Was machen Sie hier?«

»Ich wollte Sie um einen Gefallen bitten – genaugenommen um zwei. Darf ich reinkommen?«

»Sicher.« Cuffy trat beiseite. »Was wollen Sie?«

Seufzend strich Finny durch ihr Haar. »Würden Sie mich ins Haus Ihres Vaters führen?«

»Moment mal...«

Finny hob beschwichtigend eine Hand. »Hören Sie mir erst mal zu.«

»Gehen wir in die Küche«, erwiderte Cuffy brüsk und wandte sich ab. »Gerade wollte ich was trinken.«

Finny folgte ihr und nahm ein Glas eisgekühlte Limonade entgegen, die sie genüßlich trank. »Vielen Dank.«

»Also, was soll das alles?«

»Ihr Vater war nicht sonderlich beliebt. Nicht nur der Parmetter-Fall veranlaßte zahlreiche Leute, ihn zu hassen. Dann gab es auch noch den Jericho Mountain-Deal.«

»Und?« Mit einem lauten Knall stellte Cuffy ihr Glas auf den Tisch. »Sie erzählen mir nichts Neues.«

»Möglicherweise gab es noch andere Ursachen für Rachegelüste. Er war ziemlich lange Richter, und wie ich hörte, wickelte er auch in dieser Zeit mehrere Geschäfte ab.«

»Mein Vater war Geschäftsmann *und* Richter«, entgegnete Cuffy abweisend. »Natürlich kam es zu verschiedenen Deals, in die einige Leute verwickelt waren. Das ändert aber nichts an der Tatsache, daß Twee den Mord gestanden hat.«

»Cuffy, bitte!« Finny wollte ihren Arm berühren, besann sich aber anders, als sie die angewiderte Miene des

Mädchens sah. »Wenn Sie auch nur ein bißchen was für Twee empfinden, helfen Sie mir, ein paar letzte Nachforschungen anzustellen. Nach ihrem Geständnis haben die Polizeibeamten aufgehört, Richter Sarandons Papiere zu durchsuchen. Aber dabei könnte man etwas finden, das ihr hilft.«

Verständnislos schüttelte Cuffy den Kopf. »Sie sind wirklich unglaublich! Loyal bis zum Ende.«

Am liebsten hätte Finny ihr in das verächtliche, amüsierte Gesicht geschlagen. »Glauben Sie etwa, Leute aus meiner Gesellschaftsschicht wären unfähig, Loyalität zu zeigen?«

»Ihre Gesellschaftsschicht?« Cuffys Augen glitzerten. »Was für ein Snob Sie sind! Ständig auf der Suche nach neuen Demütigungen, immer bestrebt, sich an die Unterschiede zu klammern... Sie sind nicht besser als meine Mutter und ihresgleichen.«

»Das ist Scheiße, und Sie wissen es auch.«

»Nein, das weiß ich nicht. Mein halbes Leben habe ich damit verbracht, Leuten von Ihrer Sorte zuzuhören, diesen Typen, die überzeugt sind, daß ich einer anderen Spezies zugeordnet werden muß, nur weil ich Geld habe. Und Sie führen sich genauso auf.«

Finny blinzelte verwirrt. Ja, vielleicht hegte sie tatsächlich eine gewisse Abneigung gegen Reichtum und gesellschaftliches Ansehen. Und merkwürdigerweise nur deshalb, weil sie gar nicht zu dieser Welt gehören wollte. Es lag nicht etwa daran, daß ihr ohnehin die Voraussetzungen fehlten, was Herkunft und Wohlstand betrafen. Sie würde sich in diesen Kreisen ganz einfach nur langweilen. Warum dann der bissige Sarkasmus? »Vielleicht haben Sie recht«, meinte sie in wehmütigem Ton. »Heiland, Sie könnten tatsächlich recht haben.«

Cuffy schien an Schwungkraft zu verlieren, wie ein Ballon, dem am Ende eines Flugs die Luft ausging. »Was?«

»Ich habe dieses ganze Drama so betrachtet, als würden alle Schauspieler von einem anderen Planeten stammen«, gestand Finny leise. »Und Twee sah ich nur in der *Noblesse-oblige*-Rolle. Wenn aber ganz was anderes dahintersteckt?«

»Was könnte es schon sein?« Cuffy stemmte die Hände in die Hüften und legte den Kopf schief, wie ein neugieriges, nachdenkliches Kind. »Warum sollte man einen Mord gestehen, wenn man ihn nicht begangen hat?«

»Da bin ich mir nicht sicher, aber ich ahne, warum sie's getan hat. Sie wollte Ihren Vater tatsächlich umbringen, und sie fühlt sich schuldig, weil sie sich nicht dazu aufraffen konnte.« Finny riß ihren Blick vom Boden los und schaute in Cuffys Gesicht. »Schlagen Sie mir diese Bitte nicht ab – ich muß mich unbedingt im Haus Ihres Vaters umsehen. Und bedenken Sie – ich habe immerhin darauf verzichtet, in alle Welt hinauszuposaunen, daß Sie mit Kit verheiratet sind. Also schulden Sie mir gewissermaßen einen Gefallen.«

»Ich soll Ihnen was schulden? Moment mal…«

»Okay, okay!« Finny fiel Cuffy hastig ins Wort. »Dann tun Sie's Twee zuliebe und vertrauen Sie mir, ja?«

Prüfend starrte Cuffy ihr in die Augen, dann nickte sie. »Also gut. Aber so wahr mir Gott helfe – wenn Sie mich irgendwie reinlegen…«

»Nein Cuffy, wofür halten Sie mich denn?« Finny beobachtete, wie Cuffy eine Handtasche ergriff und zur Haustür ging. »Ich habe meine Seele bereits an Abigail Hunter verkauft. Und ist in ihrer Kolumne vielleicht irgend etwas erschienen, das sie von mir erfahren haben könnte? Wenn *das* meine Vertrauenswürdigkeit nicht beweist, dann weiß ich nicht, was Sie sonst noch verlangen?«

Cuffy blieb stehen, die Hand am Türknauf. »Es hat doch nichts mit meiner Mutter zu tun?«

Nur ein paar Sekunden lang erwog Finny, sie zu belügen. Und in diesem Moment akzeptierte sie Cuffy endlich als das, was sie war. »Vielleicht«, erwiderte sie tonlos. »Ich weiß es nicht.«

Cuffys Augen hielten ihrem Blick stand. »Gehen wir«, murmelte sie und warf die Tür zu, nachdem Finny die Schwelle überquert hatte.

Fallstrick

»Das macht vier Dollar dreiundvierzig.« Ungeduldig schaute die Verkäuferin im Foto-Tek über die Schulter auf das unbarmherzig klingelnde Telefon. Das Ende ihres langen braunen Pferdeschwanzes verdeckte beinahe das Namensschildchen, das in krummen Buchstaben den Namen ›Joan‹ verkündete. Entnervt stöhnte sie, dann rief sie: »Sammy, kannst du nicht mal rangehen?«

Langsam sortierte Bianca das dünne Banknotenbündel in ihrer Brieftasche und zog einen abgegriffenen Fünfdollarschein hervor.

Das Mädchen nahm ihr das Geld aus der Hand und tippte eilig den Preis in die Kasse. Sie sprang auf, und sie nahm ein paar Münzen aus den getrennten Fächern. »Dreiundfünfzig Cents...« Dann schob sie das Päckchen mit den Fotos über die Theke und verzog die vollen roten Lippen zu einem Lächeln. »Danke.«

Die Glocke an der Glastür läutete, als Bianca den Laden verließ und in die heiße, stickige Nachmittagsluft trat. Über den Bergen rotteten sich Wolken zusammen, wie ein wütender Mob. Sie schaute das Päckchen in ihrer Hand kaum an. Erst wollte sie sich setzen. Vor lauter Müdigkeit fühlte sie sich schwindlig, und das Brötchen, das sie in dem kleinen Lokal bei der Bushaltestelle zu einer Tasse Kaffee gegessen hatte, lag ihr im Magen, so schwer wie die bösen Erinnerungen auf ihrer Seele.

Sie ging den Gehsteig hinab, zu den Tischen vor dem Hummel's. Erschöpft sank sie auf einen der Metallstühle und sah die Kellnerin auf sich zukommen. »Eistee«, murmelte sie. Eigentlich dürfte sie kein Geld ausgeben, aber sie konnte im Augenblick einfach nicht weitergehen, beim besten Willen nicht.

Das Mädchen stellte ein hohes, großes Glas vor sie hin, und Bianca griff gierig danach. Die kalte, belebende Flüssigkeit rann durch ihre trockene Kehle, die Eiswürfel stießen an ihre Lippen. Jetzt konnte sie es nicht länger hinausschieben. Sie ergriff den Umschlag und zerrte am Klebeband, das ihn zusammenhielt. Das Papier zerriß, und sie schüttelte das Kuvert, bis acht Fotos herausfielen und auf dem Tisch landeten, die Rückseiten nach oben gewandt.

Eins nach dem anderen drehte sie um und dachte an ihren Großvater, der in der Dorf-Bodega mit Señor Gonzales Karten gespielt hatte.

Das erste Bild zeigte ein Gewirr aus Schwarz und Grau und Weiß, das keinen Sinn ergab. Nur schemenhafte Gestalten, genau wie auf der zweiten Aufnahme. Bittere Tränen brannten in ihren Augen. *Dafür* war Miguel gestorben?

Ihre Hand zitterte, als sie das dritte Foto umdrehte, und was sie da sah, nahm ihr den Atem.

Wie aus eigenem Antrieb drehten ihre Finger die restlichen Fotos um, und jedes konnte als einwandfrei belastender Beweis gelten. *Madre de dio.* Miguel mußte in den Garten zurückgekehrt sein, nachdem der Richter sie betatscht hatte, um zu sehen, was geschehen war. Er hatte Fotos von Sarandon und dessen Mörder gemacht und geglaubt, damit das Ziel zu erreichen, das er und Bianca ohne die Erpresserbilder vielleicht nicht hätten erreichen können.

Heißer Zorn stieg in ihr auf. Der Vater ihres Babys war tot, und dafür trug dieser – dieser *cabron* die Verantwortung. Mit einer abrupten Geste legte sie die Fotos zusammen und schob sie in den Umschlag zurück. Was sollte sie jetzt damit tun? Ihre ›Sicherheitsgarantie‹, hatte Miguel geschrieben. Wenn sie versuchte, Gewinn aus den Bildern zu schlagen, würde sie im Leichenschauhaus enden, genauso wie er.

Bianca starrte das Kuvert an. In einem sonderbaren Augenblick der Stille glaubte sie, Miguels Stimme zu hören. »Für diese Leute bist du doch nur ein Möbelstück. Die wissen gar nicht, daß du lebst.« Ihre Augen schwammen wieder in Tränen, ihre Finger krampften sich noch fester um das Kuvert. Dieser Mann wird wissen, daß ich lebe, dachte sie, von heller Wut erfüllt. Dafür werde ich sorgen.

Auf der Fahrt zu Richter Sarandons Haus war die Konversation so spärlich wie Haarschuppen auf den Schultern eines Glatzkopfs. Von Cuffys knappen Anweisungen dirigiert, steuerte Finny den Lieferwagen hin zu Williams und durch einen Torbogen aus Ziegel. Die Häuser in dieser Gegend, am Hang oberhalb des Denver Country Clubs hatte sie nie gesehen. Das Dickicht der Büsche und Bäume und die luxuriösen, abweisenden Mauern ermutigten einen nicht gerade zum Sightseeing.

In sanftem Schwung bog die Straße nach rechts, durch ein Wäldchen aus Kiefern und Espen, führte schließlich zu einem Haus, das so aussah, als wäre es aus dem Erdreich gewachsen. Die Steinmauern waren ein fast rosafarbener Hintergrund für den wilden Wein, der sich liebevoll daran klammerte. Ein Fenster in der achteckigen Turmspitze spähte über eine junge Waldkiefer hinweg. An der Ostseite des Hauses ging ein Erkerfenster zu einer Tannengruppe hinaus, in der eine Sperlingskolonie über die Tagesereignisse zwitscherte.

Mit düsterer Miene betrachtete Finny die perfekte

Szenerie. Wenn ich einen Löwen zusammen mit einem Lamm sonnenbaden sehen will, komme ich hierher, dachte sie.

»Bleiben Sie nicht stehen!« zischte Cuffy plötzlich, und Finny entdeckte an der Westecke des Hauses einen dunkelgrünen Kotflügel.

Gehorsam gab sie Gas und fuhr weiter auf der schmalen Straße, die sich durch das Gelände wand. »Was ist los?«

»Das ist der Wagen meiner Mutter.«

»Sind Sie sicher?«

Cuffy schaute sie kurz an. »Auf wie vielen Nummernschildern findet man denn den Namen dieses Wohltätigkeitsvereins – ›DareCare‹?«

»Eins zu null für Sie.« Als sie das nächste Haus erreichten, stieg Finny auf die Bremse. »Was jetzt?«

Cuffy zuckte die Achseln. »Warum fragen Sie mich? Ich bin nur mitgekommen, weil Sie mich darum gebeten haben.«

Nachdenklich musterte Finny ihre Beifahrerin. »Was macht Ihre Mutter im Haus Ihres Vaters?«

»Keine Ahnung.« Wieder hob Cuffy halbherzig die Schultern. »Vielleicht geht's um den Nachlaß meines Vaters.«

»Wer ist der Testamentsvollstrecker?«

»MacKenzie Bartholomew.«

»Sie machen Witze!«

Erstaunt zog Cuffy die Brauen hoch. »Warum sollte er das nicht sein? Mein Vater und Mac kannten sich seit mindestens hundert Jahren.«

»Er ist auch Twees Anwalt. Kommt Ihnen das nicht ein bißchen komisch vor? Es könnte zu Interessenkonflikten kommen.«

»Nicht unbedingt!« entgegnete Cuffy kampflustig. »Und wahrscheinlich hat er schon für fast alle Leute gearbeitet, die *ich* kenne.«

Finny schnitt eine Grimasse. »Ist er auch Ihr Anwalt?«

»Ich brauche keinen.« Ungeduldig rutschte Cuffy auf dem Beifahrersitz umher. »Wollen wir den ganzen Tag hier herumhängen? Ich hab' noch was anderes zu tun.«

»Tut mir leid«, erwiderte Finny und starrte durch die Windschutzscheibe. Es würde sie maßlos ärgern, wenn sie umsonst hierhergefahren wäre. Also schaltete sie den Motor aus und öffnete ihre Tür. »Gehen wir.«

Mißtrauisch wandte sich Cuffy zu ihr. »Wohin?«

»Zum Haus Ihres Vaters.« Finny warf den Wagenschlag zu und wartete, bis Cuffy auf der anderen Seite herausgeklettert war. »Wir gehen zurück, und dann sehen wir mal.«

»Wollen Sie durch die Fenster gucken?«

»Was würden wir da sehen?« Finny hielt der Entrüstung in Cuffys Augen stand. »Auch ich habe was anderes zu tun. Nun, möchten Sie herausfinden, welche Rolle Twee in dieser ganzen Sache spielt, oder nicht?«

Cuffys Miene verdüsterte sich. »Ich weiß es nicht. Oh, verdammt, ich weiß es einfach nicht.«

Um das Dilemma zu nutzen, ließ Finny ihr mit einer auffordernden Geste den Vortritt. Sie kehrten zu Richter Sarandons Haus zurück. Schweigend stapfte Cuffy voran, geräuschvoll klickten die Absätze ihrer Reitstiefel auf dem dunklen Asphalt, gefolgt von Finnys lautlosen Gummisohlen.

Nach einigen Schritten warf Cuffy einen Blick über die Schulter. »Hinter dieser Ecke führt die Auffahrt vorbei. Was wollen Sie jetzt tun?«

»Laufen wir hinten herum.« Finny trat vom Gehsteig

herunter. Die Bäume standen so eng beisammen wie Gesprächsgruppen, aber zwischen den Stämmen sah sie Paiges dunkelgrünes Auto. Leise bahnten sie sich einen Weg durch das Wäldchen und erreichten den smaragdgrünen Rasenteppich, der William Sarandons Haus umgab. Als Finny ein Geräusch hörte, packte sie Cuffys Arm und zischte: »Warten Sie!« Eine Gestalt kam hinter dem Haus hervor und näherte sich dem Wagen. Es war Paige, die auf den Mercedes zustürmte, als wollte sie ihn zertrümmern.

Gleich darauf hastete Engelman um die Ecke, wie von einem Katapult abgeschossen. »Paige!« rief er. »Bleib doch hier!« Ungerührt eilte sie weiter und riß den Wagenschlag auf. Ty rannte zu ihr und umklammerte ihren Arm, ehe sie einsteigen konnte.

»Was ist denn da...«, begann Cuffy, dann verstummte sie, weil Finny ihr warnend eine Hand auf die Schulter legte.

Paige hatte sich losgerissen und redete hastig auf Ty ein. Vergeblich spitzte Finny die Ohren, um die Worte zu verstehen, entnahm aber der Körpersprache, daß die Frau ihren Liebhaber verbal in Julienne-Streifen zerlegte. Als sie eine Hand hob und ihm ins Gesicht schlug, keuchte Cuffy: »Mein Gott...«

Reglos stand er da. Paige sagte noch etwas, dann wandte sie sich zum Auto. Aber er packte erneut ihren Arm. »Lass' mich los!« hörten Finny und Cuffy sie schreien. Da holte er weit aus und gab ihr eine schallende Ohrfeige.

Cuffy trat einen Schritt vor, aber Finny hielt sie zurück. »Warten Sie!«

Eine Hand an die Wange gepreßt, starrte Paige zu Ty hinauf, als hätte sie ihn nie zuvor gesehen. Dann sank sie an seine Brust und schmiegte sich an ihn. Er neigte den Kopf herab, um sie zu küssen, und ihre Finger schlangen sich über die Schulter hinweg in sein Haar. Begierig erwiderte sie den Kuß. Er hob sie hoch und trug sie zum Haus, wobei er seinen Mund nicht von ihrem löste. Ohne Cuffy anzuschauen, schlug Finny vor: »Verschwinden wir von hier.«

Wortlos wandte sich Cuffy ab und kehrte zum Lieferwagen zurück.

Finny drehte den Hausschlüssel im Schloß herum und lauschte ein paar Sekunden lang, nachdem die Tür aufgeschwungen war. Nur zu gut erinnerte sie sich, was Barelli am Vorabend über den Gebrauch ihrer Instinkte gesagt hatte. Nun würde er hoch zufrieden mit ihr sein. Besonders, wenn er von ihrer nicht verwirklichten Absicht erfuhr, Richter Sarandons Haus zu durchsuchen.

In ihrem eigenen Haus herrschte erwartungsvolle Stille, die ihr wie gähnende Leere erschien. Was als Alternative keineswegs besser war.

Sie versperrte die Tür hinter sich und lehnte sich dagegen. Die Rückfahrt zu Cuffys Haus war in ungemütlichem Schweigen verlaufen. Finny dachte an einen Zeitungsartikel über Sexualität, den sie einmal gelesen hatte. Unabhängig vom Alter konnten es die meisten Kinder nicht akzeptieren, daß ihre Eltern böse handeln konnten. Offenbar hatte auch Cuffy ihre Schwierigkeiten mit den unsauberen Details in Paiges Affären.

Auch für Finny war es nicht allzu erfreulich gewesen, hinter die Kulissen zu schauen. Irgendwie mißfiel es ihr, daß Paige imstande war, die lackierte, kalte Maske fallen zu lassen und gewalttätig zu werden. Seufzend schlenderte sie ins Wohnzimmer. Sie war müde, und sie kam sich ein bißchen schmutzig vor, weil sie den Leuten ständig nachspionierte. Nachdem sie den Schlüssel auf den runden Couchtisch aus Eiche geworfen hatte, schaute sie zum Anrufbeantworter hinüber. Provozierend blinkte das rote Lämpchen. Zweifellos noch mehr Wasser auf meiner Mühle, dachte sie. Allmählich hing ihr die ganze Sache zum Hals heraus. Zuviel hatte sich ereignet, seit sie zu ihrer guten Tat aufgebrochen war. Sie hatte allzu heftig in einem großen Topf gerührt, und jetzt gefiel ihr nicht, was an die Oberfläche schwamm. Warum fand sie sich nicht einfach mit der Tatsache ab, daß Twee keinen Wert darauf legte, gerettet zu werden, und kehrte in ihr aufregendes Zimmermannsleben zurück?

Weil ich unverbesserlich bin und meine Nase nun mal in alles reinstecken muß, beantwortete sie ihre Frage selbst. Und weil ich es wie die Hölle hasse, wenn sich die Dinge nicht richtig entwickeln. Oder soll man alles einfach laufen lassen und sich, wie im Märchen, sagen: Und wenn sie nicht gestorben sind, so leben sie noch heute... Scheiße!

Nachdem das Band des Anrufbeantworters zurückgelaufen war, hörte sie es ab. Woody Jordans herzhafte Texas-Stimme klang so dickflüssig wie Mehlbrei. »Finny, Schätzchen, was unser kleines Gespräch von neulich betrifft – da bin ich über eine Information gestolpert, über die du vielleicht nachdenken willst. Ruf' mich an, sobald du kannst.« Er nannte seine Büro- und dann die Privatnummer.

Sofort nach dem Piepston schaltete sie den Anrufbeantworter ab und wählte die Büronummer. Nach dem fünften Läuten meldete sich Woody. Erleichtert sank Finny aufs Sofa. »Ich habe deine Nachricht bekommen. Was ist los?«

»Dein Anruf hat mir zu denken gegeben. Neulich aß ich mit einem alten Freund zu Mittag, der ständig das Gras wachsen hört. Er erwähnte Ty Engelman, und ich dachte, du willst vielleicht wissen, was er gesagt hat.«

»Klar. Was ist übrigens mit deinem Akzent passiert, Woody?«

»Den hänge ich nach der Arbeit an den Nagel.« Seine Stimme klang müde. »Willst du die Info oder nicht?«

»Schieß los!« Finny streifte die Schuhe ab.

»Der gute Engelman versuchte, einen Immobilien-Deal abzuwickeln. Dafür konnte er mehrere Leute interessieren, bis seine ganze Finanzierung zusammenbrach. Angeblich hatte William Sarandon die Sache platzen lassen.«

Finny erschauerte. »Wer hatte damit zu tun? Kannst du Namen nennen, Woody?«

Seine krächzende Stimme wurde noch leiser. »Es hat mich schon genug Mühe gekostet, meinem Freund Sarandons Namen zu entlocken. Aber da waren noch andere Typen beteiligt, einer heißt Alden Morrison, der andere Les Trethalwyn. Und jetzt baden die alle in roter Tinte.«

»Was?« Mit bebenden Fingern umklammerte Finny den Hörer. »Les Trethalwyn?«

»Kennst du ihn? Ein Engländer, er arbeitet für das Kunstkonsortium...«

»Ich kenne ihn.« Finny erinnerte sich an das freundliche Lächeln, das Les ihr an diesem Morgen geschenkt hatte. »Er hatte also mit der Sache zu tun?«

»Er stand auf der Investorenliste.«

»Sarandon hat Ty also einen gewaltigen Strich durch die Rechnung gemacht. Aber warum?«

Woodys Kichern klang wie trockene Maiskolben, die

sich aneinanderreiben. »Das ist doch klar. Es ging um Geld und Frauen. Der alte Ty schnüffelte eine Zeitlang um Paige Dexter herum. Fast so lange wie Les Trethalwyn. Und der alte William dachte sich vermutlich einen Trick aus, um beide Kerle loszuwerden. Paige schwamm schon immer im Geld und würde niemanden anschauen, der keines hat beziehungsweise in absehbarer Zeit auch keins kriegen würde.«

Was für neue Möglichkeiten! Finny schwirrte der Kopf. Les Trethalwyn... Vielleicht hatte er zwei Fliegen mit einer Klappe schlagen wollen. Er war so eifrig bestrebt gewesen, Ty mit Schmutz zu bewerfen. Natürlich, das ergab einen einleuchtenden Sinn. Schon beim ersten Telefonat hatte er sie in Tys Richtung dirigiert und sie sorgsam mit Informationen gefüttert, um ihren Verdacht zu schüren. Und dann die perfekte schauspielerische Leistung an diesem Morgen... Jetzt, wo sie darüber nachdachte, wurde ihr bewußt, wie freundschaftlich Les und Paige auf Twees Party miteinander umgegangen waren.

»Finny?«

»Was?«

»Ich muß jetzt Schluß machen. Das ist mein Kulturabend.«

»Die Broncos spielen doch erst wieder im August, Woody.«

»Sehr komisch. Zufällig besitze ich schon seit Jahren ein Opernabonnement. Und eine süße, rothaarige Lady wartet auf das Steak, das ich ihr versprochen habe.«

»Okay, okay, ich bin beeindruckt.« Nach einer kurzen Pause fügte sie hinzu: »Woody? Vielen Dank. Nun bin ich dir was schuldig.«

»Ich trinke immer noch Chivers, Daaarling. Halt' die Ohren steif.«

Finny legte den Hörer auf die Gabel. Das wurde ja immer interessanter – wenn Les tatsächlich versuchte, Ty ans Messer zu liefern, um den Verdacht von sich selber abzulenken. Sie drückte wieder auf die Playback-Taste des Anrufbeantworters. Das Band surrte und begann dann zu sprechen. »Finny, hier ist Corinne Danovich. Bitte, rufen Sie mich zurück.« Die Stimme klang kühl und mißbilligend.

Wahrscheinlich will mich die arme Frau feuern, dachte Finny schuldbewußt und wählte die Nummer.

»Hallo?«

»Corinne? Hier ist Finny.«

»Oh, ich bin ja so froh, daß Sie hier anrufen. Ich hatte schon Angst, Sie würden sich zu spät melden.«

»Zu spät? Wofür?«

»Ich muß Sie um einen Gefallen bitten«, fuhr Corinne in geschäftsmäßigem Ton fort. »Also, ich habe ein Opernabonnement, und wie Sie vielleicht wissen, findet heute abend die Premiere dieser Saison statt.«

»Ja?«

»Normalerweise gehe ich immer mit meiner Freundin Louise in die Concert Hall, aber die ist in Galveston, bei ihrem ersten Enkelkind, das heute morgen geboren wurde. Möchten Sie ihre Karte benutzen? Ich würde mich wirklich über Ihre Gesellschaft freuen.«

Finny blinzelte verwundert. »Sie meinen – heute abend?«

»Ja. Die Vorstellung beginnt um acht.«

Ironie des Schicksals, dachte Finny. Warum nicht, zum Teufel? Wahrscheinlich würde sie Les Trethalwyn begegnen, und in der Pause konnte sie ihn fragen, ob er Sarandon getötet hatte. Es wäre *das* Ereignis der Saison. »Okay. Dieses Angebot nehme ich nur zu gern an. Wann soll ich Sie abholen?«

»Nun ja, so bald wie möglich«, antwortete Corinne in entschuldigendem Ton. »Das heißt, wenn Sie hier vorher noch etwas essen wollen. Und – Finny…«, fügte sie etwas unbehaglich hinzu. »Es ist eine *Premiere.* Ich werde ein langes Kleid tragen, aber Sie können natürlich anziehen, was Sie wollen. Manche Leute sehen diese Dinge ein bißchen zu extrem, aber die Skala reicht immerhin von förmlich über weniger förmlich bis zu exzentrisch. Wie immer Sie sich entscheiden – ich bin mit allem einverstanden.«

»Danke, Corinne«, erwiderte Finny. Die bedauernswerte Frau hatte sie immer nur in Jeans und T-Shirts gesehen. »Ich komme zu Ihnen, so schnell es geht.«

Das Denver Center für Darstellende Kunst war ein weitläufiger, terrassenförmig angelegter Betonbau, dessen gerade, strenge Linien von hohen, mit Glas ausgefüllten Torbögen gemildert wurden. Treppenfluchten und röhrenartige Geländer führten in launischer Zickzackgeometrie rauf und runter, über kühle graue Blöcke hinweg. An diesem Abend strahlten helle Lampen, warfen Schatten auf die Leute, die auf die Glastüren zusteuerten, brachen sich in glitzernden Juwelen aus Gold und kostbaren Steinen, schimmerten matt auf den edlen Stoffen der Abendkleider und Smokings, setzten Glanzlichter in sorgsam frisiertes, onduliertes Haar. Erwartungsvolle Vorfreude wehte wie eine Parfümwolke über das Publikum hinweg, das zur Boettcher Concert Hall strömte.

Finny ging an Corinnes Seite und schirmte sie unauffällig gegen das Gedränge ab. In einem schlichten schwarzen Taftkleid mit passender kurzer Jacke, mit glattgeflochtener Zopfkrone, wirkte die alte Dame sehr würdevoll, ganz im Bann des aufregenden Abends. Ohrgehänge aus Gold und Gagat tanzten neben den geröteten Wangen.

Am Eingang ihres Hauses hatte sie ihre junge Begleiterin in ungeduldigem Eifer erwartet und deren Outfit mit einem anerkennenden Lächeln bedacht. Finny trug ein orangegelbes Sonnentop mit langem rostfarbenem Glockenrock und passenden hochhackigen Sandaletten, in der Hoffnung, damit einigermaßen festlich auszusehen. Der breite Paisley-Schal um ihre Schultern betonte mit Gold- und Rostnuancen ihre Sonnenbräune und das schwarze Haar. Goldene Ohrringe vervollständigten den Zigeuner-Look, für *Carmen* durchaus angemessen.

Sofort nach dem Telefonat mit Corinne hatte sie den Anrufbeantworter gecheckt und deshalb kaum Zeit gefunden, sich zurechtzumachen. Der letzte Anruf stammte von Chris. »Heute abend kann's ziemlich spät werden. Die Jungs vom Labor haben uns Abzüge von versteckten Fingerabdrücken am Tatort des Guiterrez-Mordes gebracht. Und irgend jemand hat ein Auto vor seinem Haus gesehen. Irgendwann und irgendwie werden wir uns schon noch sehen, okay?«

Sie versuchte, ihn im Revier anzurufen, aber er war nicht da. Ein Blick auf die Uhr empfahl ihr, eine Nachricht zu hinterlegen und auf das Beste zu hoffen. Wenn sie nicht so schnell wie möglich zu Corinne fuhr, würde der Opernbesuch ins Wasser fallen.

Sobald sie durch die gläserne Drehtür gegangen waren, gerieten Finny und Corinne ins Gewühl der Menge vor dem Zuschauerraum. Das Foyer wiederholte die Linien der Außenarchitektur, Teppichböden bildeten einen sanften Kontrast zu weiteren Betonwänden. Über eine lange Treppe erreichten sie eine obere Etage, wo sich die höher gelegenen Sitzreihen befanden. Ringsum dichtes Stimmengewirr: die Opernbesucher begrüßten einander. Helles Lachen perlte durch die Konversation wie Vogelgezwitscher.

»Da müssen wir rein.« Finny führte Corinne durch die Menschen in einen Korridor, der die runde Bühne der Concert Hall umgab. Der tunnelartige Gang erweiterte sich zu einer kleinen Galerie, an deren Wänden Kupferstiche und Gemälde hingen. Skulpturen in moderater Größe standen wie zögernde Besucher herum.

Auf dem Weg durch den Tunnel hatte Finny ihre angeborene Klaustrophobie bekämpft und war beim Anblick eines Bilds zusammengezuckt, das eine magersüchtige Gestalt auf einem Schafott zeigte: sehr passend zu einer Oper, in der es um Mord ging.

Während sie durch den breiten Eingang in den Zuschauerraum traten, schaute Finny sich um und hoffte, Les Trethalwyn zu entdecken. Warum, wußte sie nicht genau. Jedenfalls war sie von ihrer Überzeugung, er müßte ein rechtschaffener Bürger sein, abgekommen und zu der Frage gelangt, ob man ihn für einen Mörder halten könnte. Vielleicht wollte sie nun feststellen, ob er irgendwie verändert aussah – als würde ihr das weiterhelfen.

Es war unmöglich, in dem riesigen runden Raum bestimmte Personen ausfindig zu machen. Dicht an dicht zogen sich die Sitzreihen von der Bühne nach hinten empor. Die hohen Lehnen der Stühle rahmten die Leute wie Porträts ein und erzeugten einen sonderbar steifen Effekt.

»Da sitzen wir«, verkündete Corinne und ging zu zwei freien Plätzen voraus. Finny schob sich an zahlreichen Knien vorbei, murmelte mehrmals Entschuldigungen und setzte sich. »Ich wünschte, ich hätte auch eine Karte für Ihren Lieutenant bekommen«, bemerkte die alte Dame.

»Der muß heute bis in die Nacht hinein arbeiten.« Finnys Augen blieben an MacKenzie Bartholomew hängen. Ein paar Reihen weiter vorn, in einem hocheleganten dunklen Anzug, neigte er sich mit altmodischer Höflichkeit zu jemandem, der neben ihm saß. Vielleicht seine Frau? Die Person wurde von einigen Köpfen verdeckt, und so ließ sich nicht einmal erkennen, ob sie weiblichen oder männlichen Geschlechts war.

Über den Orchestergraben hinweg wanderte Finnys Blick zu einer Frau, die ein Scarlett-O'Hara-Kleid trug, mit Krinoline und allem Drum und Dran. »Das ist sie«, zischelte Corinne.

»Wer?«

»Emeline Hanratty.«

Neugierig spähte Finny in die Richtung, in die Corinnes diskreter bewundernder Zeigefinger wies.

Die schimmernde malvenfarbene Aura, die von den erstaunlich dichten Löckchen ausging, war unverkennbar. Offenbar hatte Emeline die Tönung intensiviert. Eindrucksvoll biß sich die grelle Nuance mit dem Goldglanz ihres engen Kleids, als sie zeremoniell auf ihren Platz sank, und Corinne seufzte: »Sieht sie nicht hinreißend aus?«

Finny begnügte sich mit einem vagen Räuspern. Die liebe alte Emeline schien es Corinne wirklich angetan zu haben. Sie begann, das Programmheft zu studieren, auf dessen erster Seite sie zu ihrer Überraschung Twees Namen las. *Zum Dank für ihre Bemühungen um das Denver-Kunstkonsortium wird die Premiere der Carmen unserer verehrten Mrs. Garrett gewidmet.* Finny klappte die Broschüre zu. Dafür mußte Les verantwortlich sein. Er schien Twee wirklich zu mögen.

Während die Musiker ihre Instrumente stimmten, stieg der Konversationspegel in den Sitzreihen, dann begann er zu verebben. Scheinwerfer beleuchteten die Bühne, langsam erlosch das Licht im Zuschauerraum. Von Applaus begleitet, trat der Dirigent ans Podium. Nachdem er kurz in die Partitur geschaut hatte, hob er den Taktstock. Die ersten Klänge der Ouvertüre drangen aus dem Orchestergraben. Finny lehnte sich entspannt zurück und ließ ihren Blick über das Publikum wandern. Hinter ihr tuschelte jemand, verstummte aber bald, und allmählich geriet sie in den Bann der Musik.

Einmal wurde sie kurz aus ihrer Versunkenheit gerissen, weil sie husten mußte. Auf der Bühne rauchten die Arbeiterinnen aus der Zigarettenfabrik wie die Schlote. Aber sie wurde sofort wieder vom Geschehen gefesselt. Don José, ein ebenso guter Sänger wie Schauspieler, übte eine geradezu hypnotisierende Wirkung aus, und Carmen schien vor Leidenschaft zu glühen. Nicht einmal die teilweise etwas merkwürdige Simultanübersetzung aus dem Französischen, die zu beiden Seiten der Kulissen auf riesigen Monitoren prangte, konnte Finny ablenken.

Ruckartig kehrte sie in die Gegenwart zurück, als die Lichter im Zuschauerraum aufflammten. Eigentlich saß sie nur hier, um zu überlegen, wie sie sich in der Pause an Les heranmachen sollte. Soviel zu ihren guten Absichten… Corinne strebte bereits zum Mittelgang. »Kommen Sie, Finny!« rief sie ungeduldig. »Wenn Sie was trinken wollen, müssen wir hier raus.«

Die Broncos müßten sie engagieren, dachte Finny.

Die Art und Weise, wie ihr Corinne einen Weg zwischen weniger entschlossenen Premierenbesuchern bahnte, glich einem zielstrebigen Torlauf – vor allem, nachdem sie die Raucher hinter sich gelassen hatten, die erst einmal nur dastanden, um gierig ihre Zigaretten, Pfeifen und Zigarren hervorzukramen.

Corinne überragte die Theke der Bar nur um Hauptеslänge, was ihre Effizienz aber nicht beeinträchtigte. »Finny?«

»Weißwein, bitte.«

Während sich die alte Dame wieder zum Barkeeper wandte, beobachtete Finny die Herde, die sich herausschleppte.

Abigail Hunter, von männlicher und weiblicher Begleitung flankiert, bewegte sich so mühelos durch die Menge, als würde sie in einem Park umherschlendern, und steuerte schnurstracks auf die Bar zu. Ehe Finny die Flucht ergreifen konnte, wurde sie entdeckt.

Mit strahlendem Lächeln, umwerfend in schwarzer Seide, eilte die Reporterin zu ihr und küßte sie auf beide Wangen, wobei sie ihr ins Ohr flüsterte: »Ich werde Sie am Spieß braten.« Dann bekundete sie ihren Wunsch, einen Scotch zu trinken. Ohne alles. Erbost starrte sie Finny an, während sich ein Teil ihres Gefolges dienstbeflissen an die Theke drängte. »Sie haben Ihren Teil unserer Vereinbarung noch immer nicht erfüllt. Wissen Sie, was ich mit Ihnen machen könnte?«

Corinne drehte sich besorgt zu Finny um. »Stimmt was nicht?«

»Alles in bester Ordnung, meine Liebe.« Finny packte Abigail am Arm und zerrte sie vom interessierten Publikum an der Bar weg. »Hören Sie, hier steht mehr auf dem Spiel als Ihre verdammte Klatschspalte. Man nennt es Ermittlungen in einem Mordfall, und bis die abgeschlossen sind, müssen Sie auf Ihren Knüller warten.«

»Aber ich warte nicht ewig, das sage ich Ihnen.« Hektisch kramte Abigail in ihrer winzigen Handtasche nach Zigaretten und zog schließlich ein goldenes Etui hervor. Ehe sie Streichhölzer suchen konnte, hielt ihr eine große Pranke ein Platinfeuerzeug vor die Nase.

»Feuer, Ma'am?«

»Woody...«

Er grinste Finny an, sehr imposant in seinem Smoking. An diesem Abend beschränkte er seinen Individualitätsdrang auf einen burgunderroten Kummerbund und eine gleichfarbige Fliege. Nachdem er ihr zugezwinkert hatte, wandte er sich wieder zu Abigail. »Ich glaube, wir wurden uns noch nicht vorgestellt«, bemerkte er gedehnt, worauf die Klatschreporterin den Rücken straffte und das Kinn noch höher hob.

Gerettet, dachte Finny und machte sich aus dem Staub. Sie kehrte zu Corinne zurück, und sie hatten ihre Gläser schon fast leergetrunken, als Woody sich zu ihnen gesellte.

»Du hast mir gar nicht gesagt, daß du heute abend herkommst.« Er umfaßte Finnys Schultern und strahlte sie an, das Gesicht vor Freude hochrot, vor allem die Nase, die unter den klaren Augen glühte, wie von eigenem Leben erfüllt. Dichtes graues Haar fiel ihm in die Stirn. »Als ich dich das letzte Mal traf, hattest du andere Vorstellungen von einem interessanten Zeitvertreib, und die hingen irgendwie mit Farbkanister und Pferdemist zusammen.«

»Du kannst mich gar nicht beleidigen, Woody, weil ich dir viel zu dankbar für die Rettung aus höchster Not bin.«

»Meinst du diese junge Blume holder Weiblichkeit?« Er grinste. »Die lade ich zu einem Drink ein, wenn die fette Lady alle ihre Arien gesungen hat.«

»Gib acht auf deine Rückendeckung.«

Ein Gong kündigte das Ende der Pause an. Finny drohte Woody mit dem Finger, dann machte sie sich, gefolgt von Corinne, auf den Weg zum Zuschauerraum. Diesmal würde *sie* die Funktion der Schutzherrin übernehmen. Kurz vor der Treppe entdeckte sie Ty und Paige.

Offenbar war die Trauerzeit auch dem Schein nach beendet. In einem knallroten Cocktailkleid klammerte sich die Witwe an den Arm ihres Liebhabers, und er führte sie die Stufen hinauf, strotzend vor Selbstsicherheit. Ein hübscher Kontrast zur Ohrfeigenschlacht vom vergangenen Nachmittag, dachte Finny sarkastisch. Sicher wird irgendwer irgendwann mal sagen, die beiden seien wie füreinander geschaffen.

Paige begegnete ihrem Blick und versteifte sich, Ty schaute seine Begleiterin an, dann hob er den Kopf und bemerkte Finny ebenfalls. Beide wandten sich sofort ab, mit der Präzision eines guttrainierten Teams, und rauschten die restlichen, mit einem Teppich belegten Stufen hinauf.

»Was für ein unverfrorenes Paar…«

Der wohlbekannte Akzent ließ Finnys Herz schneller schlagen, und sie drehte sich hastig um. Les Trethalwyn starrte Paige und Ty nach, Bitterkeit in den Augen, das Kinn verkniffen.

»Ärgern Sie sich?« fragte Finny leise.

»Sie ist ein Biest, und sie würde echte Gefühle nicht einmal erkennen, wenn sie drüber stolpert.«

»Richter Sarandons Tod schien sie aber ziemlich aufzuregen.«

Verächtlich schnaufte er. »Quatsch!«

»Waren Sie mit William Sarandon eng befreundet?« Sie beobachtete ihn ausdruckslos.

»Nicht besonders eng.« Les blickte sich um. »Wir sollten in den Zuschauerraum zurückkehren.«

Das Foyer war fast leer. »Natürlich. Sehen wir uns später?«

Er nickte. »Ich werde nach Ihnen Ausschau halten.«

Die Musik hatte schon begonnen, als sie ihren Platz wieder einnahm, und Corinne wisperte: »Was ist passiert?«

»Nichts, ich hab' nur jemanden getroffen.« Finny bereitete sich seelisch auf den zweiten Akt vor, wo es für Don José nicht mehr allzu gut lief. Doch der Bann war gebrochen. Immer wieder wanderten ihre Gedanken zu Trethalwyn. Konnte er mit Paige liiert gewesen sein? Woodys Informationen zufolge lag das durchaus im Bereich des Möglichen, und es würde Les' Bitterkeit erklären. Und warum er ständig versuchte, Ty den Mord an Sarandon anzuhängen. Gab es eine bessere Methode, einen Rivalen loszuwerden, als ihn hinter Gitter zu bringen? Insbesondere, wenn man zuvor einen unbequemen Ehemann beseitigt hatte, weil man durch dessen Schuld um einige Dollars ärmer geworden war. Rache *à la mode.*

Im Zuschauerraum gingen die Lichter an, während die Bühne für den dritten Akt umgebaut wurde. Finny wollte sich gerade zu Corinne wenden, doch da sah sie, wie MacKenzie Bartholomew seine Begleiterin zum Mittelgang führte. Sein Arm umschlang die Schultern der Frau, und sie lehnte sich schwer an ihn.

Erst als das Paar an Finnys Sitzreihe vorbeikam, erkannte sie Twee Garrett. »Mein Gott!« Sie sprang auf, achtete nicht auf Corinnes verwirrte Fragen und folgte den beiden nach draußen. Es fiel ihr nicht schwer, sie einzuholen. Ihre Freundin kam nur langsam voran, jeder Schritt schien ihr große Mühe zu bereiten.

»Guten Abend«, sagte Finny leise. »Kann ich dir helfen?«

Twee schaute sie verständnislos an, schien sie nicht zu erkennen. »Ein Schattenspiel...«, flüsterte sie und rang nach Atem. »Man muß auf die stillen Drahtzieher achten...«

»Mein Gott!« flüsterte Finny, zu Bartholomew gewandt, und trat an Twees andere Seite, um sie am Ellbogen zu stützen. »Sind Sie wahnsinnig? Wie konnten Sie mit ihr in die Oper gehen? Warum ist sie nicht mehr im Krankenhaus?«

Schweiß perlte auf seiner Stirn. Der Großteil von Twees Gewicht lastete auf ihm. »Sie wollte sich's nicht ausreden lassen und sagte, sie habe das alles begonnen und müsse es auch beenden.«

»Bringen wir sie in die Damentoilette.«

Als sie die Tür erreichten, bekam Twee kaum noch Luft, ihr Gesicht war aschgrau. »Helfen Sie mir, sie reinzubringen«, befahl Finny. »Ich glaube, da drin steht eine Couch.«

»Aber...« Unsicher zeigte er auf das Schild mit der Aufschrift »Ladies«.

»Zum Teufel damit! Helfen Sie mir!«

Mit vereinten Kräften schleppten sie Twee hinein und betteten sie auf ein glänzendes Vinylsofa. Im Nebenraum sah Finny die schwarze Uniform einer Toilettenfrau. »Rufen Sie einen Krankenwagen«, forderte sie Bartholomew auf.

Er starrte Twee an, als hätte er nichts gehört, und

Finny fauchte: »Verdammt, holen Sie endlich Hilfe!« Da stolperte er wortlos ins Foyer hinaus. »Würden Sie mir einen feuchten Lappen bringen?« rief sie der Toilettenfrau zu. Sie hörte die Uniform rascheln und streckte die Hand aus, den Blick auf das Gesicht ihrer Freundin gerichtet, die noch bleicher geworden war. Der Atem ging flach und unregelmäßig.

Wenig später spürte Finny ein nasses Tuch zwischen den Fingern und legte es auf Twees Stirn. »Alles wird gut. Bleib' ganz ruhig. Gleich kommt eine Ambulanz. Entspann' dich jetzt.«

Twee hob die Lider. »Keine Bange, Finny, ich bin okay.«

»Braves Mädchen«, würgte Finny aus ihrer viel zu engen Kehle hervor. »Du mußt kämpfen…«

Für ein paar Sekunden schloß Twee die Augen, dann schaute sie Finny wieder an. »Paige sollte sich wirklich ein Aussichtstürmchen von dir bauen lassen. Das würde zauberhaft aussehen.«

»Das ist schon in Ordnung. Mach' dir deshalb keine Sorgen.« Finny rief über die Schulter: »Wissen Sie, ob die Ambulanz schon da ist?« Als sie keine Antwort erhielt, drehte sie sich um. Die Toilettenfrau war verschwunden.

»Tut mir leid, Herbert«, sagte Twee mit klarer Stimme. »Ich kam gar nicht auf den Gedanken, er könnte darin verwickelt sein.« Die Augen fielen ihr zu.

»O Gott!« Verzweifelt beugte sich Finny zu ihr hinab. »Halt durch! Stirb mir nicht!«

Die Kranke stieß einen langgezogenen Seufzer aus, und Finnys Herz drohte stehenzubleiben. Dann holte Twee tief Luft und begann, normal zu atmen. »Du hattest recht, Darling.«

Wo blieb die verdammte Ambulanz? Finny verrenkte sich beinahe den Hals, um in den Nebenraum zu spähen. Und wo zum Teufel steckte die Toilettenfrau?

Fünf Minuten oder eine halbe Ewigkeit später stürmte Finny ins Foyer hinaus. Großer Gott, inzwischen hätten die beiden genug Zeit gefunden, um ein Dutzend Krankenwagen zu rufen. Durch die geschlossenen Türen des Zuschauerraums drang immer noch Musik. Was war aus Bartholomew geworden?

Aus den Augenwinkeln sah sie, wie Les Trethalwyn am anderen Ende des Foyers die runde Passage verließ. Und dann trat ihr der Anwalt in den Weg. »Miss Aletter...« Seine Wangen waren fast so weiß wie sein Hemd.

»Wo waren Sie denn? Und wo bleibt die Ambulanz?«

»Ich muß mit Ihnen reden.« Er packte ihren Arm und zog sie zur Treppe, die zum Ausgang hinaufführte. »Es ist sehr wichtig.«

»Sind Sie verrückt?« Aufgeregt schaute Finny zur Damentoilette zurück. »Ich muß wieder zu Twee...«

»Nein, Sie werden mich begleiten.« Gewaltsam zerrte er sie die Stufen hinauf, und sie musterte forschend sein wachsbleiches Gesicht. Unter den zusammengezogenen Brauen irrten seine Augen von einer Seite zur anderen, die Lippen waren fest zusammengepreßt. Vielleicht hatte ihn die Sorge um Twee um den Verstand gebracht.

»Sollten wir nicht lieber bei Twee auf die Sanitäter warten?« schlug Finny mit sanfter Stimme vor.

»Sogar wenn Sie unter Druck stehen, sind Sie verdammt cool«, erwiderte er tonlos. »Das bewundere ich.« Unbarmherzig zog er sie die menschenleere Treppe hinauf. »Vergessen Sie die Sanitäter. Die kommen nicht.« Finny stolperte über eine Stufe, und für eine Sekunde schweiften ihre Gedanken zu Corinnes Läufer, der dauernd verrutschte. Nur weil Bartholomew sie so unerbittlich festhielt, stürzte sie nicht. »Jetzt müssen Sie mir nichts mehr vormachen«, fügte er hinzu. »Ich nehme an, Twee hat Ihnen alles erzählt.«

»Was? Ich weiß nicht, wovon Sie reden…« Und plötzlich wußte sie es. Erst vor wenigen Minuten hatte Twee sich bei ihrem verstorbenen Mann entschuldigt, weil sie nicht gemerkt hatte, daß »er« in die Sache verwickelt gewesen sei. Nun funktionierte Finnys Gehirn mit bemerkenswerter, wenn auch verspäteter Effizienz. Offenbar waren mehrere Leute an dem schäbigen Deal beteiligt gewesen, der zu Herberts bitterem finanziellen Verlust geführt hatte. Und nun stellte sie sich die allerwichtigste Frage: Wie konnte sich Sarandon während seiner langjährigen Tätigkeit als Richter immer wieder mittels schmutziger Geschäfte bereichern? Ganz einfach, weil er einen raffinierten Partner hatte. Ich und mein Schatten…

Ein Schattenspiel.

»Warum mußten Sie Sarandon töten – wo Sie beide doch unter einer Decke steckten?« Energisch blieb Finny stehen und starrte den Mann an, der sich umdrehte, eine Stufe über ihr.

»Weil er aussteigen wollte. Er begann, an seine eigenen Presseerklärungen zu glauben. Sarandon, der kontroverse Richter… Schließlich faselte er sogar von einer politischen Laufbahn.« Bartholomews Stimme triefte vor Verachtung. »Wäre auch nur ein Sterbenswörtchen über seine Machenschaften durchgesickert, hätte er mich den Wölfen zum Fraß vorgeworfen. Und die Wahrheit wäre natürlich ans Licht gekommen.« Er wandte sich ab, um die Treppe weiter hinaufzusteigen.

»Nein.« Verbissen wehrte sich Finny gegen die Finger, die an ihrem Arm zerrten. »Ich möchte nicht mit Ihnen gehen.«

Blitzschnell glitt seine andere Hand in die Tasche seines Jacketts und zog einen kleinen Revolver hervor. Sie sah kaum mehr als das runde, dunkle Loch der Mündung. »Doch, Sie kommen mit.«

Sie schaute verzweifelt über die Schulter, hinab ins menschenleere Foyer. Vor ein paar Minuten war Les am anderen Ende gewesen. Wo steckte er jetzt?

Bartholomews mißbilligende Augen nahmen einen noch kälteren Ausdruck an. »Wir verschwinden von hier, und Sie geben mir die Negative.« Finnys Arm zuckte unter seinem Griff, und er packte sie noch fester. Dann fletschte er die Zähne, was offenbar ein Lächeln parodieren sollte. »Sie wissen doch alles über diese Bilder, nicht wahr? Schlimm genug, daß dieser armselige Fotograf zu mir kam und kassieren wollte... Ein schäbiger kleiner Erpresser!« Er fluchte erbost und umklammerte ihr Handgelenk so fest, daß ihre Finger prickelten.

Nur zu deutlich erinnerte sich Finny an die Einzelheiten von Miguel Guiterrez' Verletzungen. Hatte Bartholomew ihn selbst ermordet oder einen Killer engagiert? Wollte sie das wirklich herausfinden?

»Seien Sie nicht so bockig!« Schmerzhaft bog er ihren Arm nach oben, und sie schrie auf. »Halten Sie den Mund!« herrschte er sie an.

Gestern abend in der Küche, dachte sie glasklar. Er hat also die Negative gesucht. »Ich habe die Fotos nicht.«

Kurz vor dem Treppenabsatz blieb er stehen, um ihr forschend in die Augen zu schauen.

»Woher sollte ich sie haben?« fragte sie leise und eindringlich.

»Ich kannte Guiterrez gar nicht.«

»Verzeihen Sie, Señor…«

Bartholomew fuhr herum. Auf der obersten Stufe stand eine der schwarzgekleideten Toilettenfrauen und hielt ihm ein Kuvert hin. »Suchen Sie das da?«

Nur mühsam konnte Finny einen Schrei unterdrücken. Bianca Lopez schaute sie kurz an, dann wandte sie sich wieder zu Bartholomew, der auf den Umschlag starrte. »Wovon reden Sie? Was ist das…?«

»Jemand hat es für Sie hinterlegt.« Sie öffnete das Kuvert, zog ein Foto hervor und zeigte es ihm. Hastig ließ er Finnys Handgelenk los, entriß Bianca die Farbaufnahme, dann griff er nach dem Umschlag.

Finny fand gerade noch Zeit, die restlichen Stufen hinaufzulaufen. Im nächsten Moment, mit einer geschmeidigen, zielsicheren Bewegung, stemmte Bianca beide Hände gegen Bartholomews Brust und gab ihm einen Stoß. Er schrie auf, als seine Arme in einem vergeblichen Reflex nach oben flogen, dann stürzte er rückwärts die Treppe hinab, das Gesicht vor Entsetzen erstarrt.

Die Musik, die gedämpft aus der Concert Hall drang, konnte die Arrhythmie der dumpfen Geräusche nicht übertönen, während sein Körper immer wieder auf den Stufen aufschlug.

Ziellinie

Für dich, *Jito*, sagte sie stumm zu ihrem ungeborenen Kind, dann wandte sie sich ab. Sie fand eine dunkle Ecke und wartete, bis sie ihren zitternden Körper wieder unter Kontrolle gebracht hatte.

Nun mußte sie verschwinden. Das Stimmengewirr unten im Foyer wurde immer lauter. Sie trat in die Mitte der Galerie, schaute über das Geländer und beobachtete, wie Twee Garrett auf einer Bahre aus der Damentoilette getragen wurde. Mehrere Leute hatten sich um die reglose Gestalt am Fuß der Treppe versammelt. Offenbar war MacKenzie Bartholomew tot. Sehr gut.

Bald würde man nach ihr suchen. Sie hatte ein anderes Kleid mitgebracht und in einem der Räume verwahrt, die den Angestellten des Denver Center zur Verfügung standen. Diese Miss Aletter hatte sie erkannt, aber wenn sie sich umzog und das Haar hochsteckte, konnte sie vielleicht unbemerkt hinausgehen.

Sie wartete, bis das Publikum die Concert Hall verließ, heftete sich auf der Treppe an die Fersen einer Gruppe, die einen der unteren Ausgänge ansteuerte. Dabei sah sie ins Foyer hinab, entdeckte Miss Aletter, die neben einer kleinen alten Dame in Schwarz stand.

Ein Mann kam durch eine Drehtür herein, der große Lieutenant von der *policia*. Er eilte zu den beiden Frauen und umarmte die jüngere.

Bianca erreichte den Fuß der Treppe und ging zur Tür. Sie schaute nach links, wo Miss Aletter zusammen mit dem Polizisten die Fotos betrachtete, für die Miguel gestorben war.

Plötzlich hob Finny den Kopf, begegnete dem Blick der Mexikanerin und nickte fast unmerklich.

Wenige Sekunden später trat Bianca in die warme Nacht hinaus.

ECON Krimis
Ein mörderisches Lesevergnügen

Annette Meyers

Ruhe sanft

448 Seiten

Sie sind tough und dynamisch, sind im Broker Business konkurrenzlos, und ihre Spezialität ist... Mord!
Celia Smith und Leslie Wetzon, besser bekannt als Smith & Wetzon, Headhunters, finden sich unversehens im nächsten Kriminalfall, als eine alte Freundin Wetzons, die reiche Fifth-Avenue-Witwe Peepsie Cunningham, in den Tod stürzt. Doch dies erst die Spitze des Eisbergs: es geht um Betrug in Milliarden-Höhe und den mysteriösen Tod alter Menschen. Bald kann Wetzon nicht mal mehr ihrer Partnerin Smith trauen...
Die Abenteuer der Amateurdetektivinnen in der Welt des großen Business, des schnellen Geldes und der mörderischen Intrigen machen diesen ereignisreichen Krimi zur hochspannenden und packenden Lektüre.

Annette Meyers ist Senior- Vizepräsidentin eines Management-Consulting-Büros für Wall-Street-Geschäfte. Die frühere Assistentin des Broadway-Produktionsdirektors Hal Prince arbeitete mit ihm an Projekten wie »Cabaret«, »Follies«, und »Fiddler on The Roof«. Nach Abschluß des fünften Smith & Wetzon-Krimis schreibt sie zusammen mit ihrem Mann an einem historischen Krimi. Sie lebt in Manhattan. Der erste Smith & Wetzon-Krimi, Wall Street Blues, erschien ebenfalls im ECON Taschenbuch Verlag.

ECON Taschenbuch Verlag·Postfach 40403 ·
40474 Düsseldorf

Janet Neel

Schön, reich und tot

336 Seiten

Angela Morgan, reich, attraktiv und arrogant, Teilhaberin eines Consulting-Büros und Lobbyistin einer finanzkräftigen Textilfirma, erscheint nicht zu einer Verabredung mit ihrem Verlobten, einem hohen Regierungsbeamten. Statt dessen wird sie die neueste vermißte Person im Datennetz von Scotland Yard. John McLeish und Francesca Wilson, in deren Beziehung es zeitweise heftig kriselt, machen sich auf die Spur.
Zu ihrem ersten Krimi schreibt der *Independent:* » ...eine sehr gut geschriebene Geschichte über Big-Business-Dummheiten mit einer großartig energischen Heldin... Der Stil ist durchgängig pointiert, intelligent und amüsant. Ist da ein großes Talent im Kommen?« Und der *Daily Telegraph* kommentiert: »Ein excellenter Erstling.«

ECON Taschenbuch Verlag
Postfach 30 03 21 · 40403 Düsseldorf

Ellen Godfrey

Eine mörderische Karriere

256 Seiten

Jane Tregars gute Freundin und Kollegin Georgia verschwindet auf mysteriöse Weise, und das betrifft Jane nicht nur persönlich: Sie als Software-Spezialistin will nun Georgias Job übernehmen. Bei der Auswertung der Vorarbeiten für die Auslieferung des revolutionären Anwenderprogramms Crystal entdeckt Jane im Computer ihrer Freundin seltsame Dinge. Aber auch Georgias private Freunde verhalten sich merkwürdig. Sie will es wissen: Waren es berufliche oder private Gründe, die Georgia verschwinden ließen?

Ellen Godfrey lebt in Vicoria, British Columbia. Sie schreibt Romane und Sachbücher und ist Inhaberin einer kleinen Software-Firma. Jane Tregar wird bereits vielen aus dem Krimi »Tödlicher Absturz« bekannt sein.

ECON Taschenbuch Verlag
Postfach 30 03 21 · 40403 Düsseldorf